史伝
後鳥羽院 新装版

目崎徳衛

吉川弘文館

史伝後鳥羽院　目　次

起の巻　1

承の巻　49

転の巻　119

起の巻

その一　棺を蓋いて事定まらず

『新古今集』巻八哀傷歌に、次の贈答がある。

十月ばかりに、水無瀬《みなせ》に侍《はべ》りし頃、前大僧正慈円のもとへ、「濡れてしぐれの」など申しつかはして、次の年の神無月に、無常の歌あまたよみてつかはし侍りし中に

太上天皇

思ひ出づる折り焚く柴の夕けぶり　むせぶもうれし忘れ形見に

返し

前大僧正慈円

思ひ出づる折り焚く柴と聞くからに　たぐひ知られぬ夕けぶりかな

後鳥羽院が慈円に贈った歌の意味は、「今は亡き彼の人を偲んで水無瀬の離宮の庭で柴を焚いている夕べ、なびく煙にむせび泣くのも、忘れがたい彼女の荼毘《だび》の煙のように思われて、かえってうれしいのです」というのであろう。それにしても「うれし」とは物狂おしい激情である。

元久二年（一二〇五）の初冬、二十六歳の院がこれほどに懐かしんだ女性は、更衣《こうい》尾張局《おわりのつぼね》である。いま洛南に法界寺という名刹を残す富強の日野家より出た法眼《ほうげん》顕清の女子で、(1)宮仕えの経緯は分らないが並ならぬ寵愛を受け、前年の七月皇子を生んだ。朝仁親王、のちに慈円に弟子入りし天台座主ともなる道覚法親王である。(2)しかし尾張は産後の回復が悪く、里に下って養生したいと切に請うたが、血気盛んな院の愛執はこれを許さなかった。十月半ばに病状悪化し、死穢をはばかって退出した時には、院は悔恨の余り「限りある道（死）にも遅れじと思し召し顔」であったと、側近の源家長の手記が伝えている。(3)

傷心の院はただちに御所を出て、水無瀬殿に赴いた。水無瀬の地は『伊勢物語』に惟喬《これたか》親王が在原業平を伴って遊び、「狩はねむごろにもせで、酒をのみ飲みつつ、やまと歌にかかれりけり」と記された、淀川べりの情趣豊かな水郷である。(4)摂政藤原良経がこの頃企てた「元久詩歌合」(5)に、「水郷春望」という題に興を誘われて特別参加した院の、

見渡せば山もとかすむ水無瀬川　夕べは秋と何思ひけむ

（『新古今集』春歌上）

という秀歌は、何よりもその景観のすばらしさを語っている。しかし今の院には美景に眼を放つ余裕はなく、引き籠って詠んだ十首の哀傷歌を敬愛する慈円に送った。冒頭の詞書《ことばがき》にいう「濡れてしぐれの」は、その末尾の一首を指す。

何と又忘れて過ぐる袖の上に　濡れて時雨のおどろかすらん

これに応えた慈円の返歌は、

おどろかす袖の時雨の夢の世を　覚むる心に思ひあはせよ

で、悔恨と悲嘆を転じて道心へ導こうとする、いかにも高僧らしい配慮であった。しかし、院の心の傷は一朝一夕には癒えなかった。政務を放棄して新古今の選歌に没頭したのも、一つには痛みを忘れる術であったのかも知れない。水無瀬殿に阿弥陀堂を造営し、千体の地蔵尊をも並べて一周忌に堂供養を営んだが、(6)なお去りやらぬ悔恨を再び慈円に訴えたのが、冒頭の「思ひ出づる」を含む一連の無常歌である。この度の慈円の返歌は、再掲すれば、

思ひ出づる折り焚く柴と聞くからに　たくひ知られぬ夕煙かな

という、「類《たぐ》ひ」と「焚く火」の掛詞以外に何の曲もない作で、「もはやほとほと慰め申す術もないな」といった様子が見える。

翌建永元年（一二〇六）七月、和歌所の当座歌合に尾張を偲んで詠んだ一首も、『新古今集』に「思ひ出づる」の作と並んでいる。

雨中無常といふことを

なき人の形見の雲やしぐるらむ　ゆふべの雨に色は見えねど

彼女を荼毘に付した「形見の雲」が今この時雨を降らすのかとの歌意であるが、久保田淳氏(7)によれば『文選』（巻十「高唐賦」）の「朝雲暮雨」の故事と、これを踏まえた『源氏物語』の引歌に拠ったものかという。題詠にそうした技巧を凝らしたところに幾らかの鎮静の状を見ることはできようが、むしろ一年前の自作「思ひ出づる」にまたも唱和したところに、尽きない未練を察する方が院の心に叶うのであろう。『長恨歌』にいわゆる「此の恨み綿綿として尽くる期《とき》無し」の玄宗皇帝さながらである。

＊

若き日の後鳥羽院は、このように暴力的な激情の王者であった。その六十年の生涯は、四十二歳でみずから起した大乱によって、権勢と失意の両極端に分れた。

＊

徳川の六代将軍家宣と七代家継に仕えて幕閣の顧問となり、文治主義の方針を推進した儒者新井白石は、退隠後に執筆した自叙伝の名著に『折り焚く柴の記』と命名した。その表題の出典は、冒頭後鳥羽院の

思ひ出づる折り焚く柴の夕けぶり　むせぶもうれし忘れ形見に

であろう。自伝の上巻には彼の生い立ち、特に父の思い出を懐かしく回想しているので、「思ひ出づる折り焚く柴」の哀切な響きは内容にいかにもふさわしい。白石は経史にわたって比類ない博覧強記の人で、しかも漢詩も得意としたから、和歌の素養のほどは私の知るところではないが、『古今集』『新古今集』の名歌などは当然愛唱したと思われる。後鳥羽院の寵妃への哀傷歌が記憶にとどめられていたと考えても、不自然ではない。(8)

しかし、白石が家宣のために「本朝《ほんちょう》天下の大勢、九変して武家の世となり、武家の世また五変

して当代におよぶ」日本政治史の講義案として起草した『読史余論《とくしよろん》』では、後鳥羽院に少しも好意を寄せてはいない。それどころか、

謹みて按《あん》ずるに、後鳥羽院、天下の君たらせ給ふべき器《うつわ》にあらず。ともに徳政を語るべからず。

という痛烈な批判がある。徳川氏の「徳政」を天下に布こうと志した朱子学者白石にとって、「時の至らず天のゆるさぬ」大乱を起して王威の失墜を招いた後鳥羽院の暴走は、筆誅に値するものであった。

政治と文学における後鳥羽院のイメージは、白石という大儒個人の中でさえ両極端に分裂している。実はその分裂は、さかのぼれば承久の乱直後から、七百五十回忌を過ぎた現在まで一貫している。古語にいわゆる「棺を蓋ひて事定まる」どころではなく、院の場合は正にその対極にある。実はこの驚きこそ、私の後鳥羽院に関心を寄せるそもそもの動機であった。

*

いま教科書的説明を蛇足的に書けば、後鳥羽院は承久三年(一二二一)、流鏑馬《やぶさめ》行事と称して在京の武士を集め、北条義時追討の院宣《いんぜん》を鎌倉へ送り付け、召しを拒んだ京都守護伊賀光季を旗上げの血祭にあげた。しかし案に相違して幕府の大軍が時を移さず攻め上るや、なす術もなく大敗して院宣を撤回した。敢無《あえな》き降伏の甲斐もなく、日本海の孤島隠岐《おき》国(島根県)の阿摩《あま》郡苅田《かった》郷の配所へ護送され、再び京の土を踏むことがなかった。

父子三上皇の配流という未曾有の大失態を招いた「治天《ちてん》の君」後鳥羽院への非難は、敗戦の直後に始まる。『六代勝事記《しょうじき》』という史書は院を評して、

芸能二《ふたつ》をまなぶ中に、文章に疎《そ》にして弓馬《きゅうば》に長《ちょう》じ給へり。国の老父、ひそかに文を左にし武を右にするに、帝徳の欠けたることを憂ふ（中略）、上の好むに下の従ふ故に、国の危うからん事をかなしむなり。

と述べた。「それ見たことか」の嘲罵である。いかにも院が従来の「北面」に加えて「西面《さいめん》」の武士を身辺に召し使い、また流鏑馬・笠懸《かさがけ》・犬追物《いぬおうもの》や相撲・水練などの武技百般に励んだのは歴代に例を見ない勇ましい行状だったし、(9)その反面、帝王学の古典の研鑽に励んだ様子は少ないが、さりとて『新古今集』の勅撰などのかがやかしい治績を一切無視して「文章に疎にして弓馬に長じ」とは、酷評に過ぎるのではあるまいか。(10)

この忌憚ない酷評を記した『六代勝事記』の著者はだれか。彼は自身を承久の次の年号「貞応《じょうおう》」の「今」では六十余歳の「世すて人」だと称している。この自己紹介が果して事実なのか巧妙な韜《とう》晦《かい》なのかも判らないので、ましてこれを実在のどの人物に比定するかは、諸説紛々として定説を見ない。(11)

乱の顚末をくわしく語った軍記物『承久記』(12)のうち最も古い成立と思われる「慈光寺本」(13)にも、院に対する忌憚ない批判がある。

（北条）義時が仕出《しい》デタル事モ無クテ、日本国ヲ心ノ儘《まま》ニ執行《しぎょう》シテ、動《ややも》スレバ勅定《ちょくじょう》ヲ違背《いはい》スルコソ奇怪《きっかい》ナレト、思食《おぼしめ》サルル叡慮《えいりょ》積《つも》リニケリ。凡《およ》ソ、御心操《ごしんそう》コソ世間《せけん》ニ傾《かた》ブキ申シケレ。

と、貴族社会の大多数が院の独走に首を傾げたことを指摘した。そして具体的には、「朝夕武芸ヲ事トシテ、昼夜ニ兵具ヲ整ヘ」、「御腹悪《あ》シクテ、少シモ御気色《みけしき》ニ違《たが》フ者ヲバ、親《まのあた》リ乱罪ニ行ハル」などなど、情容赦もない非難を並べ立てる。

　敗軍の将は兵を語らずである。配所の院は掌を返したような京の世論を知るや知らずや、よしや耳に達しても甘受せざるを得なかった。それは、五十年前の敗戦直後の沸騰した言論状況を体験した人たちには、推察に難くないものであろう。しかし、『六代勝事記』や慈光寺本『承久記』の事後批判がどんなに当っていようとも、「義時追討」の企てに公然と抵抗したのは、西園寺公経《さいおんじきんつね》父子を例外として皆無だったのだから、戦後の批判はいわゆる六菖《しょう》十菊《きく》の譏《そし》りを免れまい。反面にはひそかに遠島の院を慕う人たちも多くいたわけで、巨人の影は生前も崩後も時局にさまざまな不安と動揺を及ぼし続けるが、詳細は「結の巻」に譲っておく。

　敗戦への生臭い非難が、やがて百年後、後醍醐天皇の討幕と、北条氏の滅亡によって払拭された後、後鳥羽院への歴史的評価ははじめて冷静に客観的になった。しかし、なお北畠親房の『神皇《じんのう》正統記《しょうとうき》』は、次のように批判する。引用は少し長いが、親房の文体は歯切れがよいので読んでいただこう。

頼朝高官ニノボリ、守護ノ職ヲ給ハル。コレミナ法皇（後白河）ノ勅裁ナリ。ワタクシニ盗メリトハ定メガタシ。後室《こうしつ》（北条政子）ソノ跡《あと》ヲハカラヒ、義時久シク彼ガ権《けん》ヲトリテ、人望ニソムカザリシカバ、下《しも》ニハイマダキズ有リト言フベカラズ。一往《いちおう》ノイハレ（理由）ニテ追討セラレンハ、上《かみ》ノ御トガ（咎）トヤ申スベキ。謀叛《むほん》オコシタル朝敵《ちょうてき》ノ利ヲ得タルニハ比量《ひりょう》（比べる）セラレガタシ。カカレバ時ノイタラズ、天ノユルサヌコトハ疑ヒナシ。

親房は南風競《きそ》わぬ吉野の宮を支えた柱石であるが、朱子学の教養に基いた公平な史眼を義時追討に向け、これを「上ノ御トガ」と断じた。文中の「謀叛オコシタル朝敵」とは暗に南朝の当面の敵足利尊氏を指す。そして「人望」のあった北条義時は尊氏とは違うと認め、後鳥羽院は「先《まず》マコトノ徳政ヲオコナハレ、朝威ヲタテ、彼（義時）ヲ剋《こく》スルバカリノ道アリテ、ソノ上《うえ》ノコトトゾオボエハベル」と、院の短兵急《たんぺいきゅう》を惜しんだ。

前に引いた白石の史論には、この『神皇正統記』を模範としたところが多い。院と「ともに徳政を語るべからず」というのも、あきらかに親房に由来する評語であった。そしてこの朱子学的批判は、両者の中間に位置する林家《りんけ》の『本朝通鑑《ほんちょうつがん》』(14)でも水戸徳川家の『大日本史』でも、大差はない。たとえば後者の列伝には、承久の乱は「天地の大変、王室隆替《りゅうたい》の判《わか》る所」で、この「開闢《かいびゃく》以来」の禍は一朝一夕に起ったわけではないにしても、

しかれども亦、後鳥羽上皇、本《もと》を端《ただ》し源《みなもと》を澄《す》ますを念《おも》はず、軽兆《けいちょう》に兵を用るるの致す所に非《あら》

ずと謂《い》ふべけんや。

と、院の軽挙妄動を指弾する。(15)

これを要するに、中世より近世末に至る七百年間の武家支配の下では、後鳥羽院論の主流は、

凡《およ》そ保元、平治ヨリコノカタノミダリガハシサニ、頼朝ト云《い》フ人モナク、(北条)泰時ト云フ者無カラマシカバ、日本国ノ人民イカガナリナマシ。此ノイハレヲヨク知ラヌ人ハ、故モナク、皇威ノオトロへ、武備ノ勝チニケルト思ヘルハ誤リナリ。

という親房的政道論でほぼ一貫し、民生を顧慮しなかった院は終始被告席にあった。

この長期のマイナス評価が逆転するのは、明治維新を機とする。その淵源《えんげん》として、本居宣長の『玉鉾百首《たまぼこひゃくしゅ》』を引こう。「玉鉾」とは「道」の枕詞である。宣長は『古事記』の研究によって不動の信念となった「古道」の趣旨を百首の和歌に詠ったが、付載の「阿麻理歌《あまりうた》」三十二首には蘇我、足利両氏とともに逆臣北条氏への激烈な悲憤慷慨を吐露した。いま読みにくい万葉仮名表記を直して引用する。

鎌倉の平《たいら》の朝臣《あそ》(北条氏)が逆《さか》わざを　うべ大君の怒らせりける
隠岐の嶋《しま》弓矢囲《かく》みて出でましし　御心思へば涙し流る
鎌倉の平の子らがたはわざは　蘇我の馬子《うまこ》に罪劣らめや

大皇《おおきみ》を悩めまつりしたぶれら（悪者）が　民をはぐくみて世をあざむきし

宣長は北条氏への院の怒りを「うべ」（もっとも）なりと讃え、北条氏の善政を「世をあざむきし」ものと罵倒した。そこには朱子学的政道論への正面からの挑戦があり、また蘇我、北条、足利氏を皇神《すめかみ》の道に背く一連の「まがごと」と把握する論理があった。とはいえ、『古事記伝』のあの緻密な注釈と、この非文学的な興奮の両者は、碩学宣長の内部でどのように共存しえたのか、ほとんど不可解な印象さえ受ける。(16)

しかし宣長の説いた尊王斥覇《せきは》の思想は、幕末に至って新時代の政治原理として一躍脚光を浴びた。慶応三年（一八六七）末、京都生れの国学者玉松操《みさお》の起草した「王政復古の大号令」は、「諸事神武創業ノ始《はじめ》ニ原《もと》ヅキ」、公家《くげ》も武家《ぶけ》も上下一致して時局に対処せよと、高らかに唱う。この維新政府樹立の宣言は、千年来「延喜天暦《えんぎてんりやく》の聖代」を理想とした公家の立場と、「撥乱反正《ばつらんはんせい》」を鎌倉幕府以来の使命と自負した武家の立場を止揚する、斬新な理念として世に迎えられた。ここに出発した近代天皇制の八十年間、「承久の変」は大化改新・建武中興と並ぶ「聖挙」と認識され、したがって後鳥羽院にも聖帝という讃辞が体制的に定着したのである。

しかも維新政府は明治六年（一八七三）、流された後鳥羽・土御門・順徳三帝の「御無念」を晴らすためと称して「神霊」の「還遷」を計画した。隠岐へは正三位《しょうさんみ》慈光寺有仲以下数十名の使節団が派遣されたが、この仰々しいデモンストレーションには筆を省くとして、[17]さらに念の入ったことに、政府は神霊還幸後の無用な「火葬塚」を破却せよと命じた。数百年来忠実に山陵を守って来た豪族の末裔、戸長《こちょう》村上助九郎[18]も万やむを得ず、折から島中を吹き荒れた廃仏《はいぶつ》毀釈《きしゃく》の嵐で荒廃した源福寺境内の遺跡を焼払ったが、計らずも地下から三段に埋められた瓶《かめ》が見付かる。『海士《あ》町史《まちょうし》』所載の当事者の手記『御瓶記』[19]によれば、上の瓶は素焼ですでに細かく砕け、中には古銭などがばらばら入っていた。六道銭であろう。その下の瓶は青色で、しかも土の色は中と外で明らかに異なっていた。『御瓶記』はいう。

衆皆恐懼《きょうく》して、敢《あ》へて手を下さず、（中略）第三の瓶は是《これ》を拝せず、（中略）蓋《けだ》し此《この》上部の瓶には御手近《おてじか》の御物を納め、中瓶に御火葬の灰を納め、最下に御遺骨を納め奉りしものなるべしと恐察せり。

朴直な村人の驚きが眼に見えるようである。その実態はただちに鳥取県（当時の管轄）へ報告されたが、十余年後ようやく宮内省が修理に着手し、明治末に御陵の形を整えた。その間の姿は小泉八雲（ラフカジオ・ハーン）の『日本瞥見記《べつけんき》』[20]が描いている。流麗な平井呈一訳を引く。

帝《みかど》の墓は、村から歩いて十分ほどの小山の中腹にある。松江の月照寺の境内にある松平家の墓のなかの、一ばん小さいものよりもまだ見すぼらしいものだが、おそらく隠岐のような貧しい小国が捧げたものとしては、これが精いっぱいのものだろう。ただし、これも元あった場所ではなくて、明治六年の勅令によって、現在の位置に移されたものである。高い塀、というよりも黒塗りの太い木柵が、間口五十フィート、奥行百五十フィートほどの、三段になった低い台地のような地面を囲んでおり、木柵のなかの空地は松の茂みで小暗く、墓はいちばん上段の小さな台地のまんなかに据えてある。水平に据えた灰色の大きな一枚石である。門から墓まで狭い石畳の歩道があり、三、四段の石段で、三段の各台地へ登るようになっている。

以下の描写は割愛する。「すべて厳《おごそ》かに簡素であるが、それがかえって人の心を打つ。」と文学者八雲は感動した。つまり「聖帝」讃美をイデオロギーとした政府が捨てて顧りみなかった「火葬塚」は、「どこまでも伸びていく文明の圧力からのがれている」と八雲が喜んだ隠岐の島の、「文句なしの正直者」たちの心によって守られたのである。流離の貴種に寄せる彼らの熱い思いは、時代思潮の激変とは無縁であった。

＊

「天皇ハ神聖ニシテ犯スベカラズ」と憲法に規定した国家体制の下でも、学界に実証的な研究態度が失われたわけではないが、(21)「聖帝」対「逆賊」という時代の固定観念は、皮肉にも後鳥羽院を敬して遠ざける傾向を生んだ。院の生き生きとした人間像や文学作品は政治的虚像の陰に追いやられ、『新古今集』さえも院は勅撰を命じただけで、定家らによって編集されたかのような誤解が一般的になった。

体制的讃仰が頂点に達したのは、大陸に戦火の炎えはじめた昭和十四年（一九三九）、院の七百回忌の際である。最高の「官幣大社」に昇格した隠岐神社の壮麗な社殿が、火葬塚に隣接して造営され、学界でも国文学などの論文が期せずして幾編かそろって出た。その翌年紀元二千六百年が盛大に祝われ、翌々年大戦に突入したことは言うまでもない。そして昭和二十年（一九四五）の敗戦がすべてを御破算にした。旧著に、私は次のように書いている。

反動は昭和二十年の敗戦、新憲法とともに来た。院は歴史からみごとに忘却されてしまう。いわばまたまた島流しにされたのである。昨年（注、昭和六十年）の六月、私は隠岐へ渡った。初対面の郷土史家田邑二枝《たむらふたえ》氏(22)に目的を告げると、この篤学の翁は居ずまいを正してこう言った。

「戦後、歴史の学者が後鳥羽院の調査に来られたのは、はじめてです。」

沈黙がしばらく主客の間に流れた。

（『古人への存問』(23)）

＊

「王者」としての後鳥羽院の、崩後現在までの幾変転は歴史上にも稀な浮き沈みで、しかも大部分は負《ふ》の評価であった。評価にはその時代時代のイデオロギーが濃く反映し、いずれを是いずれを非と安直に片付けることはできない。その意味で、院の赤裸々な人間像はなお深い謎に包まれていると言わざるを得ない。しかも「王者」は人間後鳥羽院の一面に過ぎず、表裏して「詩人」としての巨大な存在がある。この「詩人」の後世への影響や、逆に後世のこの「詩人」への評価に就いては、私はまだわざと触れていない。それは後鳥羽院六十年の生涯をくわしく語った後に、あらためて現代の詩心に問いかけたいと思うからである。

その二　運命の四の宮

後鳥羽院は治承四年（一一八〇）七月十四日に生れた。諱《いみな》は尊成《たかひら》、四の宮と呼ばれた。(1) 父は高倉天皇、母は藤原殖《たね》子（のちの七条院）。(2) 以仁王《もちひとおう》と源頼政が平家追討の旗上げも空しく討死した、そのわずか二か月後である。院の人生の始まりがすなわち乱世の始まりであったことは、まことに象徴的である。

高倉天皇は保元の乱後長らく権勢を振った後白河法皇と寵妃《ちょうき》平滋《しげ》子（のちの建春門院）の間に生れ、温厚な君子であったが、中宮《ちゅうぐう》平徳《のり》子（のちの建礼門院）の父清盛の急激な擡頭が、父と岳父の板挟みの苦悩を若い天皇に強《し》いた。治承元年五月、法皇の近臣が俊寛僧都《そうず》の鹿《しし》が谷の山荘で企てた清盛打倒の陰謀や、同三年十一月、数千の軍勢を率いて上洛した清盛が院の近臣数十名を罷免し、法皇を鳥羽殿に幽閉したクーデターなどは、ここに詳述することを省く。治承四年二月、高倉天皇は中宮徳子の生んだ年齢わずか三歳の言仁《ことひと》親王に譲位した。幸薄いこの安徳天皇は、この時まだ母の胎内に育ちつつある我が四の宮の長兄である。

四の宮の生母藤原殖子は、後白河法皇の近臣、修理大夫《すりのだいぶ》信隆の女《むすめ》である。信隆の坊門家《ぼうもんけ》は、かの栄華をきわめた「御堂関白」道長の兄道隆を祖とする名門である。しかも信隆は平清盛の女子を妻としていたので、(3)おそらくその縁で殖子は中宮徳子に仕えた。典侍《ないしのすけ》殖子はいつしか高倉天皇の寵愛を受け、二の宮守貞《もりさだ》親王と四の宮を相次いで生んだ。しかし、外祖父信隆は清盛のクーデターの直前に病気のために官職を辞し、同僚多数が解任されたのと略《ほぼ》同日に世を去ったので、四の宮は、後見《うしろみ》すべき坊門家の家督を継いだ信清もまだ二十歳の若輩に過ぎない、(4)頼りない星の下に生れたのであった。そのような皇子がはからずも四歳にして帝位を践《ふ》むのは、生誕の直前に勃発した源平合戦の渦中で、幾つかの異数の強運に恵まれたからである。

幸田露伴は、明《みん》の太祖の第四子棣《てい》（世祖永楽帝）が兵を起して簒奪《さんだつ》に成功し、敗れた建文帝が僧形に身をやつして四百余州を流寓する顚末を描いた史伝『運命』の冒頭に、

世おのづから数《すう》（運命）といふもの有りや。有りといへば有るが如く、無しと為せば無きにも似たり。（中略）先哲曰く、知る者は言はず、言ふ者は知らずと。数を言ふ者は数を知らずして、数を言はざる者 或《あるい》は能《よ》く数を知らん。

と嘆じた。事実は小説よりも奇なりというのである。後鳥羽院が成長して後の功業と挫折はすべて

みずから招いたものであるにせよ、四歳にして帝位を践み十九歳にして位を譲るまでの成長期、特に頑是無《がんぜな》い幼時期については、私も露伴とともに「数なり」と嘆ぜざるを得ないように思われる。人文科学として定立しようとする現代の歴史学は「運命」や「個性」を非歴史的な因子として考察の埒外に置き、時代の「発展段階」や社会の「枠組」を論理的に究明することに急であり、他方また現代の文学はしばしば虚実の境界線を安易に踏み越え、荒唐無稽に過ぎる弊を省りみないかに見受けられる。その中で、史実と虚構を適切に弁析《べんせき》しつつ、なお「造物爺々《ぞうぶつやや》の施為《しい》は真にして且《かつ》更に奇なり」と痛嘆した露伴の至言に、私は共感を禁じ得ない。

さて四の宮の運命であるが、一歳半上の同母兄守貞親王（のちの後高倉院）は、平清盛の子で武勇を謳《うた》われた新中納言知盛の許に引き取られ、養育されていた。幼帝安徳天皇と踵《きびす》を接して生れた第二皇子として、平家にとっては大切な宝だったからである。そのため四年後の平家都落ちには当然知盛夫妻に伴われ、壇の浦で知盛が「見るべき程の事は見つ」とて入水した後さびしく帰京し、やがて出家した。(5) けれど承久の乱後に幕府に請われて還俗《げんぞく》し、院政を行なう運命が待っている。(6) ともあれ、もし四の宮の方が第二皇子として生れ出たなら、都落ちは免れなかったであろう。これが第一の強運である。

後見の頼りない四の宮を奇特にも引き取って養育したのは、式部権少輔《しきぶのごんのしょう》というしがない下級貴族、藤原範季《のりすえ》という人物である。(7) 範季の高倉家は、奈良時代に藤原氏が四家に分れた中の南家《なんけ》の一流で、代々紀伝道《きでんどう》の学者の筋であった。(8) そんな身分の範季が高貴な高倉院四の宮を引き取ったのは、彼が平家一門（平教盛）の女を妻としていた縁があったにせよ、むしろ一癖も二癖もある乱世向きの性格の発動であった。たとえば範季は、先には平治の乱で非業の最期を遂げた源義朝の遺子範頼を引き取って養育したし、(9) 後にも、頼朝と反目して追捕される義経と密謀した疑惑で解任されるなど、(10) しばしば大胆不敵な振舞をしている。(11) 四の宮を養育したのも、思うところ有って一か八かの先物買いに出たのであろう。

範季に命じられて四の宮の乳母《めのと》となったのは、姪に当る高倉範子（父の官職に因んで刑部卿《ぎょうぶきょう》三位《のさんみ》と呼ばれた）で、その妹兼子（のちの卿二位《きょうのにい》）も四の宮の身辺に奉仕した（卿二位が後鳥羽院の側近で権勢をほしいままにした有様は、後章に書く）。これより先、範子は法印《ほういん》能円という僧侶の妻となり、在子という女子を儲けていたが、夫の能円は例の「平家にあらずんば人に非ず」と嘯《うそぶ》いた大納言平時忠や清盛の妻時子（安徳天皇を抱いて入水する二位尼《にいのあま》）とは異父同母の弟である。(12) したがって平家の権勢の余沢《よたく》を受けて、白河法皇建立の大寺院法勝寺《ほっしょうじ》の執行《しぎょう》に栄進していた。(13)

四の宮が四歳になった寿永二年（一一八三）七月、木曾義仲の軍勢が北陸道から怒濤のごとく京に迫り、平家一門があわただしく都落ちした時、能円も周章狼狽して逃げ出したが、道中でハタと気付いたと見え、妻範子の許へ四の宮を迎え取る使を寄越した。範子が宮を奉じて西の京まで行ったところで、弟の「紀伊守範光」が辛くも一行を探し当てて押し止めた。延慶本『平家物語』には次のようにある。

（範光）「只今の御運は開けておわするものを、物に狂ひてかくはおわするか」とて、腹立ちて留め参らせたりけるに、その次の日院（後白河）より御尋ねありて、御迎へに参りたりけり。

と。四の宮が落人《おちうど》になるか帝位を践むかの岐れ目は、あわや一日の差であった。もっとも『愚管抄』によれば、範光というのはその叔父範季の誤まりのようで(14)、事態もこれほどドラマチックだったか否かは分らないが、ともかくもこれが四の宮の第二の強運であった。四の宮が次に直面するのは、強力な二人のライバルとの勝負である。

＊

後白河法皇は平家都落ちの際、素早く危機を察して辛くも連行されることを逃れたが、治天《ちてん》の君の責任として、幼帝の還幸を辛抱強く待つか直ちに新王を立てるかの選択に思い惑うた。重臣と鳩首協議十日間、「凡《およ》そ天子の位、一日も曠《むな》しくすべからず(15)」として神器なき立王という非常処置に踏み切ったが、ではどの皇子を選ぶかは二転三転と紛糾する。その経緯は、ひそかに鎌倉の頼朝と呼応しながら院政とは距離を置いていた、後の関白九条兼実の日記『玉葉《ぎょくよう》』によって追うことができる。

まず高倉上皇の三の宮惟明《これあきら》親王（母は平義範女・少将局）と四の宮尊成親王（母は藤原殖子）について、神祇官《じんぎかん》の卜部《うらべ》と陰陽寮の陰陽師《おんみょうじ》にそれぞれ卜筮《ぼくぜい》させたら、両者は一致して兄宮を「吉」とした。[16] これはごく常識的な線であろう。

ところが、法皇の「御愛物《ごあいもつ》」の「遊君《ゆうくん》」（遊女）出身なる「女房丹波《たんば》」なる者が、弟宮に松の枝を持って行幸があったという「夢想《むそう》」を奏した。[17] この女房の名前は野にあった兼実の得た伝聞情報の誤まりで、実は法皇の近臣（平兼房）の妻高階栄子《たかしな》、丹後局《たんごのつぼね》である。[18] 彼女は法皇の寵愛を受けて皇女（覲子）を生んだ女性で、前年法皇が鳥羽殿に幽閉された時にもただ一人身辺に侍《はべ》ったほどの信任だったから、卜筮に背いても彼女の夢想に従って四の宮を立てようと後白河法皇は心を決めた。[19]

ところが数日後、さらに「以ての外の大事」が起った。都を制圧し、軍勢が狼藉《ろうぜき》をきわめている荒武者木曾義仲の強硬な申し入れである。[20] いわく、「故以仁王《もちひとおう》の御子が北陸におられる。わが軍の勝利もこの北陸宮《ほくろくのみや》の御力によるものだ。そもそも昨年の法皇幽閉の際に高倉上皇はなす術もなかったが、弟の以仁王は至孝によって蹶起して、身を亡ぼされた。その孝心はよもやお忘れではあるまい」と。院中はこの正論めいた横槍に抗し兼ねて、再度卜筮に逃げ道を求める。今度は第一が夢想どおりの四の宮で「最吉」、第二が三の宮で「半吉」、第三が北陸宮で「始終不快」と出た。義仲はなお難色を示したが押し切られ、ついに八月二十日、空位二十六日の後に後鳥羽天皇の践祚《せんそ》が行なわれた。[21] 四の宮の強運の第三である。

ただし以上の『玉葉』とは異なる情報が、兼実の弟慈円の『愚管抄《ぐかんしょう》』にある。

三宮・四宮なるを法皇呼びまいらせて、見まいらせられけるに、四宮御面嫌《おもぎら》ひも無く、呼びお

はしましけり。又御占《みうら》にもよくおはしましければ、四宮を寿永二年八月二十日御受禅《ごじゅぜん》行《おこな》はれけり。(22)

つまり面接テストの際、四の宮が人見知りもせず「おじいさま」と呼びかけたというのである。『源平盛衰記』などはさらに尾鰭を付けた。三の宮は人見知りが甚だしいので、早々に引き取らせた。しかし四の宮はすぐ法皇の膝に上って、なつかしげに見上げたので、法皇は老の眼に涙を浮べて、「こんなかわいい孫を今まで眼通りさせなかったとは」と言い、すかさず丹後局が「この宮を御位に」と勧めたという。軍記物得意の尾鰭はともかくとして、史論『愚管抄』は辛辣な裏話を多く伝えているので、この場合にも無視できない。とすれば、四の宮生来の濶達な気象こそ運命を切り開く大きな力だったことになる。

しかし、直接の史料はないけれども、四の宮の背後に控えた高倉範季の活動を軽視することはできまい。範季の機略に富むことは前述したが、彼は後白河院の別当であり、兼ねて九条家の家司《けいし》でもあって、この前後の動きも活潑である。(23) 当然丹後局と接触して、四の宮の英資を極力吹聴したに違いない。対して、三の宮の外祖父義範入道はすでに世を去っていた。(24) 後見《うしろみ》の力は勝敗に決定的に影響したと、私は考える。春秋の筆法を用いれば、『新古今集』と「承久の乱」の時代を演出したのは、四の宮を檜舞台に送り出した高倉範季である。前侍読従二位《じとうじゅにい》範季は『新古今集』完成直後に世を去ったが、手に五色の糸をかけ、念仏の声を断たず、殊勝な往生だったという。(25) 功成り名遂げた満足であったろう。

＊

敗れたライバル二皇子のその後の人生を付け加えよう。ただ両者、特に北陸宮の史料はまことに乏しく、幼名さえ明らかでない。

故以仁王の皇子が北陸に潜んでいるとの噂は早くから都に聞えていたが、(26)宮は後鳥羽天皇践祚後にようやく上洛して、祖父法皇の許に引き取られた。しかし法皇と義仲の対立が急激に悪化し、十一月ついに義仲が院の御所法住寺殿《ほうじじゅうじどの》を焼討ちすると、宮はその前夜一、二の女房に伴われて何処《いずこ》にか「逐電《ちくでん》」した。(27)翌年正月、範頼・義経の軍勢の上洛によって義仲が討死した後、北陸宮は鎌倉の頼朝の許に送られたようである。さらに一年後、法皇に籠絡されて兄頼朝に叛いた義経が都を退去した直後に、宮は頼朝の命令によって上洛した。思うに、頼朝の代官北条時政の軍勢に伴われたのであろう。上洛した時政が武力を背景に守護・地頭の設置を朝廷に強請したのは、「凡そ言語の及ぶ所に非ず」と兼実を嘆息させたほどの大事件であるが、(28)宮はまたまたこの緊迫した情勢の渦中にあった。兼実の伝聞によれば、北陸宮はこの時、「生年十九、元服を加ふと雖《いえど》も未だ名字《みょうじ》有らず」(29)という。激動の時勢に翻弄され、皇族として「何々王」という名も授けられなかった不幸な宮の、その後の消息は杳《よう》として知られない。

もうひとりのライバル三の宮は、十七歳で元服して三品惟明《さんぼんこれあきら》親王となり、三十三歳で出家（法名聖円）、承久三年（一二二一）五月三日入滅した。享年四十三歳である。[30] 格別の経歴も伝わらない地味な生涯を送ったが、歌道を事とした。院の歌合にはしばしば列席し、また『新古今集』に六首、勅撰集に計二十六首入っている。その作品のうち特に興味深いものは、式子内親王と交した次の二組の贈答である。どちらも『新古今集』に採られている。

家の八重桜を折らせて、惟明親王のもとに遣《つか》はしける　　式子内親王

八重にほふ軒ばの桜移ろひぬ　風より先にとふ人もがな

返し　　惟明親王

つらきかな移ろふまでに八重桜　とへともいはで過ぐる心は　（春下）

長月の有明《ありあけ》のころ、山里より式子内親王に送れりける　　惟明親王

思ひやれ何をしのぶとなけれども　都おぼゆる有明の月

返し　　式子内親王

有明の同じながめは君もとへ　都の外も秋の山里　（雑上）

竹西寛子氏（『式子内親王・永福門院』）が式子の恋歌を論ずる文中にこの贈答を引用されたのは、両

者を恋仲とされたわけではなく、「まだよくは成熟していない恋愛感情」にも似た響きを聴きとられたからで、この鑑賞はさすがに鋭利である。その響きの源は何であろうか。

式子内親王は以仁王と同腹の後白河皇女で、惟明親王には伯母に当る。賀茂斎院《かものさいいん》を退下した後、法然を師として出家し、孤独な隠遁生活に徹した。俊成に師事して名歌を多く詠んだことは世に知られ、『後鳥羽院御口伝《ごくでん》』にも、良経・慈円と並べて「これら殊勝なり」と賞讃されている。しかし、歌壇とは交わらず歌合などを主催することもなかった(31)。そして建仁元年(一二〇一)五十歳くらいで薨じたが、その時、惟明はまだ二十三歳の青年である。したがって、「八重桜」につけ「有明」につけて折々に交した贈答に、ほのかな恋歌にも紛う響きのともなうのは、不運な甥をあわれむ伯母と孤独な伯母を慕い寄る甥との、心の交わりの深層から生れたのであろう。

惟明親王が世を去ったのは、北条義時追討に敗れた後鳥羽院が隠岐《おき》へ送られる二か月前である(32)。院の運命の暗転をその兄は知らない。

その三　幼帝と権臣

平成八年五月の半ば、新緑の滴るような上野公園の東京国立博物館で、国学院大学所蔵の久我《こが》家文書（重要文化財）の展観があった。(1) 久我家は、後鳥羽天皇の即位から譲位の後まで身辺に侍し、第一の近臣として権力をほしいままにした内大臣《ないだいじん》久我（源）通親《みちちか》の子孫である。後鳥羽帝が早い譲位をするまで約二十年間の前半は、帝の祖父後白河法皇の巨大な存在の陰にあったが、法皇死後の政局は通親を軸として動いた。その権謀術数に振り廻されたのは、関白九条兼実と鎌倉の征夷大将軍源頼朝である。ところが、この波瀾に満ちた政治史の最も重要な史料は、兼実の厖大な日記『玉葉《ぎょくよう》』と鎌倉幕府の編纂した『吾妻鏡《あずまかがみ》』、加えて兼実の同母弟慈円《じえん》の史論『愚管抄《ぐかんしょう》』である。通親の不幸は、これらの史料がいずれも彼と敵対的な立場から執筆され、しかもほぼ完全に現存していることである。兼実は時に激すれば通親を「賊臣」(2)「狂乱の人」(3)などと罵り、慈円も晦渋ながら奇妙にリアルな筆で通親を冷評するから、何となく後世の史家もその影響をもろに受けて来たように思われる。(4) 歴史にはしばしばそういう運命的な仇役《かたきやく》がある。

久我家文書展観のオープンに案内を受けて出掛けたら、「オヤ」と言うべきか「果して」と言うべきか、女優久我美子さんの端麗な顔が眼の前にあった。久我侯爵家の令嬢が映画界にデビューしたのは敗戦の直後である。本名を芸名にしたものの、誰もコガハルコとは呼んでくれないのでクガヨシコになったとかいう噂を耳にしたように思う。今井正監督の「また逢う日まで」の、清冽なガラス越しのキス・シーンは日本映画史に残る語り草であろう。そういう名女優に魅せられたからというわけではないが、久我通親の果した歴史的な役割やその幅広い人間性を、後鳥羽院の成長過程と重ね合せて見直すことは必要であろうと思う。

＊

久我家の属する村上源氏は、「延喜《えんぎ》」につづく聖代として後世の公家《くげ》に讃えられた「天暦《てんりやく》」の名君村上天皇から出た。院政期の村上源氏は白河・鳥羽両上皇の信任を得、摂関家とも縁組で結ばれて、昔日の権勢に翳りの見えた藤原氏と公卿《くぎよう》の数では肩を並べるまでに発展した。(5)

通親は鳥羽院政末期の久安五年（一一四九）に生れた。後年不倶戴天の政敵となる九条兼実とは、奇しくも同年の生れである。祖父源雅定は鳥羽上皇に信任されて右大臣に昇り、淳和奨学両院《じゆんなしようがくりよういん》の別当、つまり源氏の氏長者《うじのちようじや》でもあった。しかし父の内大臣雅通は病身で、晩年はもっぱら洛外久我の山荘に籠り、同年齢の平清盛が急速に擡頭《たいとう》する承安五年（一一七五）に世を去る。家督を継いだ通親はこの時二十七歳の四位権中将《しいのごんのちゅうじょう》。同年齢の兼実は摂関家の三男として、十年前すでに右大臣に昇っていた。平家の僭上沙汰《せんじょうさた》を白眼視する兼実は、雌伏して清輔《きよすけ》や俊成《しゅんぜい》との歌交に心を慰め(6)、また「王化、鴻毛《こうもう》の如し(7)」とか「末代の政、只犬馬の戯《たわむれ》の如し(8)」といった野党的な鬱憤を日記に洩らしていればよかったが、通親の場合は、上昇機運の平家への接近に思案をめぐらさざるを得ない。

通親にはすでに妻と一子があったが、新たに清盛の弟教盛の女《むすめ》を迎え、承安元年（一一七一）第二子を儲けた(9)。後に和歌所の寄人《よりうど》となる通具《みちとも》である。計略は功を奏して、治承三年（一一七九）正月、先輩を越えて蔵人頭《くろうどのとう》に抜擢された。風雲急を告げる時局に高倉天皇に近侍し、内裏《だいり》の運営や政府との連絡に当る枢要《すうよう》の地位である。譲位後も新院別当として悩み多い高倉院を支えた。したがって、三年十一月に清盛が後白河法皇を幽閉したクーデターや、翌年の以仁《もちひと》王・源頼政の挙兵などの非常事態には、戦々恐々清盛の意志を体して働き、傍観者の兼実からは、

頭中将《とうのちゅうじょう》通親朝臣《あそん》、已《すで》に其（清盛）の殃《わざわい》に懸《かか》らんと欲《ほっ》し、希有《けう》に免《まぬ》がると雖《いえど》も、猶《なお》怖畏《ふい》を懐《いだ》くと云々《うんぬん》(10)。

とか、

今日定隆・通親等の申状《もうしじょう》（会議の意見）、恥を知らずと謂《い》ふべし。弾指《だんし》（つまはじき）すべし、

弾指すべし。只権門《けんもん》（清盛）の素意《そい》を察し、朝家《ちょうか》（国）の巨害を知らず。然りと雖も已《すで》に其の申状も用ゐられず。嘲《あざけ》るべし嘲るべし。(11)

などと、事々に酷評されている。

幸いなことに通親は文才に恵まれていたので、二部の和文を後世に遺して、酷評に辛くも一矢を報いた。『高倉院厳島御幸記《いつくしまごこうき》』は、院が譲位直後に岳父《がくふ》清盛の信仰する厳島社に詣でた長旅に供奉《ぐぶ》した手記で、貫之の『土佐日記』以来二百年、絶えて久しい男性による和文紀行の試みであった。また『高倉院升遐記《しょうかき》』は、旅の翌年二十一歳の若さで崩じた院の、臨終から一周忌までをしめやかに語った追悼録である。流麗過ぎるほど流麗な美文は、『新日本古典文学大系』その他の手近な活字本も出ているから、いま多くは引用しまい。後者の冒頭に、「さきの天皇《すべらぎ》の国しろしめすこと、十廻《かえ》り二の春秋を送り迎ふるあひだ、四海波静かに、九重《ここのえ》の花枝も鳴らさずして、（中略）延喜天暦の聖《ひじり》の御世に逢ひたてまつる心地して（下略）」などと書くのは文飾もいいところであるが、久保田淳氏が「後鳥羽天皇とその院政に及ぼした通親の影響力を考えると、（中略）自身が天皇の父高倉院に対していかに忠節であったかの証となり、従ってまた自身が天皇の側近として最もふさわしい人物であることを主張する文章という意味を持ちえたであろう。」と解説されたのは至当である。(12)

通親が平家のために勤めた最後の大役は、寿永二年（一一八三）つまり都落ちの三か月前、公卿《くぎょう》勅使《ちょくし》として伊勢の神宮へ派遣されたことである。(13) 木曾義仲征討のため北陸道を下る平家の大軍の勝利祈願が目的であった。(14)祈りふし二見浦に草庵を結んでいた西行に、次の詠がある。

公卿勅使に通親の宰相《さいしょう》の立たれけるを、五十鈴《いすず》の畔《ほとり》にてみて詠みける

いかばかりすずしかるらむ仕へきて　御裳濯河《みもすそがわ》をわたる心は

以下の計七首(15)、うち一首は『新古今集』神祇歌にも採られている。

西行がこんなに惚れ惚れと通親の晴れ姿に感銘したのは、単に弥次馬で見物したのではなく、二人が旧知の間柄だったからである。西行は高野山にいた頃、一山に課せられた税金の免除を、昔ともに鳥羽院の北面《ほくめん》だった清盛に頼んで成功したことがある。高野山に現存する西行の書状(16)に、その際の仲介役「頭中将《とうのちゅうじょう》」と記された人物は、通親である。(17)西行は平家贔屓《びいき》で源平合戦にも深い憂慮と批判を抱いていたので、(18)その点でも二人は馬が合ったはずである。想像をめぐらせば、西行が一夜通親の宿所を訪ねて、緊迫する平家の運命を語り合ったことも有り得ないことではない。

この公卿勅使の祈願の甲斐もなく起った平家没落によって、参議《さんぎ》源通親は生涯の危機に見舞われた。ただ一縷の頼みとしたのは、法皇の選んだ新帝が、通親の親近していた故高倉院の「四の宮」だったことである。通親はこの非常事態にどう対処したか。

*

機を見るに敏な通親は、慌てふためいて平家一門に同行した法印能円の愚を犯さなかったばかりでなく、幼帝の乳母《めのと》高倉範子（刑部卿《ぎょうぶきょうの》三位《さんみ》）が夫能円に捨て去られて空閨《くうけい》をかこつのに乗じて、彼女を妻に迎え、先夫能円との間に儲けた女在子も養女として引き取った。通親の前妻（通具の母）平教盛女と、範子と幼帝を扶持していた高倉範季の妻は姉妹だから、(19)この驚き入った通婚には策士範季が一枚絡んでいたに違いない。いずれ劣らぬ狐と狸のだまし合いみたいな事であったか。ともかく通親は高倉家との連係によって幼帝の身辺にひたと密着し、また養女の在子を宮仕えさせる布石も打ったことになる。

この結婚がいつの事かは分らないが、文治元年（一一八五年、後鳥羽天皇六歳）通親が権中納言に抜擢され、後白河法皇の腹心としての地位を固める以前であろう。(20)文治元年は事多い年で、三月平家がついに壇の浦で滅び、その軍功を誇る義経が法皇に籠絡されて兄頼朝と対立し、法皇が義経に求められて頼朝追討の院宣を出した大エラーを憤った頼朝が、腹心中原（大江）広元の献策を用いて守護地頭の設置を強要する、といった激動があった。国司の警察権を守護に委ね、荘園の収入の何パーセントをみすみす地頭に奪われる屈辱・損失の甘受は、公家社会にとって堪えがたいものであった。戦わざる敗戦のような中で、久しく野にあった九条兼実は広元・頼朝に見込まれて政権の座に着いたのである。(21)この後幼帝の周囲には、じわじわと失地挽回を図ろうとする法皇・寵妃丹後局(22)・近臣通親と、鎌倉との同盟を頼む九条家との対立の構図ができ上った。時に通親・兼実ともに壮年三十七歳である。

　五年後の建久元年（一一九〇）正月早々、十一歳になった天皇の元服の儀が華やかに行なわれた。摂関家の伝統に従い、兼実は首尾よく十六歳の女任子を入内《じゅだい》させ、中宮《ちゅうぐう》（天皇の正妻）に立てた。いわゆる「副臥《そいぶし》」、幼ない天子の夜の指南役である。しかし通親も負けずに、おそらく遠からぬ時期に養女存子（十九歳）を天皇の寝所に入れることになったのであろう。二人の年上の皇妃がほぼ同時に男子と女子を出産し、それが政局転換の兆《きざ》しとなるのは、さらに五年後のことである。

　さてこの建久元年十一月、前年平泉の藤原氏を滅ぼし長い内乱に終止符を打った源頼朝は、大兵を率いて上洛した。法皇と後鳥羽帝に謁し、勲功によって権大納言《ごんだいなごん》・右大将《うだいしょう》に任ぜられ、同盟者兼実とも初対面した。その折頼朝は兼実と密談して、「現在は法皇が天下の政を執り、天子は春宮《とうぐう》（皇太子）の如くであるが、法皇御万歳《ごばんざい》（死）の後は、政権は前途春秋に富む主上《しゅじょう》に帰するであろう。頼朝にもし運があれば、必ずや政治は『淳素《じゅんそ》』に帰《き》すると思う。今後はたがいに疎縁の様子を装って、時を待つことにしましょう」と述べたという。(23)「淳素」という語は、素直で虚飾のない政治的理想を意味する。(24)かつて法皇を指して「日本第一の大天狗」(25)などと憤激した頼朝が、若い天皇の英明に逸早く望みを嘱したことは興味深い。しかしまたこの含み多い発言は、これまでは東国武士の輿望《よぼう》を担った「棟梁《とうりょう》」頼朝が、平和回復に対応して恭順な「侍大将《さむらいだいしょう》」に変身しようとする兆候でもあった。(26)海千山千の通親はこの変化を見抜き、これより虎視眈々《こしたんたん》として頼朝と兼実を離間する機をうかがうのである。

*

保元・平治以来三十年間の乱世に君臨した怪物の後白河法皇は、建久三年(一一九二)六十六歳の生涯を終った。その一か月前、十三歳の天皇は御所六条殿に異例の御見舞をした。(27)通親と丹後局の画策であろう。法皇は大喜びで対面数刻に及び、華やかに御遊《ぎょゆう》(音楽の宴)も行なわれた。天皇は笛を取って女房の箏《そう》と合奏し、法皇は重病を忘れて朗々と得意の今様《いまよう》を唱った。みずから選んだ幼帝の成長(28)に大満足した法皇は、丹後局を使者として主要な遺領をみな天皇に与え、気むずかしい兼実さえその処分を「誠に穏便《おんびん》なり」と讃えたほどである。(29)上々の首尾であった。

兼実・頼朝が待望した法皇「御万歳」後の数年間は、九条家の全盛が実現する。関白兼実の嫡男は夭折していたが、(30)次男良経が二十代の権大納言・左大将として廟堂《びょうどう》の中心に立った。言うまでもなく天賦の歌才に恵まれた彼は、九条家に出入りしていた俊成(31)の指導と叔父慈円の感化によって急速に上達した。その主催した大規模な「六百番歌合」は、中世歌合の最高の成果であると同時に、九条家全盛のモニュメントでもある。旧派の六条家と新風の御子左家《みこひだりけ》をめぐる歌人たちの提出した百首歌を左右に番《つが》い、真剣な批評の応酬の上で、歌壇の長老俊成(釈阿)が判定を加えた。特に、旧派を代表する論客顕昭《けんしょう》が独鈷《とこ》を手にかざして論難し、新風を唱える寂蓮(俊成の猶子《ゆう》)が何をと鎌首を突き出して丁々発止と渡り合ったなどという、女房たちの口さがない噂話(32)は、まだ歌道以前の若い天皇の耳にも達して興をそそられたのではなかったか。

しかし九条家の全盛は長くは続かない。政変は建久七年（一一九六）十一月に突然起った。まず天皇の留守中に中宮任子が宮中から退出し、通親の主導した除目《じもく》によって兼実がいきなり関白を罷免された。関連して慈円も天台座主《ざす》・護持僧《ごじそう》を辞退し、内大臣良経も籠居《ろうきょ》（謹慎）した。九条家一門の政界からの追放である。もとより洛中には「巷説嗷々《こうせつごうごう》」たるものがあり、ある九条家側に立つ蔵人《くろうど》の日記には「世は静謐《せいひつ》に属し、政は淳素に反《かえ》りしに、忽ちに邪佞《じゃねい》（悪者）の諫を納《い》れ、忠直の臣を退《しりぞ》く。姦臣朝《かんしんちょう》（朝廷）を乱《みだ》るは、蓋《けだ》し昔より然り、況《いわ》んや濁世《じょくせ》に於いてをや。ああ悲しいかな悲しいかな」と記す。(33)しかも『愚管抄』には、通親らが兼実を流罪《るざい》にとの提案をしたが天皇の意向で辛くも免れたとある。それが事実とすれば、十七歳の天皇がこの非常の際に早くも君主としての見識と力量を示したことになる。

通親の陰謀成功には、何本かの伏線があった。前年八月、中宮任子は天皇の最初の子を生んだが、それは九条家の懸命の祈禱も空しく皇女であった。(34)そして三か月後に通親の養女在子が待望の第一皇子（為仁）を生んだ。四歳で皇位を継ぐ土御門《つちみかど》天皇である。しかし性に目覚め血気さかんな後鳥羽天皇の後宮には、すでに寝所に召される女性が多くいた。そのくわしい紹介は次章に譲るとして、通親としてはライバル皇子の生れぬうちに第一の強敵を排除して、外戚への道を開くことが焦眉の急務となったのである。そして通親の炯眼《けいがん》は、兼実と頼朝の提携が内乱期のように堅固ではないことを看破していた。それは頼朝が摂関家得意の外戚政治に割り込むべく、「大姫《おおひめ》」（長女）の入内《じゅだい》に執念を燃やし始めたからである。悲劇のヒロインがそこに生れる。(35)

＊

過ぎし治承四年（一一八〇）頼朝と義仲が旗上げした時、義仲の嫡男義高（志水冠者《しみずのかじゃ》）は同盟の証《あか》しに、大姫の婿として鎌倉へ送られた。両親の政略などは露知らず、幼ない二人は兄妹のように睦まじい日々を送ったが、義仲討死の直後、頼朝は妻政子（北条氏）にも内密で義高の誅殺を命じた。洩れ聞いた女房の密告で政子は義高に女装させて逃したが、ついに武蔵国入間川《いるまがわ》（埼玉県）のほとりで幼ない生命を断たれた。(36)

政子の怒りに閉口した頼朝が、忠実に命令を実行した御家人を梟首《きょうしゅ》したのは、どうも割り切れない話であるが、(37)幼ない大姫の受けた心の傷は医す術もないほど深かった。『吾妻鏡』には、大姫の「邪気《じゃき》」の発作が御家人を衝動させた記事がこの後頻出する。彼らは病状にいたく同情して、「貞女の操行《そうこう》」「美談」などと讃えていた。(38)

「貞女」という語で連想されるのは、かの静御前《しずかごぜ》のことである。義経に愛された白拍子《しらびょうし》の静は吉野山中で別れ、やがて捕えられて鎌倉に送られたが、政子の強い希望で八幡宮の舞殿で名人芸を披露した。そして、

吉野山峰の白雪踏み分けて　入りにし人の跡ぞ恋しき
しづやしづしづのをだまきくり返し　昔を今になすよしもがな

と今様の替歌を唱って頼朝の憤怒を招いた時、政子は「予州《よしゆう》（義経）多年の好《よし》みを忘れて恋慕《れんぼ》せざれば、貞女の姿に非ず。（中略）枉《ま》げて賞翫《しようがん》し給ふべし」と諫めた。政子の念頭には、義高の非業の死に苦悩する大姫への切実な母心があったものと推察する。伝え聞いた大姫も参籠中の堂に静を招き、身につまされて感涙を流した(39)。

しかしその母心や病状もかえりみず、頼朝は入内計画を諦めなかった。建久六年（一一九五）、平家に焼討ちされた東大寺の再建供養に再度の上洛をした際には、わざわざ政子・大姫を伴い、丹後局を招いて莫大な贈物をし、二人と対面させている(40)。兼実はこうした見え透いた魂胆を見通せずに、自分に対する贈物が馬二匹に過ぎない粗略さに小首を傾げていたのだから(41)、敢えなく失脚の厄に遭ったのは政治家としてお人好し過ぎるというべきであろう。

大姫は兼実失脚の翌年「久しく煩ひて」夭折し、頼朝を落胆させた。慈円は頼朝が京よりわざわざ招いた験者《げんざ》（祈禱僧）がまだ帰洛しない先に訃報が耳に達したと記し、あたかも「祈り殺して帰りたるにて、おかしかりけり」と痛烈な皮肉を飛ばした(42)。実は二年前頼朝が上洛した時、初対面の慈円は意気投合して和歌を交わし、頼朝の作を大量三十七首も『拾玉集《しゆうぎよくしゆう》』（慈円の家集）に録した(43)。

それは慈円自身が「稀有《けう》の珍事」と注したほどである。たとえば、

又（頼朝）鎌倉へ帰り下りなんとすと聞きて、京に住まはれんこそ世のためもよからめなど申すついでに　　慈　円

あづまぢの方に勿来《なこそ》の関の名は　君を都に住めとなりけり

返し　　前幕下《ばくか》（頼朝）

都には君に逢坂《あうさか》近ければ　勿来の関は遠きとを知れ

といった応酬の当意即妙は、さすがに歌人実朝の父たるに恥じない頼朝の天稟《てんぴん》をうかがわせるだけでなく、慈円の信頼の深さをも示している。しかしその後九条家の失脚を容認し、政敵と交誼を深めた頼朝の心変りに、慈円は釈然としなかった。その心底が、大姫の死への冷たい記述に露呈したのであろう。

あたかもその頃、通親は着々と若い天皇の譲位へ準備を進めていた。

その四　十代の太上天皇

建久九年（一一九八）正月十一日、後鳥羽天皇は四歳の長男為仁親王（土御門天皇）に譲位した。数え年十九歳を迎えたばかりでの異例の譲位である。

どれほどの異例かといえば、そもそも大宝元年（六九七）五十三歳の持統女帝が孫の文武天皇の成長（十五歳）を待って始めて「太上天皇《だいじょう》」（上皇）と称して以来五百年間に、十代で太上天皇の尊号を受けたのは十七歳の陽成、十九歳の花山《かざん》、五歳の六条の三例しかない。陽成天皇は宮中の風紀乱脈を咎めた関白藤原基経に廃立され、花山天皇は藤原兼家一家に騙《だま》されて出家し、そして意志も分別もいまだない六条幼帝の場合は、外戚になろうとする平清盛によって八歳の高倉天皇に替えられたもので、いずれも大権力者のあくどい策謀の犠牲であった。

では後鳥羽天皇の場合はどうであったか。『愚管抄』は例の独特な文体で、「通親はたゝ、譲位を行《おこな》ひて」と、寝耳に水の譲位の震源地を指摘したが、また続いて、「この（後鳥羽）院も、今はやう〳〵意にまかせなばやと思し召《おぼしめ》すによりて、かく行ひてけり。」と、半ばは後鳥羽院の自由意志でもあったかのように記している。(1)反通親派の慈円の観方ではあるが、果してこの叙述は信頼してよいのであろうか。まずそれを見極めたい。

養女在子の生んだ為仁親王を即位させ、藤原氏のお株を奪って外戚になろうとする権大納言《ごんだいなごん》源通親の野望は、強烈でしかも周到であった。すでに前年の初冬には、譲位後の御所《ごしょ》に当てる壮麗な二条殿の造営工事に着手している。着手の直前に、(2)帝を後見《うしろみ》している高倉範季の女重子が守成親王（のちの順徳天皇）を生んだ。それは通親に、うかうかしては居られぬの思いを抱かせたに相違ない。都の政界に睨みをきかす鎌倉幕府への根廻しは、頼朝側近の智恵袋中原（大江）広元を通じて抜かりなく行なわれた。頼朝はかつては後白河上皇の院政に閉口し、今はまた亡き大姫の代りに妹乙姫《おとひめ》を後鳥羽帝の後宮に入れようと画策していたので、幼帝の出現にも院政の再現にも不賛成であったが、通親の政治力に押し切られた。(3)

事は着々と、しかも秘密のうちに進行した。先の政変によって下野していた前関白九条兼実や、家司《けいし》として九条家に仕えていた四位少将《しいのしょうしょう》定家の耳に譲位の噂が聞えたのは、ほんの数日前のことである。(4)この年三十七歳の定家は、源平合戦の頃からもう日記を書きはじめていたが、(5)現存の『明月記』はこの譲位あたりから詳細になり、かつほぼ連続していて、後鳥羽院時代の最大の史料となる。その定家は四日前の正月七日に青侍《あおざむらい》（下級役人）らの噂話を聞き、「儲君《もうけのきみ》（後継の天皇）は必定《ひつじょう》能円の孫の一宮《いちのみや》なり。源大納言《げんだいなごん》（通親）の外孫たるべし」と断定的に書きとめた。さすがに炯眼《けいがん》である。一方兼実の日記『玉葉』には、後継者はまだ定まらず、後鳥羽帝の兄の二宮、三宮、つまりあの平家都落ちに連れ出されて辛くも入水を免れた守貞親王（のちの後高倉院）か、祖父後白河法皇の眼鏡にかなわなかった惟明親王かという情報もある、などと記している。不運の二皇子の名が巷《ちまた》で取沙汰されたのは、いかにも判官贔屓《びいき》の社会心理で面白いけれども、この期《ご》に及んでこんな誤報に心を迷わすとは兼実の政治感覚の鈍さと評する他はない。外戚へひたすら執念を燃す通親が、不運の二皇子は疎《おろ》か新帝の異母弟二人さえも筋書に入れる筈があろうか。

すでに前章で語ったように新帝の生母在子は、母の高倉範子（刑部卿三位）が通親と再婚したことから彼の養女となったのであるが、実父は範子の前夫だった法印能円である。その能円は平家滅亡後すごすごと京へ帰り、ひっそりと暮していたから、通親の邪魔にはならない。(6) ただし「桑門《そうもん》（僧侶）の外孫」が帝位に即《つ》くのは前例のない事だったが、通親は関白近衛基通の一子がたまたま桑門の孫であることを利用して、巧みに味方に付けた。兼実は政敵の辣腕《らつわん》と同族代表の腑甲斐なさに憤《ふん》懣遣《まんや》る方なく、

（通親は）禁裏《きんり》（天皇）・仙洞《せんとう》（上皇）掌中《しょうちゅう》に在るべきか。彼の卿日来猶国柄《かきょうひごろなおこくへい》（政権）を執り、世に「源博陸《げんはくろく》」（「源氏なのにまるで藤原氏しかなれない関白よ」の意味）と称《とな》ふ。（中略）今、外祖の号《な》を

仮《か》り、天下に独歩するの体《てい》、只以《もっ》て目《みまも》るべきか。(7)

と記している。兼実が失意のうちに出家するのは四年後である。

譲位はたしかに通親の強引なイニシアチブによって進められた。しかし帝は権臣の意のままに操られるほど温順な人柄ではなかった。内裏の繁多でしかも紋切型の行事に出御《しゅつぎょ》するだけの退屈な毎日は、生来の行動的性格を満足させるものではなく、むしろ帝位の拘束を速やかに脱したいという意欲が募っていたと、慈円と同様に私も見たい。

在位の後半には、過剰なエネルギーは取りあえず後宮の女性に向けられていたらしい。そこで寵愛を受けた皇妃・女房のことを、ここで概観しておこう。(8)九条兼実が入内させた中宮任子と通親が送りこんだ源在子が帝十六歳の建久六年（一一九五）、相次いで皇女（昇子）と皇子（為仁）を生んだことは、前章に述べた。しかし年上の二女性に開発された帝の男性が積極的に愛したのは、母七条院の里方坊門家の信清（のち内大臣）女の坊門局《ぼうもんのつぼね》と、帝を後見した高倉範季の女重子である。前者は翌七年皇子（長仁）を、後者もその翌八年皇子（守成）を生む。生母二人はともに帝よりも若く、またおそらく宮仕え以前から帝と幼な馴染みの親密な仲でもあった。これに対して、中宮の任子は九条家失脚の際宮中を去って再び帰ることなく、やがて出家する。(9)また在子は新帝の生母として世に時めくはずのところ、(10)やがて母範子が亡くなった後、(11)あろう事か養父通親と密通したので、自然に院の寵愛は絶えてしまう。(12)ただ在子（承明門院）は八十七歳という稀な長命をするので、(13)尾羽打ち枯らした晩年になって孫（後嵯峨天皇）の即位という思わぬ幸運にめぐりあうが、(14)それは後鳥羽院崩後のことである。

ともかく、政略によって送りこまれた二人の后妃に代って後鳥羽院の事実上の正妻となったのは、高倉重子である。(15)ことに守成親王（のちの順徳天皇）が俊敏の才を父に愛されて、温厚な兄土御門天皇の皇太弟に立てられて後、(16)重子の地位は名のとおり重く、修明門院《しゆめいもんいん》という女院《によういん》号を受けた。(17)女院というのは上皇に准ずる礼遇で、大きな勢威や所領を持った例が多い。そして修明門院は後鳥羽院が乱に敗れて隠岐へ送られる時には護送先へ駆けつけ、涙ながらに名残りを惜しみ、ともに出家するのである。(18)また坊門局は、後鳥羽院のハレムともいうべき「小御所《こごしよ》」の女房十人ほどの筆頭に位置を占め、(19)「西の御方《おんかた》」と呼ばれた。そして院が流される時には、小御所女房のうちで最新参の「伊賀局《いがのつぼね》」とともにお伴した。伊賀局は、乱の原因になったといわれるほど寵愛された遊女亀菊《かめぎく》（後述）である。二人は院の崩ずるまで、十九年間さびしい孤島の身辺に仕える。

修明門院と西の御方が後宮を宰領するとともに、譲位後にもそれぞれ二人ずつの皇子・皇女を生んだのは、(20)寵愛の長く濃《こま》やかだったことを語るものであろう。しかし帝の十代の愛欲は他の女性にも向けられた。建久九年には、どうして眼にとまったのかは分らないが「舞女」の滝という者が皇子（覚仁）を生み、(21)少納言典侍《しようなごんのすけ》という女房も皇子（円快）を生んだ。(22)これを要するに、十六歳から十九歳までの四年間に、帝は六人以上の子を儲けたわけである。(23)もっとも帝王の場合、これは別に荒淫という程度ではない。また譲位後にも、史伝の冒頭に書いた尾張局や巻末で述べる氏王母、しがない「御簾編《みすあみ》の男の娘」にもかかわらず「寵愛抜群」と評判されていた白拍子石《いわ》(丹波局)[24]など、さまざまな女性が院を取り巻く。とはいうものの、史料で確認できる皇子・皇女は、譲位から流謫《るたく》まで二十余年の権勢期にはわずか十人を出ない。もとより子女の数が女性に注いだエネルギーに比例するわけではないが、少なくとも譲位によって解放された後鳥羽院のエネルギーは、女色ではなく文化の多彩な分野にあまねく拡散されたとは言えるであろう。したがって、権臣通親の譲位計画をやむを得ず受け入れたのではなく、反対に、祖父後白河法皇の奔放自在な政治的・文化的活動をより大きく再現する意欲に燃えていたのではなかったか。果してその意欲は時機を待ち兼ねたかのように爆発する。

＊

譲位の二日前、後鳥羽院は内裏の閑院殿《かんいんどの》を新帝に明け渡すために、式子内親王の大炊殿《おおいどの》を借用して仮住居にした。そして譲位の翌日、早速に中庭に出て蹴鞠《けまり》にふけった[25]。古く大陸から伝来したこの球技は、院政期の貴族社会で大流行し、後白河法皇などもひとかどの鞠足《まりあし》(プレーヤー)であった[26]。体力に恵まれた後鳥羽院も、おのずから少年の時からこのスポーツを愛し、名手の誉高い飛鳥井《あすかい》雅経のコーチを受けるために、滞在中の鎌倉から召還したほどである[27]。雅経は『新古今集』の撰者として有名な歌人になる人物で、定家とも実朝とも関係深く、また後年院が蹴鞠にいよいよ熱中した時期には、この道の立役者として活躍するから、後章にくわしく触れる機会があるだろう。

譲位の十日後、新院は母七条院の御所へうやうやしく譲位の報告に参り、帰還後「布衣始《ほういはじめ》」を行なった。これは上皇がはじめて烏帽子《えぼし》・狩衣《かりぎぬ》を着用し、院司一同もこれに倣う儀式である。見慣れない自他の装束を院はひどく面白がり、上機嫌で人々をからかったりした。(28)翌日には「北面始《ほくめんはじめ》」。北面は御所の北側の控室に詰めて、万端の御用を勤める秘書役で、その中には寵童もいる。儀式の後には蹴鞠を行ない、烏帽子・狩衣・指貫《さしぬき》のスポーティーな軽装を心ゆくまで新任の北面二十名と楽しんだ。(29)近臣たちの遺した諸記録から伝わるのは、水を得た魚のように生き生きと動く十九歳の若者の姿であって、帝位を心ならずも追われた情ない様子ではない。

母七条院の御所へ参ったのが、新院の「御幸始《ごこうはじめ》」の儀式であるが、これを発端として、洛中洛外の寺社への御幸が毎日のように続く。まずひそかに女車《おんなぐるま》に乗って出掛けたのは、岡崎の法住寺《ほうじゆうじ》殿《どの》と付属の最勝光院《さいしようこういん》である。前者はいうまでもなく祖父後白河法皇の御所であったし、後者は祖母建春門院(平滋子)の発願《ほつがん》で建立された。なつかしい祖父母の旧跡を訪れたことがなかったので、「坎日《かんにち》」という禁忌《きんき》もお構えなしに外出したのである。これから仕える主君の流儀や如何《いかに》と敏感に見守る駕輿丁《かごかき》・御者《ぎよしや》などは、「近日京中ならびに辺地《へんち》、日夜に御歴覧あらん、尤《もつと》も用意あるべし」とこそこそ話し合った。(30)ただし彼らも近臣も想像以上の多忙に音を上げ、やがては観念することになる。新帝の即位の礼といった「朝家《ちようか》の大事」が目前に控えていても、上皇の御用命は容赦なく

下ったからである。(31)

越えて二月半ば、院は伊勢神宮に次ぐ崇敬の対象とされていた石清水八幡宮《いわしみず》へ参拝に出た。この時には通親に束帯《そくたい》（正装）の裾《きよ》を持たせて、あの男山《おとこやま》の長く急な「大坂」を軽々と歩いて登った。(32)これはかつて白河上皇が初度の御幸に歩行されたという先例に拠ったものらしい。白河上皇が気力・体力抜群だったことは、私もその雪見の遠出のすさまじさに驚き呆れて詳述したことがあるが、(33)院はおそらくこの伝説的な大実力者に、負けるものかと挑んだのであろう。ただし白河上皇はどうやら坂の下までの歩行で、登山には腰輿《こし》を用いたらしい。(34)玄孫が頂上まで徒歩で通したのは青年の客気というべく、供する通親の閉口した顔が眼に見える。

神前の御経供養《みきようくよう》を終り、夜は巫女《みこ》・舞人・白拍子などの芸をたっぷり楽しんだ院は、翌日鳥羽殿《とばどの》までの帰途、大勢の公卿《くぎよう》・殿上人《てんじようびと》一同を京へ帰して近臣五、六人を伴ない、桂川の対岸にある通親の久我《こが》山荘に入った。そこで一夜にぎやかな御遊《ぎよゆう》が催され、石清水八幡の検校《けんぎよう》（統轄者）成清が接待に「海内《かいだい》の財力を尽した」という。この引用は定家お得意の大袈裟な形容の一例である。(35)

通親の斡旋で歓楽の味に酔い痴れた院は一旦帰洛したが、二日後には直衣《のうし》・狩衣の略装の近臣と鳥羽殿へ舞い戻った。まず城南寺《せいなんじ》の馬場で本格的な競馬を見た後、にわかに近辺の鶏《とり》をかき集めて「鳥合《とりあわせ》」（闘鶏）を行なった。メンバーを老若に分け、老《おい》の通親方が負けると、ふたたび久我に渡って「負態《まけわざ》」という宴会が催された。(36)負態は競馬・相撲といった宮廷行事の中で古くから発達した風習で、負方が酒食一切を提供する無礼講である。(37) こういう遊興に我を忘れた院は、ついに我が子の天皇が始めて大内裏《だいだいり》へ行幸する晴の行列を見物する予定までも、放棄してしまった。(38)

こうした御幸は、なお嵯峨の法輪寺、賀茂の上下社、坂本の日吉《ひえ》社、宇治の平等院など引きも切らず、八月には父祖の定石に従って初度の熊野御幸に出発する。遠島流謫《るたく》までの二十余年間に三十回近くも行なわれた熊野参詣については、後にも触れる機会があろう。いま洛中洛外への当初の御幸を長々と述べたのは、こんなエネルギッシュな行状は後年まで手を替え品を替えて衰えを知らなかったので、その特徴を紹介しておくためである。

生真面目な定家が鳥合や負態を伝え聞いて、「悲しむべき世なり」などと感想を付け加えたのは、(39) 彼がまだ後鳥羽院の知遇を得る以前のことだから、身の不遇からの鬱憤も混っていよう。しかしその批判は、彼の仕えた九条兼実お得意の「善政」好みや、乱後に出た「文章に疎《そ》にして弓馬に長じ給へり」という『六代勝事記』の非難（起の巻その一に触れた）などと共通する正論でもある。かつて博学無双の信西《しんぜい》入道が、後白河院を「和漢の間、比類少なき暗主《あんしゅ》なり」(40) と嘆いた批評とも相通じるかも知れない。たしかに後鳥羽院が『帝範《ていはん》』や『貞観政要《じょうがんせいよう》』といった帝王学の古典を熱心に学んだ形跡は、現存の史料には多く出て来ない。しかしそうかと言っても歴代に比べて冷淡だったわけではないし、(41) 反面、信西が後白河院のせめてもの長所と認めた「若し叡心《みこころ》に果し遂げんと欲《ほっ》する事有らば、敢《あえ》て人の制法に拘《かか》はらず必ずこれを遂ぐ」(42) という果断な性格は、院も祖父以上に持っていた。

＊

その超凡の行動力がまず標的と定めたのは、延喜「聖代」の金字塔たる『古今集』を生み出した和歌の勅撰事業を、三百年後の今に再現しようとする壮大な夢である。それは保元・平治以来数十年間の乱世に打ちひしがれ、口を開けば「末世」「末代」を嘆いていた当時の人々には思いも寄らぬ、大規模・高水準の着想であった。

承の巻

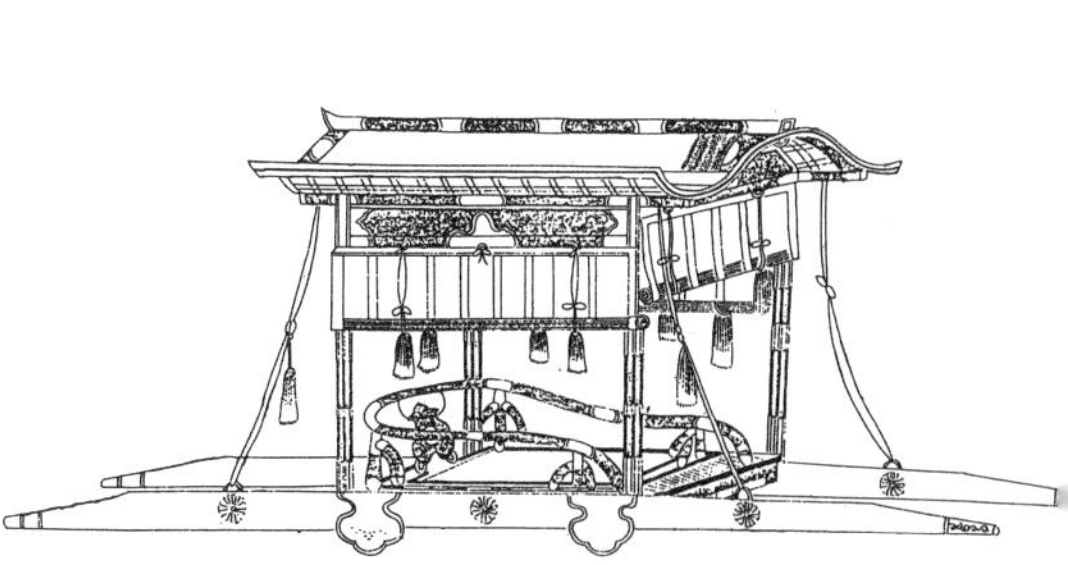

その一　和歌への出発

正治元年（一一九九）の譲位の翌年「弥生《やよい》の二十日ごろ」、うら若い太上天皇は「大内《うち》の花」が「今盛《さか》り」であるとの噂を聞いて、大勢の公卿《くぎょう》・殿上人《てんじょうびと》を引き連れて花見に出掛けた。「大内」というのは、桓武天皇草創の平安京本来の内裏《だいり》（皇居）を指す。内裏はいわゆる「延喜・天暦の聖代」の終り頃からしばしば火災で焼失したので、外戚の邸宅などがその度に避難場所となり、やがてこの「里内裏《さとだいり》」の方が居心地が良く、本来の内裏に取って替るようになる。(1) ただ正式の内裏の正殿（紫宸殿《ししんでん》）の前庭には、重要な儀式の際に近衛府《このえふ》が陣を敷く目印として、桜と橘が植えられていた。(2) この「左近《さこん》の桜」は内裏の使用頻度が廃れても大切に植え継がれて名木となっていたので、(3) 後鳥羽院の風流心を誘ったのである。院蔵人《いんのくろうど》源家長の手記を引こう。(4)

花はすこし盛《さか》り過ぎて、道もさりあへずこぼれ落つ。（中略）昔行幸《みゆき》の時は、此の花の下《もと》に左近《さこん》の司《つかさ》陣ひき侍りしに、布衣《ほうい》の御すがたにて庭に渡らせ給ふ。花いかに思ひ出づらんとぞ思ひ続けられし。「花一枝《ひとえだ》折りて参れ」と仰せあれば参れり。御硯召し寄せて書かせ給ひて、結びつけて御供なる内大臣通親に賜はす。

雲の上に春暮れぬとはなけれども　馴れにし花の陰ぞ立ち憂き

御かへし

飽かざりし君がにほひを待ちえてぞ　雲居《くもい》の桜色を添へける

（『源家長日記』）

院はかつては正殿の奥から南面して眺めた花を、今は略装でしかも庭に立って仰ぐ様変りに、感慨をもよおしたのである。そしてこの感慨を洩らした相手は、異例の譲位を推進した権臣久我《こが》通親であった。院の歌に淡い感傷がただようならば、通親の返歌にはさりげない慰めの情が溢れていようか。もしこの作を、現存する院の詠歌の初見とすることができるならば、それが通親との贈答の形で伝わったのは象徴的とも言えるであろう。実は後鳥羽院を和歌に誘導した最も有力な存在は、この通親ではないかと私は考えたいからである。

もっとも『寂蓮《じゃくれん》法師集』には、院の「雲の上に」（前引）の作に対しての、

いかばかり雲井の花も思ふらん　なれし御幸《みゆき》のあかぬ匂ひを

という寂蓮の返歌を載せている。寂蓮は俗名を藤原定長といい、歌壇の長老俊成（法名釈阿《しゃくあ》）の甥であるが、早く遁世して詠歌一筋に精進していたので、特に花見に召し出されたのであろう。また藤原雅経の『明日香井《あすかい》和歌集』にも、この折に高倉範光と交した贈答を載せ、両者とも寂蓮と同様に院の在位の日を懐かしんでいる。(5) 雅経が蹴鞠の指南役、また範光が乳母《めのと》（高倉範子）の兄として、院と格別の仲だったことは言うまでもない。まだ初心者の後鳥羽院は、おそらく歌会の詠とは異なる軽い即興として、通親をはじめ幾人かの心許した側近との応酬を楽しんだのであろう。昔も今も、人は得てしてそんなきっかけで詩魔の虜《とりこ》になるのである。

＊

通親が院を和歌に誘導した行動の、もう一つの現われは、私邸で催す「影供《えいぐ》歌合」に院を招いたことである。(6) このユニークな行事は、通親が師事した藤原季経の六条家に伝えられた。季経の祖父修理大夫《すりのだいぶ》顕季は、白河上皇の近臣として院政の衝に立ち、摂関家をも凌ぐ権力を振い財力を貯えた。西行の生れた年に当る元永元年（一一一八）のこと、顕季は六条東洞院《ひがしのとういん》の私邸に歌人たちを集め、紙筆を持つ老翁の姿に描かれた歌神「人丸」の像に、「和歌の宗匠」源俊頼が恭々しく盃を献じて宴を開き、各人が「水風晩来」の題詠を披露した。これが「人麿影供《ひとまろえいぐ》」（柿本影供）と呼ばれた六条家伝統の行事の始まりである。(7)『万葉集』は平安時代には完全に埋もれた古典となり、第一人者柿本人麻呂の名声だけは高かったものの、それもこの日顕季が吟詠したという「ほのぼのと明石の浦

の朝霧に　島かくれゆく舟をしぞ思ふ」（『古今集』羈旅）のような、正体不明の伝承歌によって敬慕されていたに過ぎない。しかしその朧化はかえって人丸の神格化を促進し、(8)このいかにも中世的な風潮に乗じた「影供」行事は、顕季の子顕輔、孫の清輔・季経・顕昭《けんしょう》（顕輔の猶子）ら、六条家の代々が歌壇を制圧する有力な武器となったのである。

後鳥羽院は後年『新古今集』の勅撰が完了した際には、平安中期の宮廷で「日本紀《にほんぎ》の講書《こうしょ》」（『日本書紀』の学習）完了の際に行なわれた「竟宴《きょうえん》」に倣って、和歌では先例のない完成祝宴を企てたほど、宮廷の伝統に強い憧憬を抱いていた。そういう院が人麿影供に関心を寄せなかったはずはない。大内花見の半年後、新御所の二条殿で催された歌合に影供が伴ったらしいが、(9)それはこの御所を造営・献上した通親の発案で、院も請われて臨席したのであろう。以後、通親が急逝するまでの三年間、その私邸や別荘の影供歌合に院は熱心に臨席し、やがては御所に設けた「和歌所」でみずから影供を主催するに至った。(10)そうした流れから見て、六条家に始まった影供歌合も、通親が院を歌道に導く一つのキイになったと思う。

後鳥羽院は全盛の二十年間に三十回近くも遠路はるばる熊野詣《くまのもうで》に出掛けたが、その最初の数回も、あきらかに和歌への開眼の契機になった。世に「熊野浄土」の語があったように、山深く神秘に満ちた紀伊国熊野の地は、「穢土《えど》」の苦悩の対極に存在するはずの「浄土」を眼のあたりにする「山中の他界」として、都の人々に古くから憧憬された。(11)中でも白河・鳥羽・後白河三上皇の度重なる大規模な参詣が、貴族社会に爆発的な参詣ブームを呼び起した。(12)道中の難行苦行と旅愁や法悦は、たとえば鳥羽院政期の権中納言中御門《なかみかど》宗忠(13)や百年後の定家(14)などの日記で詳細に知ることができる。

院のはじめての熊野御幸は、譲位半年後の建久九年(一一九八)八月であった。この時道中の宿所の設営に絡む紛糾で藤原氏の氏寺興福寺が強訴《ごうそ》を企てたが、この厄介な問題を裁いたのは久我通親だから、(15)彼こそこの御幸を推進した張本人に違いない。その後も通親は常に随行者の筆頭として参詣した。そして、これら初期の御幸で特に顕著なのは、「熊野懐紙《かいし》」という古筆の名品(16)を今に伝える、盛んな道中の歌会である。

熊野路には、海と山の美観の交錯する長い道中に「王子《おうじ》」と呼ばれる多くの分祠《ぶんし》があって、休息と旅宿の場となっていた。懐紙はそこで催された歌会の詠草で、院の宸筆《しんぴつ》五枚をはじめ十余人の真蹟が伝わっている。正治二年(一二〇〇)十二月の第三回の旅では、切目《きりめ》王子の歌会に院は、

遠山落葉

秋の色は谷の氷にとどめ置きて　梢《こずえ》むなしき遠《おち》の山もと

海辺眺望

浦風に波の奥まで雲消へて　けふ三日月の影ぞさびしき

と詠った。この歌会の同じ題で詠んだのは、通親と参議西園寺公経《さいおんじきんつね》を筆頭に、範光・雅経・家長らの腹心や家隆《かりゅう》・寂蓮らの歌人である。(17) その翌建仁元年十月の第四回の旅では、藤代《ふじしろ》王子の歌会に院は、

深山紅葉
うばたまの夜の錦を龍田姫《たつたひめ》　たれ深山木《みやまぎ》と一人《ひとり》染めけむ

海辺冬月
浦寒く八十島《やそしま》かけて寄る波を　吹上《ふきあげ》の月に松風ぞ吹く

と詠った。メンバーは通親・公経以下、前年と共通の人が多いが、通親の子の通光、定通、通方という年子《としご》の三兄弟が伴われ、歌会にもこの三少年の加わったのが注目を引く。(18) 三人の母は院の乳母高倉範子だから、彼らは院のいわゆる乳母子《めのとご》である。院としては、気兼ね無用の通親一家に囲まれての楽しい旅であった。

定家はこの度はじめて随行を命じられた。彼は虚弱な体力を危惧しながら、「精撰《せいせん》の近臣」の中に加えられたことを「面目過分」と感激して、難路の寒風や持病の咳や宿探しにほとほと閉口した有様を『熊野御幸記』につぶさに描いた。藤代王子の詠草も滝尻王子の詠草もくわしく書き留めた

が、三少年のたどたどしい作品などに格別の関心を払っていないのは当然である。しかし、この通親の最後の熊野詣が一家を挙げての随行であったところにも、連夜宿所で歌会の催された初期御幸における通親の存在の重みを、私は注目したいのである。引用した院の初々しい作品は、山と海の風物がいかに若い詩心を魅惑したかを語っている。

＊

こうして超スピードで習作期を通過した正治二年（一二〇〇）の秋冬、二十一歳の院はみずから二度にわたって百首歌に挑むとともに、多くの貴族や歌人に百首の詠進を命じた。「百首」という形式は、十世紀半ばに帯刀長《たてわきのおさ》源重之《しげゆき》が皇太子（のちの冷泉天皇）の命を奉じて献じたものが最初とされ、[19]次いで曾禰好忠《そねのよしただ》が身の沈淪《ちんりん》を嘆いた作なども出た。[20]重之の百首にも末尾に不遇の訴えが付載されていて、百首形式の力作の根底にはこうした中下級官人の切実な制作動機があった。重之は大批評家の藤原公任《きんとう》によって「三十六人歌仙」の最新鋭に選ばれた人であるが、[21]後の勅撰集に採られた彼の作の過半がこの青春の百首からだったほど、そこには渾身の努力がこめられていた。[22]以後の数百年間、百首は歌人が力量を世に問う形式として盛んになり、代々の勅撰集の有力な取材源にもなり、やがて九条良経の「六百番歌合」、つづく後鳥羽院の「千五百番歌合」など大規模な百首歌合によって頂点に達する。まだ未熟な後鳥羽院が百首歌の下命を企画したのは、本格的な和歌活動の出発であった。

「初度百首」詠進者の人選は、おそらく通親との緊密な協議によって進められた。二十三名の詠進者は院と兄の「三の宮」（惟明親王）以外はほとんど皆、院が生れて間もない頃俊成が後白河院の勅命によって撰進した『千載集《せんざいしゅう》』に入集の輝かしいキャリアを持つ。いきおい年齢も比較的高い。その中には六条派の通親（内大臣）・忠良（権大納言）・季経・経家・師光《もろみつ》と、これに対立する立場の、御子左家《みこひだりけ》の俊成・隆信・定家・寂蓮、および彼らの仕える権門《けんもん》九条家の良経（左大臣）・慈円などがバランスよく入っていた。したがって、これに式子内親王・守覚《しゅかく》法親王・二条院讃岐《さぬき》も加えた当代の実力者の競作は、『新古今集』に大量七十九首も採用され、この人選がいかに妥当だったかを示している。

ただし当初、新進の定家（三十九歳、従四位上左近衛権少将）は人選に洩れていた。それを彼は通親が六条季経の「賂《まいない》」を受けて疎外したと思い込み、「此の百首の事、凡《およ》そ叡慮《えいりょ》の撰《せん》に非《あら》ずと云々《うんぬん》。只権門《けんもん》（通親）の物狂《ものぐるい》なり。弾指《だんし》すべし」[24]と、口汚なく罵った。歌壇の長老釈阿（俊成）が、百首は「年老いた者ばかりには限定すべきでない」という長文の意見書[25]を院に奉ったのは、血相変えた我が子に引き摺られたというよりは、歌道の将来を思う公正な見識からであって、院も通親も卒直にこれを容れ、定家や家隆がメンバーに起用された。もともと通親は平家の下で活躍していた頃『千載集』に六首も入集し、撰者俊成を徳としていたはずだから、定家を飽くまでも排除する個人的理由はないと思われ、家隆（四十三歳）や定家はボーダー・ラインに浮き沈みしていたのであろう。しかも院は差し出された定家の詠草にいたく感動し、それを伝え聞いた定家は、「道のため面《めん》目幽玄《ぼくゆうげん》、後代の美談と為らん(26)」と大袈裟に感激した。

さて、こうした現金な豹変は、『明月記』全巻を通じる特徴である。それは詩人の激越な感受性をうかがうには至って面白いけれども、後鳥羽院時代の最大史料として用いるには、冷静な史料批判による客観性の確認が必要である。どうも後世は定家の強烈な個性に振り廻され、ややもすれば「専制君主の気まぐれ」とか「討幕派の通親」といった先入見を育てて来たように思う(27)。もとより院の言動にも行き過ぎや誤まりは少なくないが、計画性も柔軟性も多いのだから、史料はすべて複眼を以て判断しなければと自戒したい。

続く「第二度百首」は、院自身の他に範光・雅経・源具親・同家長・鴨長明・同季保・女房宮内卿・同越前など十名のメンバーで、これらは皆駆け出しの新人である。彼らは旧風に染まぬ院の眼力によって抜擢され、以後も可愛がられたり叱られたりしつつ成長した(28)。やがて雅経、家長、長明は和歌所に出仕し、『新古今集』勅撰に駆使されるのである。稀有なことには、院はみずからが実作者となる過程が、すなわち歌壇の指導者となる過程でもあった。もとよりそれは王者の特権あっての事とはいえ、天与の詩藻がなければ企て及ぶべくもなかったわけである。こうして、『古今集』以来例を見ない勅撰の陣頭指揮への巨歩は、着実に踏み出されていた。

*

私は院の歌道が権臣通親の誘導に負うという仮説を述べ、その段階を若い院が急速に乗り越えつつある様をも見たが、そうした目覚ましい成長は、「治天の君」の政治手法の上でも同様に見られる。その顕著な現われは、九条良経の登用である。『秋篠月清集《あきしのげっせい》』の大歌人良経は九条家追放の政変（建久七年）によって籠居《ろうきょ》し、譲位直後には追討ちのごとく左大将も罷免され、(29)失意の五年間を送ったが、正治二年（一二〇〇）の春勅勘を解かれ、院に拝謁して懐旧の涙にむせんだ。(30)おそらくこの数年間に、院は良経の非凡の歌才、深い教養、温厚な人柄を知った。また前年の頼朝の死を機会に、内乱の際に鎌倉と結んだ九条家のその後の孤立を救済しようと考えたのであろう。その頃、通親がつくづくと「今に於いては吾が力及ばず(31)」と嘆息したことも伝えられる。それは愛児の成長を持て余しつつ反面では満足もした、世の父親の呟きにも似ていよう。

内大臣通親は建仁二年（一二〇二）十月急逝した。(32)新御所（京極殿《きょうごくどの》）での御遊《ぎょゆう》に采配を振り、上機嫌で帰宅しての「頓死」であった。惜しむ人（たとえば家長）、(33)小首傾げる人（たとえば慈円）(34)など、さまざまな反響を呼んだのは世の権力者の常であるが、後鳥羽院政初期の政治と文化の方向を導いた功績はきわめて大きかったことを、卒直公平に評価したいと思う。

通親は紀行の名作を遺したが、家集を編まなかった。しかも和歌所の本格的活動の始まる以前に没したので、和歌史の上ではほとんど評価の対象になっていない。しかし、『千載集』『新古今集』に採られた追憶や哀傷の作には、素朴ながら心のこもった佳品があるように思う。たとえば、春ごろ久我《こが》にまかれりけるついでに、父の大臣《おとど》の墓所のあたりの花の散りけるを見て、むかし花を惜しみ侍りける志など思ひいでてよみ侍りける

散りつもる苔の下にも桜花　惜しむ心やなほ残るらん　（『千載集』雑中）

左近中将通宗が墓所にまかりて詠み侍りける

おくれゐて見るぞかなしきはかなさを　うき身の跡と何たのみけむ　（『新古今集』哀傷）

他にも『玉葉集』（雑四）には高倉院を偲んだ作があり、(35)『新古今集』（哀傷）には父雅通への殷富《いんぷ》門院大輔《もんいんのたいふ》の弔いに答えた作もある。(36)彼の父雅通の『千載集』入集の六首は、ことごとく病身と隠遁生活を反映した寂寥相の表現であるが、(37)これをも思い合わせると、辣腕政治家の通親の隠された半面には、そうした亡父の血が流れていたと想像せざるを得ない。それは『高倉院厳島《いつくしま》御幸記』『同升遐《しょうか》記』を流れる基調とも相通じるものなのであろう。和歌的技巧のレベルはさて措いて、素人の私はその抒情に心を引かれるのである。

その二　『新古今集』成る

建仁元年（一二〇一）十一月三日、二十二歳の後鳥羽院は「上古以後の和歌撰《えら》び進むべし」という院宣《いんぜん》を、側近の院別当藤原長房を通じて歌人六名に下した。[1]その六名は、三十一歳の参議《さんぎ》源通具《みちとも》、四十七歳の大蔵卿《おおくらきょう》藤原有家、四十歳の左近衛少将《さこのえのしょうしょう》定家、四十四歳の散位《さんに》（無役）家隆、三十二歳の右近衛少将雅経および六十歳前後の入道寂蓮である。いずれもこれより三か月前に院の御所に置かれた「和《わ》歌所《かどころ》」（後述）の「寄人《よりうど》」（メンバー）十一人の中から、院の眼鏡に叶って選抜された実務家であった。

ただし、若輩の公卿通具は内大臣の高位にある父通親の代理として、また有家は適任のいない六条家の代表格として選ばれた者、[2]寂蓮は高齢で翌年には世を去るし、[3]雅経はお気に入りながら年少だから、おのずから歌才と年齢ともに卓越した定家と家隆が衆望を集め、さらに温厚な家隆を凌いで俊敏な定家が先頭に立ったのは、当然の勢いである。この組合せはもとより院の周到に予測し計算したところであろう。

この院宣を『新古今集』勅撰事業の発足とするのは国文学史の定説で、以後の編集作業を資料の収集・選別、部類・配列、加除・修訂といった各段階に区分して詳述することも通例となっている。(4) 和歌史の叙述としては、それで不足のあろう道理はないが、さてこれを発企し、陣頭指揮し、隠岐に流されてからも執念をもって手を加えた後鳥羽院を伝する場合には、別に考えたいことが多い。つまりエンジンのギアをトップに入れたこの時よりも以前に、計画が院の心中でいかに胎《はら》まれ、いかに成熟したかという問題である。それはまた、なぜに和歌の勅撰を治政の最初に完成すべき有意義な事業と認識し、没頭したのかという問題でもある。そこで、この事に筆を費してみたいが、その最大の史料は『明月記』だから、定家の動静と心情という、かなり度の強いフィルターを通して窺《うかが》うほかに手段はない。

＊

定家が正治二年(一二〇〇)秋、父の奏状によって初度百首に詠進を許され、その作品が院にいたく感服されたことは、前章に述べた。そしてその十月一日、定家は内輪の歌会に参れとの急な召しを受けて「小御所《こごしょ》」へ参入した。(5)「小御所」というのは、寵愛する女性たちに取り囲まれた院のプライベート・ルームである。そして「カヽル所へ参入」したからには遠慮なく所存を申せ、だから今夜は長老を呼ばなかったぞ、(6) という仰せを承って、目の眩《くら》む思いをしながら意見を具申した。また当夜は「衆議判《しゅうぎはん》」とはいいながら、大略定家の判定で勝負が決った。幸いにも御製に一首の負《まけ》も付けずに済み、「今夜の儀、極《きわ》めて以て面目と為す。存外《ぞんがい》、存外、忝《かたじ》けなし、忝けなし」と、手放しの悦びを日記に洩らした。

これが院と定家の短かい蜜月の始まりである。以後二条殿の「弘御所《ひろごしょ》」へ度々召され、「道の面目なり」という感想が頻出する。なかんづく翌建仁元年三月末、二日続きで歌合に召され、左大臣良経・内大臣通親・天台座主《ざす》慈円という「貴人《きじん》」に伍して、判者俊成の下で御座近く立ち働き、かつ作品を院に激賞された。「生きて斯《こ》の時に遇《あ》ふ、吾《わ》が道の幸《さいわい》 何事かこれに過ぎんや」と喜び、「和歌の中興に遇《あ》ふ」とまで感激している。(7) 活字本には「和歌の中興」の後が欠けているのが惜しいが、かの『古今集』真名序の結びに用いられた「中興」という特別な言葉からは、勅撰下命の機が熟したことを定家が十分自覚していたニュアンスが伝わって来る。

院の第三度の百首は、この頃すでに下命されていた。勅命を受けた者は、この度は大量三十名である。それらは六月、院の催促に応じてようやく歌稿を手放した定家あたりを最後に出揃った。この三千首は左右に結番《けちばん》され、十名の判者に二巻ずつ判と判詞を分担させ、『千五百番歌合』二十巻として、翌春に完成する。その間に『新古今集』勅撰の命が下り、「上古以後の和歌」収集作業が開始されたことは冒頭に述べたが、後鳥羽院は古来の名歌を網羅しようとする編集意欲と並行して、わが率いる時代の詠風をこれに劣らぬレベルまで引き上げようとする、烈しい王者の気概に燃えていたのである。事実、この三千首のうち九十首ほどが『新古今集』に採られたから、収穫は豊かであった。

院はみずからも判者に加わり、秋二と秋三の二巻を引き受けた。自作十首をすべて「負」としたのは作法《さほう》に従ったまでであるが、高く評価したのは良経（勝九・負一）、慈円（勝七・持二・負一）、釈阿《(俊成)》（勝六・持二・負二）、定家（勝六・持四）、家隆（勝六・持二・負二）などの作品で、反対に顕昭《けんしょう》（勝一・持六・負三）を極端に冷遇した。そこには新風を勅撰の眉目《びもく》としようとする方向が、もうはっきり見える。それは定家（秋四・冬一を分担）の判（勝の多いのは院七・釈阿七・家隆六・慈円など五）ともほぼ一致した。ことに院が定家の作を一首も負としていないのは、惚れこみ様の程を察することができると言うものであろう。

はなはだ愉快なのは、院が判詞を折句《おりく》の和歌で示したことである。たとえば、六百一番の左（女房）《(院)》右（通具朝臣）に対しては、

見せばやなきみをまつ夜ののべの霧に　かれまくをしくちる小萩かな

と詠んだ。その各句の頭の文字をつなげると、「みきのかち」（右の勝ち）となる。院は判詞の冒頭

に「愚意《ぐい》の及ぶところ、勝負ばかりは付くべしといへども、難《なん》（批評）におきては、如何に申すべしともおぼえ侍らず」、つまり批評は苦手だからさと弁明したが、内心では、和漢の詩歌・散文を縦横に引用して滔々《とうとう》数百言をつらねる顕昭のようなペダンチックな流儀を揶揄《やゆ》して、「歌はもっと感性の自由な働きではないのか」と問うているように思われる。新風歌人たちの判詞も概して簡潔で、しかも良経は得意の漢詩（七言二句）、慈円は和歌をもって判詞に替え、定家も漢文と和文を混用するなど、多彩な試みをしている。それにしても奇抜な「折句」とは院の持ち前の遊び心の現われで(8)、それは和歌勅撰の完了を待ち兼ねたかの様に狂連歌に熱狂する前兆だったとも言えよう。

女流歌人の抜擢も、この歌合の特徴の一つである。『家長日記』によれば院はかねがね、歌詠みとして知られた女房は近年も何人かいたのに、今は皆世を去ったり引退したりしたと慨嘆していたという。その念頭には、紫式部・清少納言・和泉式部らの才女が輩出して、男性貴族と打てば響く応酬を見せた一条朝あたりの宮廷が、羨ましい理想として浮んでいたのであろう(9)。七条院女房の越前、村上源氏の宮内卿《くないきょう》、御子左家《みこひだりけ》の俊成卿女《しゅんぜいきょうのむすめ》（実は孫）などの新人は、この意欲に応えて世に出た。

*

こうして当代の歌風を方向付け、男女の新人を発掘した準備段階の最後に現われたのが、「和歌《わか》所《どころ》」の設置である。定家・家隆ら六人に勅撰を命ずる三か月前の建仁元年（一二〇一）七月末、院は左大臣良経・内大臣通親・天台座主慈円・三位入道釈阿《さんみのにゅうどうしゃくあ》（俊成）と軽輩の定家ら計十一人の「寄人《よりうど》」(10)を御所二条殿の「弘御所《ひろごしょ》」に召し、「和歌所始《わかどころはじめ》」の儀を行なった。(11)弘御所というのは、二条殿の寝殿《しんでん》の西北にある棟で、院自身は東対《ひがしのたい》を日常生活の場としていた。(12)つまり眼と鼻の先に和歌専用の作業所を設けたのである。そこでおのずから想起されるのは、三百年前の『古今集』勅撰の作業風景である。

『貫之集』に次の歌がある。

> 延喜の御時、倭歌《やまとうた》知れる人を召して、昔今《むかしいま》の人の歌奉らせ給ひしに、承香殿《じょうきょうでん》の東《ひんがし》なるところにて、歌撰《よ》らせ給ふ。夜の更《ふ》くるまでとかう云《い》ふ（あれこれ議論する）ほどに、仁寿殿《じじゅうでん》の桜の木に時鳥《ほととぎす》の鳴くを聞こしめして、四月の六日の夜なりければ、（醍醐天皇）珍しがりをかしがらせ給ひて、召出《めしい》でてよませ給ふに奉《たてまつ》る
>
> 異夏《ことなつ》はいかが鳴きけん時鳥　今宵《こよい》ばかりはあらじとぞ聞く

この貫之の感激は、今の定家の心情に酷似しているが、延喜の作業所「承香殿東庇《ひさし》」の位置も天皇の居室の清涼殿と至近距離にあり、弘御所の場合とそっくりである。もともと『古今集』撰者

のリーダー貫之は「御書所《ごしよどころ》の預《あずかり》（主任）」が本務であったが、御書所は広大な内裏の西北の角という不便な場所にあったので、勅撰作業のため中心部に分室が設けられたのである。(13) 臨時の事とて初めは名がなかったが、後には「内御書所《うちの》」と呼ばれるようになる。(14)

後鳥羽院が着目したのはこの延喜の先例であったと、私は思う。もっとも、名称としては五十年後の『後撰集』の時に設けられた「撰和歌所」が似ているが、(15) それは清涼殿とはもっと離れた、後宮《こう》《きゅう》の「梨壺《なしつぼ》」という空屋を利用したもので、そこからは『古今集』ほどの熱気は天皇に伝わって来まい。また後鳥羽院は『古今集』を一所懸命に学んだけれども、『後撰集』への関心はずっと低い。(16) もとより両者を合せて先例にしたと見てもよいが、院の『古今集』への特別な崇敬は、何よりも「新古今」という命名に端的にあらわれている。(17)

ともあれ「和歌所」を設けることこそ勅撰事業の大前提と、院は考えたようである。それはなぜか。歴史をかえりみると、『千載集』まで七度の勅撰集の大部分は、ある歌人に勅命を下し、私邸での作業の結果でき上った巻物を嘉納《かのう》するだけの事であった。だから時には御意に叶わず却下されることもあったにせよ、それでは勅撰とは名ばかり、実質的には私撰といわざるを得ない。気鋭の後鳥羽院はそれに満足しなかった。延喜聖代の盛事を復興するためには、陣頭指揮の院自身が自由自在に駆使できる組織が不可欠である。和歌所を弘御所に設けた狙いはこの意欲に出たと、私は思う。和歌勅撰はまさに「政治」そのものなのである。

次に十一人の「寄人」であるが、良経・通親・慈円・俊成の「貴人」は、現代風にいえば監修・顧問といった立場であろう。だから時々の催し以外は非常勤であったが、他の面々は手きびしい試練の場にさらされた。彼らはまず鳩首協議の上、勅裁を仰いで「着到《ちゃくとう》」を置き、院蔵人の源家長を「年預《ねんよ》」に選んだ。(18) 着到とは出勤簿であり、年預とはこれを管理する事務次官である。彼自身は「開闔《かいこう》」と称しているが、意味は同じである。家長は醍醐天皇の皇子左大臣源高明の子孫で、『千五百番歌合』にも出詠し、一時期は歌道に励んだものの、本領は有能な官人であった。(19) 以後建保四年(一二一六)自筆清書本(いわゆる「家長本」)を完成するまで、終始和歌所を切り廻した。その『源家長日記』は後鳥羽院への鑽仰《さんぎょう》で一貫していて、しだいに不満・反撥の募る『明月記』とは対照的であるが、何分にも勅撰事業終了後の回想録だから、叙述の乱れや記憶の誤りなどを含むのが惜しい。

家長の回想によれば、和歌所寄人の勤務ぶりに対する院の態度は峻烈をきわめた。たとえば発足直後の八月十五夜の歌会に、何かの事情で寄人源具親(院お気に入りの女房宮内卿の兄)が早退した。名月の夜に何事かと、翌日になっても院の憤りはおさまらず、召籠《めしこめ》を命じた。召籠というのは、内裏や貴族の邸でしばしば行なわれた体罰である。たとえば内裏では狭苦しい「水棚《みずだな》の下」に失態の者を押し籠めるなどの奇妙な慣習があった。(20) 具親は反省の和歌を詠んで一日で許されたが、三か月後発令された勅撰担当に彼だけが除かれたのは、試用期間のマイナスが災いしたからに違いない。

果して勅撰開始後の激務は事の外で、『明月記』の記述が当初の感激・鑽仰から愚痴・憤懣《ふんまん》へと大きく転換するのも、一つには精力絶倫の院の督励に「尩弱《おうじゃく》」（体がよわい）と自認する定家が音《ね》を上げたためでもあろう。

院はおそらく当初から事業完成の目標を元久二年（一二〇五）の春に置いていた。それは『古今集』の撰進された延喜五年（九〇五）から数えて満三百年という記念すべき時点だからである[21]。すると与えられた時間はわずか三年半しかなかった。そこで、「部類」という大詰めの段階に入った頃からの院の打ち込みの凄まじさは、家長がなまなましく書いている。

此の頃は万機《ばんき》の政事《まつりごと》もさし置かれて、大事とは此の和歌の沙汰《さた》のみぞ侍《はべ》る。職事《しきじ》（政府の役人）も院司《いんじ》も暇《いとま》ある頃かなと申し合へる。

院の集中力にはじき出された近臣たちが何か伺いを立てても「新古今の部類が終るまでは、何事も耳に入らぬぞ」と言われる有様で、ついには院は二千首をことごとく暗記してしまったという。したがって容赦なく駆使される定家の方は、「近日、和歌の部類毎日催《もよお》すと雖《いえど》も、所労《しょろう》（病気）術《すべ》なき由披露《ひろう》す[22]」と欠勤届を出したり、「毎日の出仕、筋力の疲れ極《きわ》まり、甚だ耐え難し[23]」と悲鳴を上げなければならない。

こうした両者の体力の相違の底には、さらに根本的な和歌観の対立があった。それは王者と文士の宿命ともいうべきものであるが、それが極端に露呈した二つの行事を、次に記しておこう。どちらも院の企画に定家が反撥した。不可解なまでに烈しく。

＊

歌壇の長老俊成は建仁三年（一二〇三）九十歳の長寿を迎えた。さすがに起居不自由になり、御所にも姿を見せなくなったので、院は盛大に九十の賀宴を催してやりたいと考えた。おそらくそのヒントは『古今集』の、

仁和《にんな》（光孝天皇）の御時、僧正遍昭《へんじょう》に七十の賀たまひける時の御歌

かくしつつとにもかくにもながらへて　君が八千代《やちよ》に会ふよしもがな（巻七賀）

という古歌にあった。作者光孝天皇は、従兄でもあり護持僧《ごじそう》でもある遍照を敬愛していたので、天皇の住居仁寿殿《じじゆうでん》で破格の祝宴を催し、賀歌を詠んで臣下に与えたのである。(24) そこでは天皇が臣下を指して、親愛の情をこめて「君」と呼びかけているではないか。この、延喜天暦「聖代」の直系の祖のゆかしい故事に倣い、院は絵師に恒例の贈物として屏風を描かせ、摂政良経以下には屏風歌を用意させた。当日、入道釈阿は痛々しく衰えた身を子の定家に支えられて参上し、管弦の御遊《ぎよゆう》が華やかに行なわれた。

『新古今集』巻二（春下）の巻頭に置かれた出色の帝王ぶりの作、

釈阿和歌所にて九十の賀し侍りし折、屏風に、山に桜さきたる所を

太上天皇

桜さく遠山鳥《とおやまどり》のしだり尾の　ながながし日もあかぬ色かな

という一首は、『拾遺集』（巻十三恋三）の「足引の山鳥の尾のしだり尾の　ながながし夜をひとりかも寝む」という伝人麿歌を本歌とする。俊成を歌神人麿に引き寄せつつその長寿を祝った、最大級の敬愛である。

行事の詳細は良経と家長の記にも見えるが、(25)なぜか『明月記』には当日の記事は一言半句も残っていない。ばかばかしくて、筆を執る気もしなかったものであろうか。そもそも定家は三か月前にこの催しを承ったが、「父上が深く謙退《けんたい》されるのに、さてどうしたものか」などと、光栄に感激した様子がさらになく、(26)老父のためには有難迷惑としか受け取らなかった。(27)「むつかしい性格だなあ」というのが、正直なところ私の感想である。

もう一つの行事というのは、『新古今集』完成祝賀の「竟宴《きょうえん》」である。それは元久二年（一二〇五）三月末を目途として企画された。先例はなかったが、院のヒントになったのは、平安時代の宮廷で『日本書紀』(28)の連続講義が終了した際、一同が神名・人名を主題として和歌を詠み盛宴を催したことであった。折しも編集作業は大詰めで、定家らは毎日和歌所に出仕し、歌を挿し替え詞書を

練り配列を改めるなど、疲労困憊しつついわゆる「切継《きりつぎ》」に大童《おおわらわ》である。それなのに清書本も仮《か》名序《なじょ》（良経担当）も未完成の今、先例もない祝宴を強行することに何の意味があるのかと、定家は心中強く反撥した。[29]しかもまだ父の服喪中なので、当日は九条兼実邸の仏供養に出席して、唱導《しょうどう》の名タレント聖覚の説法を聴聞して時を過ごし、日記に、

抑《そもそも》、此の事何故に事を行なはるるや。先例に非《あら》ず、卒爾《そつじ》（かるはずみ）の間、毎事調《ととの》はず。歌人又非歌人《ひかじん》、其の撰《せん》も不審なり。[30]

と無遠慮な非難を書きとめた。『古今集』に並ぶ精華の完成を三百周年の節目《ふしめ》に誇示しようとする治天の君の意図は、ついに狷介《けんかい》な専門歌人の理解するところとはならなかったのである。これに対して院はこの日を、

石《いそ》の上古《かみ》き、を今にならべ来《こ》し　昔の跡を又たづねつつ

と高らかな調べで詠い上げた。[31]それは『古今集』仮名序の結び「古を仰ぎて今を恋ひざらめかも」に唱和したものであろう。そこには、「我が事成れり」という二十六歳の青年の喜びがはずんでいる。

和歌の勅撰は若い治天の君の最初の政治的達成であった。[32]「末代《まつだい》」の当代は何事も「聖代」の延

喜・天暦に及ぶべくもないというペシミズムは、久しく貴族社会を覆い尽した固定観念であり、また代々の勅撰集の実態もその例に洩れなかった。しかし院の果敢な挑戦は時代の常識を見事に打ち破った。『新古今集』への現代の高い評価もこれを十分に裏書している。

その三　秀歌と秘曲

元久二年（一二〇五）春の『新古今集』竟宴《きょうえん》は、二十六歳の後鳥羽院にとって治政最初の輝かしい成功であった。しかし摂政良経に命じた仮名序さえも奏上されぬうちに強行された祝宴は、もとより集そのものの完成ではない。意に満たない作や誤って採られた歌を草案の巻物から切出し、代りの古歌や新作を補う「切継《きりつぎ》」という修訂作業は、その後ほぼ五年間も続けられた。院が模範とした『古今集』も延喜五年撰進から八年後の作まで入っているのだから、(1)修訂自体は当然の作業である。しかし凝り性の院の督励に撰者のさんざん閉口した様子は、『明月記』の随所に出て来る。

たとえば、定家は欠席した竟宴の翌日、早くも和歌所に呼び出されて「賀」と「哀傷」の部の切継に従事した。(2)初秋のある日には数十首の取り替えを命じられ、同僚有家《ありいえ》と経師《きょうじ》を相手に終日作業して、退出後「心神殊に悩まし」と日記に書く。(3)その二年後にもなお、仰《おお》せに依りて又「新古今」を切る。出入《しゅつにゅう》、掌《てのひら》を反《かえ》すが如し。切継を以て事と為すは、身に於《お》いて一分《いちぶ》の面目も無し。[4]

と悲鳴を上げる始末であった。この「一分の面目も無し」の所感と、勅撰発足当時の決り文句のような「道の面目なり」（「その二」参照）の感激を対比すれば、院の飽くなき執念と定家の反撥がやがて主従の破局を招く悲劇的な道筋が、ありありと見えて来る。

しかし、院の完全主義が『新古今集』という古典にとっては何よりの幸いであったことを、忘れてはなるまい。さしづめ後鳥羽院の作品だけを例に取っても、

男《おのこ》ども詩を作りて歌に合はせ侍りしに、水郷春望といふことを

見わたせば山もとかすむ水無瀬川《みなせがわ》　夕《ゆう》べは秋となに思ひけん　（巻一春上）

最勝四天王院《さいしょうしてんのういん》の障子《しょうじ》に、吉野山かきたる所

みよし野の高嶺の桜散りにけり　嵐も白き春のあけぼの　（巻二春下）

住吉歌合に、山を

奥山のおどろの下も踏み分けて　道ある世ぞと人に知らせん　（巻十七雑中）

これらの秀歌はみな切継の過程で入ったものである。それらの周辺をすこし探ってみよう。

＊

「見わたせば」の作は、竟宴の直後に摂政良経の「詩歌合」という珍しい試みを耳にして興味を抱いた院が、これを御所で催して参加し、かつての侍読《じとう》藤原親経の「湖南湖北、山千里　潮去リ潮来タル、浪幾重」の詩句に合せたものである。(5) 水無瀬川は京都府・大阪府の境の山崎（大阪府島本町）で淀川に注ぐ支流である。(6) その合流地にあった久我通親の別荘が院に献上され、(7) 院はこの離宮をこよなく愛した。『増鏡《ますかがみ》』が、

鳥羽殿、白河殿なども修理《すり》せさせ給ひて、常に渡り住まはせ給へど、猶《なお》又、水無瀬といふ所に、えもいはずおもしろき院づくりして、しば〳〵通ひおはしましつつ、春秋の花紅葉につけても、御心ゆくかぎり、世をひびかして遊びをのみぞしたまふ。所がらも、はるばると川にのぞめる眺望、いとおもしろくなむ。（第一「おどろの下」）

と述べて「見わたせば」の一首を引用したのは、秀歌の背景にある全盛期の生活そのものを活写した名文である。

したがって院は水無瀬の春も秋も知り尽していたが、ここで「夕べは秋となに思ひけん」と春を讃えたのは、『新古今集』巻四秋上に並べられた寂蓮・西行・定家のいわゆる「三夕《せき》の歌」(8) に、あえて古来の「春秋いづれかまされるの論」の形で挑んだのではないか。私は勝手にそう想像して、この下《しも》の句を流れる覇気横溢《はきおういつ》の調べに感銘する。

「み吉野」の作は、承元元年（一二〇七）に院の発願《ほつがん》による最勝四天王院が建立された際、御堂《みどう》の障子《しょうじ》に描かれた諸国の「名所絵」をヒントとして歌人たちに詠進させた中の一首である。(9) 元来院は飛び切りの引越し魔で、ある近臣の日記には、譲位後十一年間に十三回も移徙《いし》（引越しの儀式）が行なわれたと数え立てている。(10) それは和歌所の置かれた二条殿に始まり、春日殿（京極殿）・高陽院《かやのいん》殿《どの》・五辻殿《いつつじどの》・白河泉殿《いずみどの》・最勝四天王院御所・鳥羽御所・水無瀬殿・宇治御所などで、この中には火災や水害による移動も含まれるが、それにしても盛大なもので、「諸国、武士の為に押領《おうりよう》せらると雖《いえど》も、天下の力未だ衰へざるか」と、彼は安心したような感想を洩らしている。もっとも院はこれらを久我通親・西園寺公経《さいおんじきんつね》・坊門信清といった有力貴族に造営・寄進させながらも、「不慮の災害もあるからなるべく小規模にしておけ」と念を押したらしいし、(11) また何分若くて仏門には未だ帰依しなかったから、法勝寺殿（白河法皇）や法住寺殿（後白河法皇）のように住居と仏堂を一体として御所を構える、豪奢な趣味はなかった。最勝四天王院は院の最初にして最後の御願寺《ごがんじ》である。

その敷地には、院の護持僧《ごじそう》として厚く信頼されていた慈円が、三条白河の住房を献上した。(12) 工事と並行して、畿内諸国や遠く陸奥までの名所四十六か所が選定され、詠進された歌の中から絵に添える秀作を院はみずから選抜した。(13) 定家は例によって自作の多く採られたことを喜んだり、それがそっくり取り替えられたと憤ったりしている。(14) しかしそんな心理的葛藤よりも重要なのは、この時院が御願寺の障子を名所絵・名所歌で飾ろうと考えた動機である。元来『古今集』以下の代々の勅撰集は四季・恋・雑を配列の骨格とし、『新古今集』も素直にこれを踏襲した。しかし大和絵《やまとえ》では古くから四季と名所が二大画題として発達していたし、(15)和歌でも「歌枕」(歌の素材)といえばただちに「名所」を意味するほど、地名が重視されるようになっていた。(16)勅撰作業に携わる間に、おそらく院は名所を軽視していたことに気付いたのであろう。そう気が付いてみれば、院の乳母の高倉範子・兼子姉妹の実父範兼には、『五代集歌枕』という名著があった。

院の生まれる十五年も前に亡くなった刑部卿《ぎょうぶきょう》高倉範兼は、(17)家学の紀伝道《きでんどう》の学識を用いて和歌を研究した人である。(18)その著『和歌童蒙抄《どうもうしょう》』は和歌辞典の元祖というべき名著で、『万葉集』や内典《ないてん》・外典《げてん》を自由自在に引用している。『五代集歌枕』も『万葉集』から『後拾遺集《ごしゅういしゅう》』までの、地名を詠みこんだ作を大量に収集・分類したもので、その九割までが順徳院の『八雲御抄《やぐもみしょう》』に受け継がれているという。(19)この範兼―範季―重子(修明門院)―順徳院の系譜の中に後鳥羽院を位置付けて見れば、最勝四天王院障子歌のアイデアは水の流れるように自然に生れたろうと、私には納得される。それにしても未明の空を流れる吉野の花吹雪の図柄を、「嵐も白き春のあけぼの」と歯切れよく詠み据えた感覚は冴えていると思うが、隠岐で院はこの作を惜しげもなく集から削除してしまう。画師の腕と比べて格別の手柄でもないとでも観たのであったか。晩年の院の自己批判はきびしかった。

「おどろの下」の作は、承元二年(一二〇八)五月、「住吉社歌合」で詠まれた。(20)『増鏡』第一の

「おどろの下」という題名にもなって、古来有名な歌である。『増鏡』の著者は、南北朝の摂政・関白で連歌の准勅撰集『菟玖波集《つくば》』を編んだ大教養人、二条良基と見られ(21)、後鳥羽院に風当りの強い中世では唯一例外の院に対して好意的な史書である。院の治政への華麗な描写に筆を起し、後醍醐天皇の北条氏打倒の成就に筆を止めた。その書の冒頭に章題として掲げられたために、近代の権威ある注釈までがその歌意を、「無道なる北条氏の如き者の、世にはびこりをるを追討し、政道正しく、理非《りひ》明《あきらか》なる世なりと、天下万民にしらしめむとの御意にや」（和田英松・佐藤球『増鏡詳解』）と承久の乱に短絡させたのは、無理からぬ事である。しかし『増鏡』はこの歌について、「まつりごと大事と思《おぼ》されけるほど著《しる》く聞えて、いといみじく」と解釈し、承久の乱の叙述は次の第二「新島守」の章に譲っている。したがって「道ある世ぞと人にしらせん」のモチーフは「経世済民の聖志」（小島吉雄）(22)、また「道」とは「歌道を中心とする文明のあり方」（丸谷才一）(23)など、一首を北条氏討伐と切り離した見解に私も従いたい。乱はまだ十数年後のことであって、いま二十九歳の頭を占めるのは、和歌に続く王朝文化百般の振興だけであった。

＊

後鳥羽院は『新古今集』の竟宴を日程に上せる頃、宮廷貴族社会に必須のたしなみとしては和歌と双壁《そうへき》である「管弦《かんげん》」に、特に注目したようである。少年の日に祖父法皇の御前で笛を披露したこ(24)とは前に述べたが、その後も母后七条院に朝覲《ちょうきん》（御機嫌伺いの儀式）した時にも笛を演奏した。楽才のすぐれていたことはこれらで証明されるが、本腰で打ち込もうとしたのは琵琶である。

琵琶は正倉院にも宝物の伝わる古い楽器である。平安初期には藤原貞敏という名手が渡唐し、大金を投じて幾つかの秘曲を伝授されて帰朝した[25]。しかし雅楽寮の公式の舞楽にはあまり用いられず、むしろ貴族個人のたしなみや盲目の琵琶法師の生業として中世に盛んになる。後鳥羽院も大の琵琶好きで、竟宴を真近かにした正月早々、中納言藤原定輔から「石上流泉《せきじようりゆうせん》」という秘曲の伝授を受けた[26]。しかもわずか三日後には土御門天皇の朝覲を迎えての御遊に、宮中伝来の名器「玄上《げんじよう》」を用いてこの秘曲を弾いた[27]。その後良経に命じて、摂関家に伝来した名器「元興寺《がんごうじ》」を平等院の宝蔵から取り出させて、玄上などとともに修理のうえ[28]、これを用いて秘曲「啄木《たくぼく》」の伝授を定輔に受けた[29]。これらの秘曲はその昔貞敏が唐の名人から伝授された曲といわれ[30]、相当高度な難物であったろう。一度狙いを定めるや徹底して熱中するのが、この院の持ち前である。

師の定輔は、院の母方坊門家から分れた水無瀬家の人で、太政大臣藤原師長の高弟であった。師の師長は保元の乱に敗死した「悪左府《あくさふ》」頼長の子で、連坐して配流の憂き目を見たりしたが、皮肉なことに父が無用の才能と軽蔑した音楽の大天才で、特に琵琶と箏《こと》の奥義を究めて「妙音院」と号した[31]。だから院が定輔に師事したのは別に身贔屓《みびいき》からではなかったが、アマチュアである定輔への風当りは強かったらしい[32]。雅楽寮の衰えたこの当時、宮廷の管弦行事を担当していたのは、近衛府の武人からなる「楽所《がくしょ》」という軍楽隊であるが、その預《あずかり》（隊長）藤原孝道という者が「プロの我等をお召しにならずに、あんな無学の素人を師になさるとは」とか、「君の御演奏は、正装の束帯を着て身分低い者の折烏帽子《おりえぼし》をかぶったような、チグハグです」などと、ずけずけ悪口を言った。しかし芸道の「好士」と自認する院は、咎《とが》めもせずに笑い飛ばしたと、『文机談《ぶんきだん》』(33)という芸談が記している。この本は七十年も後に成立したもので簡単に信用はできないが、院にそうした磊落《らいらく》な一面があったのは見逃せない。

院の琵琶修行は、乱の直前まで続いた。承久二年(一二二〇)春、御所で行われた「琵琶合《びわあわせ》」の記録が伝わっている。(34)それは古くから皇室や摂関家に伝来した名器と新造の逸物を十三番に合せて勝負を判定した、異色の試みである。院は定輔・孝道とともに一々弾奏した上で、形と音色の良さ、音勢の大きさ、伝来の確かさなどを総合的に判定し、みずから詳細な判詞を執筆した。結論は、例の「玄象《げんじょう》(玄上)」と「牧馬《ぼくば》」を十三番目の左右に配列して、この「二の霊物《れいもつ》」の勝負は決せずとした。両者はかつて醍醐天皇が朝夕翫《もてあそ》ばれた「天下の至宝」といわれるもので、この判定の根底にも明らかに延喜の帝への敬慕があった。ちなみに両者に次ぐ名器は先に献上された摂関家伝来の「元興寺」で、これは乱後に平等院の宝蔵に返却されることになる。

*

さて後鳥羽院が和歌と管弦を通じて深く心を通わせた者は、鴨長明《かものながあきら》である。

長明は賀茂下社の神官の家に生れたが、早く父を失って極度に不遇の半生を送った。『千載集』

に一首を採られた歌歴によって「正治第二度百首」に詠進を命じられ、和歌所の発足後間もなく院の北面に召し出された。さらに画師《えし》藤原隆信、北面藤原秀能とともに和歌所寄人に補充されたのは、実に四十六歳の時である。(35)長明が抜擢に感激して精励したことは言うまでもない。(36)院もこれに応えて、長明を賀茂の末社（河合社《かわい》）の禰宜《ねぎ》（神官）の欠員に充てたいと考えた。この人事が意外に紛糾して、ついに長明が宮仕えを辞して大原に隠遁する経緯は、和歌所開闔《かいこう》（事務主任）の家長が詳細に記しているが、(37)ここには省略する。

跡をくらました長明は、しばらくして歌十五首を院に奉った。『新古今集』の、

身の望みかなひ侍らで、社《やしろ》のまじらひもせで籠りゐて侍りけるに、

あふひ（葵）を見てよめる　　鴨　長明

見ればまづいとど涙ぞもろかづら　いかに契りてかけ離れけん　（巻十八雑下）

は、その十五首の名残りでもあろうか。家長が「こはごはしき心」（強情）と評したように、長明は何もかも放擲《ほうてき》して持ち前の意地を貫いたが、院は長明が和歌にも管弦にもすぐれていた才能を惜しみ、「手習《てならい》」という愛用の琵琶を所望して、これを手許に置いたほどである。(38)

前に引用した『文机談』には、遁世の動機について別の説が記されている。長明が数奇心《すきごころ》のあま

り「秘曲尽《づく》し」という会を催し、大勢の前で秘曲「啄木」を数反《へん》も演奏した。楽所預《がくしよのあずかり》孝道がこれを咎めて強硬に処分を申し入れ、院はそれほどの罪科ではあるまいと宥《なだ》めたが、ついに長明は都を去ったと言う説である。『文机談』は長明の草庵を伊勢の「二見浦」と記すなど（おそらく西行の草庵と混同したもの）、あれこれ誤りを含むので、同時代人家長の記述の方を重んじたい。しかし、名だたる数奇者の長明が、大原から移った日野山の草庵に簡素な「折り琴・継ぎ琵琶」などの楽器を備え、徒然《つれづれ》の折には小童ひとりを連れて琵琶の名人蟬丸《せみまる》の遺跡を逢坂《おうさか》まで訪ねたりしたことは、『方丈記』に懐かしく書いている。草庵にひとり奏でる管弦は、閑寂な遁世《とんせ》生活のこよなき慰めだったようである。

和歌と琵琶の二筋の道を兼ねたことで、長明は院の格別な恩寵を受けた。ただ『方丈記』で前半生の不遇と晩年の遁世を切実に回想しながら、その中間の、院の殊遇に浴した日々をすっぽりと省いたのは、栄光と確執の交錯した四年間が『方丈記』の主題たる無常・隠遁に背反した処世として、苦渋をもって顧りみられたからなのであろう。この文学的意図による省略が、後世の読者に院との浅からぬ縁《えにし》を見失わせた原因であるとすれば、私にはいささか残念に思われる。なぜならば、一介の遁世者に過ぎない西行を『新古今集』随一の歌人と敬慕した院と、[39]若き日に老西行の草庵をはるばる伊勢まで訪ねた長明とは、[40]その一点だけを取っても熱い数奇心で結ばれていた筈《はず》である。

その四　狂連歌と院近臣

『新古今集』の勅撰が大詰めを迎え、治天の君が一時期「万機《ばんき》の政事《まつりごと》」をすべて顧りみずに部類や切継の陣頭指揮に没頭したことで、歌道と縁のない近臣たちは、和歌所寄人の君寵独占への不平不満を募らせたようである。そこで彼らは、時を得顔の歌人を非文学的な「狂連歌」で一泡吹かせてやろうと計画した。定家・雅経らが受けて立ち、何回か勝負を争ううちに、事は後鳥羽院の耳に入り、建永元年（一二〇六）八月鳥羽《とば》御所で「有心衆《うしんしゅう》」と「無心衆《むしんしゅう》」の対抗戦がにぎやかに催された(1)。院は大乗気で、「定家や有家を逃がすな」などと燥《はしゃ》ぐ。雅経・具親を加えた歌人に対して、ずぶの素人の無心衆は参議《さんぎ》藤原長房を「長者《ちょうじゃ》」（キャプテン）に推戴し、左中弁《さちゅうべん》藤原光親を「権長《ごんの》者」とする総勢十人ほどで対抗した。和歌所に勤務していた能書《のうしょ》の藤原清範が執筆《しゅひつ》（記録）を担当し、「片方が六句連ねたら、負方は『逐電《ちくでん》』（逃げ出す）せよ」と院は命じた。要するに、出来不出来は問わずに即吟だけを競わせたのだが、さすがに有心衆は狂句にも強く、程なく追い落された無心衆が御所の庭にしょんぼりと坐らされると、「天気（院の御機嫌）快然」として狂連歌はめでたく終了した。

即興性と諧謔《かいぎゃく》性は、本来連歌のもつ特徴であった。(2) むかし親友の貫之・躬恒《みつね》が旅をした。山中で杣人《そまびと》の木を挽《ひ》く音が舟漕ぐ音に似ていたので、躬恒が興《きょう》じて、

奥山に船漕ぐ音のきこゆるは

と問いかけ、すかさず貫之が、

なれるこのみやうみわたるらむ

と答えたという。「木《こ》の実《み》」と「此の身」、「熟《う》み」と「海」の懸詞《かけことば》によって、「奥山に船漕ぐ音」というナンセンスに応酬したのである。これは歌学書の『俊頼髄脳《としよりずいのう》』に拾われた例句だが、貫之と躬恒はまことにウマの合う仲だったから、こういう言葉遊びを始終気楽に交わしたと思う。(3) 俊頼は「連歌こそ世の末にも昔に劣らずみゆるものなれ。昔もありけるを書き置かざりけるにや」と並べ

ているが、そのとおり、短連歌は即興で詠まれては棄てられる、気楽な社交の具であった。しかし『拾遺集』以後勅撰集にも採られ、やがては源頼朝がお気に入りの梶原景時との応酬を楽しむといった現象も出て来た。都鄙《とひ》も公武も問わぬ普及ぶりである。

秀衡《ひでひら》征討のために奥州にむかひ侍りける時、名取川を渡るとて

我ひとりけふのいくさに名取川《なとりがわ》　　前右近大将頼朝

君もろともにかち（徒歩《かち》・勝《かち》）わたりせん　　平　景時

間髪をいれず戦《いくさ》の勝利までを予祝した付句の冴えを見ると、才人景時が頼朝の寵愛を受けた秘密がよく分かる。両人の付合は後世の『菟玖波集《つくばしゅう》』に多く採られたが、もう一例示すと、

連歌果てて人の寝たりけるに

連歌師は皆ふしものになりにけり　　右大将頼朝

と云《い》ひければ

何木《なにき》をとりて枕にはせん　　梶原景時

前句《まえく》の「ふしもの」は、「賦物《ふしもの》」と「臥者《ふしもの》」の洒落である。賦物とは連歌に発生した約束で、たとえば「木」に対する「草」、「白」には「黒」、「魚」には「鳥」といった物の名を決めておき、かならず何木、何草の名を句に入れなければならぬのである。頼朝は疲れてごろ寝した連衆（臥者）の姿に「賦物」を懸け、景時も「何木《なにき》」という連歌用語を使って付けたのである。これは「賦物」という約束がすでに流行していた証拠みたいな例句だが、後鳥羽院の狂連歌でも賦物の約束は厳重に守られた。歌語には明るい定家も、「古典に出ない魚や鳥の名など、よく知らなくて」と閉口していたが、(4)院は旗色の悪い近臣のためにこのハンデを大いに利用したのかも知れない。折りから勅撰完了後をにらんで、特に近臣の支持と奮発を期待していたからである。

＊

狂連歌はこの後も折りにふれては催された。建保三年（一二一五）といえばこの狂連歌の始まりから十年後、乱まで六年という年であるが、その五月の『後鳥羽院御記《ぎょき》』の逸文《いつぶん》（日記の断片）が残っている。(5)その記事によれば、院は有心衆に「柿下《かきのもと》」、無心衆に「栗下《くりのもと》」と仇名を付けていた。柿下はいうまでもなく歌聖人麻呂に因んで歌人を持ち上げたものだが、和歌にはほとんど詠まれない「栗」を近臣の仇名にしたところに、彼らへの特別な親愛の情が見える。

またこの日記には、このたびの狂連歌には「懸物《かけもの》」（賞金）を用意したともある。尋常な句に百文、秀句には二百文。院の取り分は二貫七百文もあり、人々も五百文や一貫受け取り、座は大いに盛り上った。こんな「末代」の流儀は見苦しいが、「賭弓《のりゆみ》」(平安時代の競射)の「射分銭《しゃぶんせん》」(命中の賞金)の先例もあるから、まあいいとするか、しかし「例」になってはいけないな――。こんな暢気な感想も見え、院の日記の散逸したことはまことに惜しい。

後鳥羽院の連歌史への寄与は、「狂連歌」だけではない。長連歌の「百韻《ひゃくいん》」という定型がこの頃確立するが、この方も院のリードによるものだったことは、連歌史家のすでに指摘したとおりである。(6)『菟玖波集』に、

人人に百韻の連歌めされけるついでに

真金《まがね》ふく吉備《きび》の中山越え暮れて

といふ句に

ならはぬかたは道やまよはん　　後鳥羽院御製(巻十七羇旅)

と見えるのはその片鱗を示すもので、院は歌人たちを長連歌に打ち込ませる「ついでに」、自身もこのジャンルへの精進を始めた。それは狂連歌の始まりとほぼ同じく、勅撰完成の頃からであろう。残念ながら当時の百韻そのものは残っていないが、院の付句は二十例ほども『菟玖波集』に採られている。たとえば、

うつろふ色とかくて待ちみん　後鳥羽院御製（巻十恋中）
今来《こ》んといひし有明の月草の
建保五年四月庚申《こうしん》連歌に
吉野山二たび春になりにけり　後鳥羽院御製
年のうちより年をむかへて

など。両方とも『古今集』の名歌（前者は「今来むといひしばかりに長月の有明の月を待ちいでつるかな　素性法師」、後者は「年のうちに春は来にけりひととせをこぞとやいはむ今年とやいはむ　在原元方」）を踏まえ、院の『古今集』への傾倒がここでも察せられる。

後者の「庚申連歌」のさまは『明月記』に詳述がある。(7)「庚申」は道教の俗信による徹夜の風習で、睡気ざましにさまざまな遊びが催されたから、この夜も歌会と詩会の終了後に連句（漢詩）と連歌が同時進行した。わいわいと連歌が五十句に達した頃東方が白んで来たので停止し、次には連句六十余韻まで進行したところで夜が明けた。院の入御《じゅぎょ》の後、一同は懸物の唐綾《からあや》を受け取って退出した。

狂連歌に比べれば百韻の作風は真面目で、レベルも高かったとはいえ、歌会に比べて一座の雰囲気がきわめて気楽だった実態を知ることができよう。院の時代の百韻は、定家・家隆・公経・家長や北面の歌人秀能などの付句が『菟玖波集』に見え、特に定家と家隆が多く採られている。周知のことだが、一代の連歌師宗祇とその門人宗長《そうちょう》、肖柏《しょうはく》が院の二百五十回忌に水無瀬の御影堂《みえいどう》に詣で、『水無瀬三吟何人《なにひと》百韻』の名作を奉納したのは、院を百韻の鼻祖として熱烈に敬慕したからである。

*

百韻連歌が院の没落後も質量ともに発展を続け、中世文芸の代表的ジャンルとして確立したのとは反対に、狂連歌はほんの一時の仇花として、院の没落と運命を共にした。その高らかな哄笑が復活するのは、二、三百年後の俳諧を待たねばならない。ところで文学史の上には、わずかに、

　　後鳥羽院の御時、白黒賦物連歌の中に
　豊《とよ》の明りの雪の曙《あけぼの》
　　といふ句に
　こはいかにやれ（破）袍《ほう》のみくら（暗）しや　　按察使《あぜち》光親（『菟玖波集』巻十九俳諧）

の一句くらいしか残さぬ狂連歌の作者たちではあるが、院の没落と運命を共にした栗下《くりのもと》の近臣数名について、ここでそのプロフィルを語っておいてやりたいと思う。なぜならば、承久の乱直前に慈円が史論『愚管抄』（第七）で、君側の奸《かん》として口を極めて罵倒したのは、彼らを含む「近臣」な

る存在であった。曰《いわ》く、

時にとりて世をしろしめす君（上皇）と摂籙《せつろく》（摂政・関白）の臣と、ひしと一つ御心《みこころ》にて、違《たが》ふ事の返す返す侍《はべ》るまじきを、別に院の近臣と云ふ者の、男女につけて出《い》で来《き》ぬれば、それが中に居て、いかにもいかにもこの王・臣の御中を悪《あ》しく申すなり。

とか、

近臣は摂籙の臣を讒言《ざんげん》するを君の御意《ぎょい》に叶《かな》ふことと知りて、世を失なはるる事は申しても申しても言ふばかりなき僻事《ひがごと》にて侍るなり。

といった、歯ぎしりするような近臣への憎悪を読むと、斜陽の摂関家擁護の論陣を張った慈円は、「近臣」を世を乱す元凶と見、これを弾劾《だんがい》することを著作の目的としたようにさえ見える。けれど、果して彼らはそろって骨の髄まで奸佞邪智《かんねいじゃち》の徒だったのか。私にはそうは見えない。

院の近臣とは中流貴族、つまり公卿にはなれない家柄の出身者のうち、弁官《べんかん》・外記《げき》（中央政府の官僚）として事務能力にすぐれたり、受領《ずりょう》（諸国の国司）として巧みに巨富を貯えたりして、上皇の信任と寵愛を背に負い、急速に擡頭した新興階層である。(8) いくつかの家筋があったが、特に有名なのは醍醐天皇の外戚藤原高藤の子孫である。もともと藤原氏の傍流で前途有望ではなかった高藤は、鷹狩でめぐり会った南山科《やましな》の豪族の娘に生ませた女子が、のちの宇多天皇（以後源定省）と結ばれて醍醐天皇を生む幸運（『今昔物語』）によって内大臣に昇り、その子定方も右大臣の栄位を極めた。(9) 高藤が山科に建立した寺にちなんで勧修寺流《かじゆうじ》と呼ばれたこの系統は、久しく四位・五位に止まっていたが、俊秀の為房が後三条・白河両天皇に抜擢されてから再び頭角を現わし、その子為隆・顕隆《あきたか》以後、勧修寺・葉室《はむろ》などの諸家に分れて近臣の最大供給源となる。(10)そして以下に列挙するごとく狂連歌の無心衆の主要メンバーは揃ってこの家筋から出たのである。

まず「長者」に推された勧修寺流の参議長房は、院の在位当時から蔵人として仕え、譲位後は院中を取り仕切るとともに、若い土御門天皇の蔵人頭《くろうどのとう》として院と帝の連絡にも当った。院よりも十歳の年長で、通親亡き後は近臣の筆頭である。(11)しかし彼は早くから九条家に家司《けいし》として仕え、その妻も摂政良経の女子の乳母《めのと》となるなど深い関係があったから、(12)例の『新古今集』竟宴が良経執筆の仮名序も完成しないのに強行された際などには、院と摂政の板挾みでさぞや苦労したと思われる。(13)狂連歌の始まった数年後、猶子《ゆうし》定高（実弟）を左少弁に申請して自身は参議を辞職し、(14)翌年出家してしまう。

長房はもともと道心があり、明恵《みようえ》や貞慶《じようけい》などという当代の善知識《ぜんちしき》を慕っていた。(15)後年のことながら、明恵が後鳥羽院から賜わった高山寺の四至《しいじ》（境界）を定めるのに尽力し、それは『高山寺縁起《えんぎ》』に特筆されている。(16)貞慶はかの有名な入道信西の孫である。秀才ぞろいの信西一族にふさわしく、興福寺において教学にも説法にも名声が高かったが、(17)感ずるところがあって山深い笠置寺《かさぎでら》に隠遁して「解脱上人《げだつ》」と呼ばれ、後鳥羽院にも帰依《きえ》された。その貞慶が承元二年（一二〇八）山を下って瓶原《みかのはら》（京都府加茂町）に海住山寺《かいじゅうせんじ》を再興した時、[18]出家を決意した長房（法名慈心房覚真）は瓶原（古えの聖武天皇の恭仁《くに》京跡の勝地）[19]に貞慶を訪ねて師とし、師の滅後は同寺の経営に手腕を発揮した。人呼んで「海住山民部卿入道」という。[20]

長房の出家は承久の乱の計画を諫めて聴かれなかったゆえだという説がある。[21]しかし出家した承元四年（一二一〇）には、まだ北条義時追討の計画が熟していたわけではない。ただし後に追討計画の片腕となる順徳天皇は、長房出家の二か月後に十四歳で兄土御門天皇の譲りを受けた。父後鳥羽院は早くからこの皇太弟の才能と気性を嘱望していたが、長房は久我通親の死によって後見《うしろみ》を失った土御門天皇に同情していたと思われ、遁世の契機は早過ぎる皇位継承への諫言だったのかと憶測される。いずれにしても、出家後も乱以後も長房は院に忠誠を失わなかった。それは猶子清房が替って院に仕え、後にははるばると隠岐にも渡海していることによって推察することができる。[22]長房入道は院に後れること四年、七十四歳の天寿を全うした。

長房遁世の後を継ぎ院の腹心となったのは、狂連歌の「権長者」藤原光親である。光親は勧修寺家の庶流《しょりゅう》の葉室家の人で、弁官の切れ者として権中納言に昇進し、鎌倉からも「無双の寵臣《ちょうしん》」と目されていた。[23]義時追討の院宣《いんぜん》も光親の名で配布されたから、[24]乱の「張本《ちょうほん》」（主謀者）として斬罪《ざんざい》にされたのはやむを得ない。しかし死後、院を諫めた書状が多く御所から発見されたので、光親を捕えた北条泰時（義時の嫡男）が痛切に後悔したという。[25]光親の悲劇的な最期は、転の巻で具体的に述べたい。

無心衆の藤原宗行も勧修寺一門の末流に生れたが、俊才を認められて光親の叔父に当る寵臣葉室宗頼（権大納言）[26]の猶子となった。以後、光親の後を追って弁官として活躍し、また順徳天皇に蔵人頭として仕えたので、ついには光親と同様に乱の張本として斬罪に処せられる。『海道記』『東関《とうかん》紀行』『承久記』などを彩る悲劇は、これも転の巻に譲る。

＊

『明月記』などに名の見える無心衆は延べ十数名に及ぶ。[27]長房・光親・宗行以外には、長房の従兄に当る従三位《じゅさんみ》藤原清長（勧修寺）と光親の弟の権中納言藤原顕俊（葉室）の氏素性が判明するだけだが、[28]この両者も勧修寺家とその支流であって、後鳥羽院政を運営した主体は明らかにこの一族である。したがって、公武の反目がしだいに深まる中で彼ら同族の嚙みしめた苦衷は、推察に余りがあろう。現に内部事情に通じたある弁官の記録には、長房・光親の度重なる諫言やそのいさぎよい進退について、

此ノ両人、天下ノ賢人ナリ。殷《いん》ノ三仁《じん》（黴子・箕子・比干の三人を指す）モ此《かく》ノ如キ事カ。

と同情し讃嘆している。[29]これはまことにもって瞑すべき知己の言で、局外者の慈円の酷薄な弾劾とは対照的である。

そして狂連歌は、院が愛する栗下《くりのもと》の近臣たちに恵んだ、君臣和楽のこよなき一刻であった。さ

しも気むずかしい定家も常に「天気快然」と評したほどの親密な心の触れ合いが、一座には満ちていた。それは後世の戦国大名のさかんな連歌興行とも、どのようにか連結するものであろう。

その五　鞠を蹴り武技を練り

承元二年（一二〇八）四月、前太政大臣藤原頼実が大炊御門殿《おおいのみかどどの》（私邸）に二十九歳の後鳥羽院を迎えて、盛大な祝宴を催した。主人頼実は、院の乳母《めのと》高倉範子（久我通親の妻）の死後、院の身辺に最も密着していた妹の典侍《ないしのすけ》兼子（「卿三位《きょうさんみ》」次いで「卿二位《きょうのにい》」と呼ばれた）の夫である。[1] 権臣通親亡き後はこの夫妻が人事を含む政治的決定の鍵を握る存在となっていた。[2] 慈円は彼女を鎌倉の尼将軍《あましょうぐん》北条政子と対比して、いみじくも『愚管抄』（第六順徳）に、

京には卿二位ひしと世をとりたり。女人入眼《にょにんじゅげん》の日本国、いよいよまことなりと云ふべきにや。

と評したが、「女人入眼」とは、京も鎌倉も女性によって人事案件などの総仕上げが行なわれるという意味の皮肉である。「日本国」を動かした卿二位の権勢が思いやられる。

彼女の政治手腕には後に追い追い触れるとして、頼実の方はその財力によって幾つかの院御所を

造営したり、時にはこうした盛宴などを催して院に奉仕する役割であった。さてこのたびの催しのきっかけは、院に「蹴鞠《けまり》の長者」という称号が奉られたことにある。(4) これを奉ったのは、この道の達人として定評のある権大納言藤原泰通と前陸奥守同宗長・左近衛権少将同雅経兄弟の三名で、泰通は老齢ですでに第一線を引退した長老、他の二人は現役の名足《めいそく》（すぐれたプレーヤー）である。頼実は兄弟と血筋が近かったので、(5) 大イベントに一役買って出たようである。

三名の奏状《そうじょう》には、

夫《そ》れ蹴鞠は、忽《たちま》ちに延喜に起り天暦に盛んに、誠に是れ聖代これを始め、明時これを好むものなり。我が君、忝《かたじけな》くも此の遊びを催し、すでに其の芸に長じたまふ。（中略）宜《よろ》しく此の道の長者と号し奉るべし。

と、称号奉呈の趣旨が述べられている。(6) つまり蹴鞠というスポーツを、『新古今集』という文芸の精華と同じく延喜天暦「聖代」の伝統と強調し、院をこの道のチャンピオンと位置付けた。盛宴はそのお祝いである。

蹴鞠は遡ればサッカーやラグビーなどとルーツを同じくする球技らしいが、敵陣に蹴りこんで勝負する後者に対して、これはプレーヤーが鞠を地上に落さずに、出来るだけ多く蹴り続けるため協力するのである。東西文明の相違は、「争い」に対する「合《あわ》せ」である。鞠場にはラリーを邪魔して面白くするため、四隅に「懸《かか》りの木」（ふつう桜・柳・楓・松）が植えられており、高度な技術を発展させた。日本に伝来したのは古いことだが、爆発的に流行し出したのは院政期で、八人ずつの鞠《まり》足《あし》（プレーヤー）がチーム対抗で回数を争う「勝負鞠《しょうぶまり》」も、貴族社会で盛んに行なわれた。(7) 名足は上級・下級の公家からもまた武家からも輩出したが、西行の外祖父源清経、(8) 賀茂神主の成平、「侍従大納言」と呼ばれた藤原成通などは、屈指の名足として後世に知られた。

中でも平治元年（一一五九）六十三歳で出家した成通は、若い北面《ほくめん》佐藤義清《のりきよ》（西行）の蹴鞠の師匠だったようで、心の交わりは生涯続いた。『山家集』には、「侍従大納言成通のもとへ、後《のち》の世《よ》の事おどろかし申したりける」という詞書の、出家を勧めた贈答がある。(9) 成通は蔵人頭や検非違使《けびいし》別当といった出世コースに眼も向けず、侍従という閑職のまま大納言に至った人で、「侍従大納言」はいわば名誉の仇名である。和歌・笛・今様など多芸多能の風流人で、特に蹴鞠には天才をうたわれ、(10) その存在は鎌倉時代にはもう伝説化されていた。『成通卿口伝《くでん》日記』(11) という奇書には、あの清水《きよみず》の舞台の高欄を鞠で蹴りながら渡ったとか、蹴り上げた鞠が辻風にあおられて雲に入って見えなくなったとか、夜更けに猿のような幼児のような「鞠の精《せい》」が枕許に出て来たといった、荒唐無稽《こうとうむけい》な話が多い。(12) 後鳥羽院に「長者」の称号を奉った三人のうち、長老の大納言泰通はこの成通の子である。

泰通よりも若い宗長・雅経は、成通の弟子刑部卿《ぎょうぶきょう》頼輔の孫である。頼輔は名足を輩出した賀茂氏を母方とした人で、『蹴鞠口伝《しゅうきくくでん》集』という指導書が今に伝わるが、中には師成通の同門だった西行の説もいろいろ引いている。(13) 彼は俊恵《しゅんえ》の歌林苑《かりんえん》メンバーの歌人でもあったから、西行とは歌の交わりもあったであろう。(14) その孫で難波家《なんばけ》の祖となる宗長と飛鳥井家《あすかいけ》の祖となる雅経のうち、特に出《しゅつ》藍《らん》の誉をうたわれたのは弟雅経である。後鳥羽院の蹴鞠の師となり、すでに述べたように歌人としても世に出たのである。

十四歳の雅経が鞠場にはじめて立ちまじった時、祖父頼輔は一目でその「天骨《てんこつ》」（天才）を見抜いた。そして、「汝には学問のために今まで蹴らせなかったが、その器量は黙止《もくし》しがたい。早く他の事は忘れて鞠に熱中せよ」と言って、専属のコーチを付けて徹底的にしごいたという。(15) マリをボールに置き替えれば、現代でも通用しそうな逸話である。しかし世はまさに源平合戦たけなわの頃であり、しかも雅経の父は後白河法皇の側近で、義経の要請によって頼朝追討の院宣を出した責任を問われて、伊豆国へ流罪《るざい》となった。(16)

兄宗長も連坐して解官《げかん》される憂き目を見たが、まだ十代の雅経は幸いに処分を免れた。しかし前途に不安を抱いた彼は、伝手《つて》を求めて新天地鎌倉へ下った。やがて頼朝の懐刀《ふところがたな》として幕政を切り廻していた政所別当《まんどころのべっとう》大江広元(17)の女《むすめ》を妻としたことから見ると、(18) どうやら「京下《みやこくだり》官人」の出世頭広元の斡旋があったようである。そして少年の頼家（のちの二代将軍）の蹴鞠師範となり、鎌倉に蹴鞠ブームを捲き起した。

後に北条氏によって無残にも暗殺される頼家は、執権北条氏の全盛期に成立した『吾妻鏡』には少しも好意的に描かれていないが、決して凡庸の人物ではない。まず運動神経は抜群で、十二歳の時富士の裾野の大狩で見事に鹿を射止めた。頼朝は大喜びで祝宴を催し、妻の政子に急報してやったが、政子はフンと言う態度であったと『吾妻鏡』は記す。(19)これは貴種頼朝の眼には殊勝な才能も、東国の小豪族生れの政子から見れば、戦場で敵の首級を取ったわけではあるまいに、というところであったろうか。いわんや京下りの雅経に師事して熱中しはじめた、柔弱な都ぶりの蹴鞠など、きつい母には苦々しいばかりだったと思われる。頼朝の死後、将軍頼家はいよいよ蹴鞠にふけり、『吾妻鏡』はこれを、「凡《およ》そ此の間、政務を抛《なげう》ち、連日此の芸を専《もっぱ》らにせらる」と非難している。(20)しかし頼家にしてみれば、将軍権力を母とその里方に制約される強いストレスを解消する最高の手段だったわけで、また弟の実朝の歌道と同様に、清和源氏という名門の誇りの現われでもあった。

久我通親が京で急死した翌建仁三年(一二〇三)七月、頼家はにわかに重病を発した。病因と病名は全く分らない。しかし、ただちに将軍の権限を奪われ、(21)没落の道が始まる。発病二日前の将軍御所の蹴鞠を『吾妻鏡』は、「今日以後、此の御会無し」とことさらに記した。雅経がこれより数年前に院に召されて帰洛したのは、(22)まことに幸運であった。

さて、承元二年の長者鞠会《まりえ》に話をもどす。当日は月卿雲客《げっけいうんかく》以下に御膳《ごぜん》が並べられ、貴賤を問わず選抜された上・中・下各八人の名足が、得意技を披露した。「長者」の院は上八人の筆頭となり、数が百に達した時に鞠を袖に受け、めでたく演技を納めた。(23)

蹴鞠熱はこの儀を機として一段と高まり、御所、最勝寺、(24)賀茂の川上、河崎泉殿《こうさきいずみどの》(25)(賀茂神主の別邸）や水無瀬・鳥羽などの離宮の鞠場での行事は、枚挙に暇がない。蹴鞠嫌いの定家[26]が日記に書き留めたものなどはごく一部で、近年翻刻《ほんこく》された『革菊要略集《かくきくようりゃくしゅう》[27]』の紙背《しはい》に発見された雅経の承元二年の日記逸文だけでも、おびただしい史料を追加できる。院の熱中は、頼家の蹴鞠狂いよりも一段と長くかつ激しかった。

長者鞠会に選抜された鞠足二十四人の中には、院近臣として乱に処刑される藤原忠信（坊門家、遠流）・同有雅（斬罪）・同範茂（高倉家、斬罪）・同宗行（中御門家、斬罪）・医王丸《いおうまる》（寵童、隠岐へ供奉《ぐぶ》）などがズラリと名を列ねている。この中にあって、和歌所寄人として、また蹴鞠の師として院に寵愛され、しかも鎌倉とも特別に縁の深い雅経は[28]、公武関係の緊張する晩年には、よほど去就に心を痛めたに違いない。承久三年（一二二一）三月、乱勃発の二か月前に病死したのは[29]、せめてもの幸せであったか。残念ながらその心事をうかがうべき日記は散逸したので、ここには『明日香井和歌集』の沈痛な一首を引いておこう。

最勝寺の桜、鞠のかかりにて年経《へ》にけるが、風に倒れてありけるあとに、こと（異）木を植ゑられて侍りけるを見て、あまたの年年《としどし》立ちなれにし事など思ひて詠み侍りける

なれなれて見しは名残《なご》りの春ぞとも　など白河の花の下陰

＊

長者鞠会の二年後の承元四年（一二一〇）、後鳥羽院の第二子守成親王が十四歳で即位した。この順徳天皇の生母は、幼少の院を養育して帝位に即けた高倉範季の女子修明門院である。そして故摂政九条良経の女立子が新帝の中宮となった。[30] 本命の揃ったこの時あたりが後鳥羽院政の輝かしいクライマックスである。院を追慕する『増鏡』の著者が、

　四方《よも》の海波静かに、吹く風も枝を鳴らさず、世治《おさ》まり民安くして、（中略）よろづの道々《みちみち》にあきらけくおはしませば、国に才《ざえ》ある人多く、昔に恥ぢぬ御代《みよ》にぞありける。（おどろの下）

と讃えたのは、誇張ではない。平泉の藤原氏を滅して十年間の内乱を鎮めた頼朝が意気揚々と上洛した建久元年（一一九〇）から、すでに二十年間も太平が続いている。その太平は乱の承久三年（一二二一）まで、なお十年間も保たれる。その間に遠い鎌倉では血なまぐさい事件が次々に起ったが、京の貴族・庶民の実感は、『増鏡』の記すところに近かったと思う。三十年もの平和は中世の歴史には稀なのである。

　その中で、多芸多能の院は和歌・連歌・蹴鞠のほかにも「よろづの道々」に打ち込んだ。それらを網羅的に語るわけにもいかないので、生来強壮な肉体に恵まれた院が、時勢の影響も受けて最も得意とした武技について、その一端を記しておこう。一言断わっておきたいのは、それらはまだ必ずしも北条氏追討の準備とは言えず、蹴鞠と本質的には同一の「屋外スポーツ」だったことである。

たとえば院は数百年来の貴族が熱狂的に愛好した競馬《くらべうま》でも、(31)桟敷《さじき》で見物するのに満足せず、みずから騎乗することを得意とした。何回も落馬して周囲をはらはらさせたが、自身は平気の平左であった。(32)

狩も大好きである。鷹狩好きだった桓武天皇以来の狩場「神泉苑《しんせんえん》」で野猪《やちょ》を生取《いけど》りして、苑の池底に龍が棲むと信じてた人たちを、祟《たた》りで旱《ひで》りにならぬかと心配させたり、(33)荒廃していた朱雀院《すざくいん》（嵯峨天皇以来の離宮）に垣をめぐらし、新しい狩場にしたりした。(34)郊外の交野《かたの》・(35)伏見・山崎・宇治の山々は鹿狩の猟場で、鹿の群を川へ追い落とし、捕えて神泉苑に放ったりした。(36)

川といえば水練《すいれん》も得意であった。宇治の御所では、大勢の泳ぎ手が裸形でぞろぞろ平等院の庭を渡ったり、川上で裸馬を乗り廻したりして、仏罰を怖れる人たちを嘆息させた。(37)賀茂の川上では、未練《みれん》（下手）の者二十余人を一度に船から水中に突き落として、興《きよう》に入った。珍らしいことに、定家はこの荒業《あらわざ》を非難せず、自分は金槌なのでこの嘲弄《ちょうろう》（いたぶること）を免《まぬが》れた、「明王の人を鑒《み》ること、極《きわ》めて以《もっ》て忝《かたじ》けなし」と記している。(38)よほどホッとしたのであろうが、院も限度は弁《わきま》えていた。

院の最も好んだのは笠懸《かさがけ》である。笠懸は流鏑馬《やぶさめ》の余興として発達した武技で、その昔射礼《じゃらい》という国家的行事から賭弓《のりゆみ》という余興が生れたように、(39)院政期の武者たちの間に始まった。流鏑馬と異なり鎧甲《よろいかぶと》の物々しさではなく、烏帽子《えぼし》・直垂《ひたたれ》姿で馬を走らせつつ、笠または笠状の板を射るスポーツである。(40)院は在京御家人《ごけにん》の平賀（源）朝政を師として急速に上達し、(41)北面西面《ほくめんさいめん》の射手が為損《しそこ》なえばみずから代って射手となり、(42)見所《みどころ》ある若者には手を取ってコーチもした。(43)笠懸の盛んだったことは、蹴鞠にも劣らない。

ついでに書けば、定家の子為家（左少将）は院によって若い順徳新帝の近習《きんじゅう》に選ばれた。(44)院の日記には、為家は笠懸にも素質があり将来は定めし「堪能《かんのう》」（上手）になるだろうと期待されている。(45)為家は順徳帝に寵愛され、蹴鞠にも熱中していたが、それらは定家には苦々しい限りであった。『明月記』には、これは両主君の鞠好きのゆえである、為家が古典も学べないのは「一家の不運」「慟哭《どうこく》して余り有り」と、口をきわめて慨嘆している。(46)この両極端の評価を貰った為家が、両帝失脚後も父よりずっと順当に官位昇進したのは皮肉であるが、それは人柄が円満だっただけではなく、(47)蹴鞠も笠懸も貴族の教養と公認されていたからである。しかも為家の御子左流は、難波・飛鳥井両流と並ぶ鞠道の家となった！(48)

＊

後鳥羽院が「御番鍛冶《ごばんかじ》」を置いて銘刀を作らせたという伝承もある。史料的根拠はいささか薄弱であるが、(49)院御作の「菊作《きくづくり》の太刀《たち》」という語は鎌倉中期の文書に見られ、(50)実物も現存する。院の多芸多能からして、伝承には由来があるのであろう。もっと気楽な娯楽、すなわち遊女を召しての今様、白拍子《しらびょうし》の舞、猿楽、囲碁、将棋、雙六《すごろく》、扇合《おうぎあわせ》、鶏合《とりあわせ》、相撲《すまい》や、花見、雪見、祭見などを、これ以上並べ立てる余裕はない。造寺造仏や作文《さくもん》（漢詩）・講書の類が比較的に少ないのは、持ち前の行動的性格と武張った時勢のためであろう。

一つのエピソードでこの章を締めくくろう。下級官人の橘成季が院の崩後間もない頃まとめた『古今著聞集《ここんちよもんじゆう》』(51)に、「後鳥羽院、強盗の張本交野《かたの》八郎を召取《めしと》らるる事」という説話がある。賊の潜伏場所を突きとめて西面の武者を派遣し、院もひそかに大捕物を見物に行く。なかなか手剛いので、業を煮やした院は舟に立ち上り、櫂《かい》を手に振りまわして指図し、ついに召し取った。水無瀬殿の庭に引据《ひきす》えて、「いかに汝ほどの奴が、何故こんなにたやすく搦《から》められたぞ」と尋ねると八郎は、「西面の連中など物の数とも思いませぬが、あの重い櫂を扇などのように軽々と片手で持って命令される様を見まして、もはや運も尽きたと観念しました」と答えた。院は上機嫌で罪を許し、中間《ちゆうげん》として召し使うことにした。

話はおもしろ過ぎるようだが、『明月記』(52)に、「今夜、今津辺に於いて強盗を搦《から》めらる。密々《みつみつ》御船にて御見物《ごけんぶつ》、人これを知らず」と見え、まさに実話であった。

そして半月後、「今夜、日来《ひごろ》搦め置かれし強盗十人、衣装《いしよう》を賜はり追放せらる。叡慮《えいりよ》より発すと云々。人其の由《よし》を知らず」と、強盗十名が釈放された情報を記した定家は、院の心底を計り兼ねて、「死囚《ししゆう》四百、来りて獄に帰るの謂《いい》か。短慮《たんりよ》の及ぶ所に非《あら》ず」と結んでいる。「死囚四百」云々とは、唐の太宗が四百人の死刑囚に、来年の秋帰って刑に就けと約束して釈放したら、彼らは皆違わずに帰ったので罪を許した、という名高い故事である。

真相は、院が張本の交野八郎を気前よく許したので、手下十人も当然のこと釈放されたものと想像される。しかし定家は院の大度量を盛唐の名君の徳化と比べて感動した。冷静なときの定家は、深く後鳥羽院に心服している。

その六　習礼《しゅらい》と歌論

後鳥羽院三十一歳の承元四年（一二一〇）十一月、まだ十六歳の土御門天皇が皇太弟《こうたいてい》守成親王（順徳天皇）に譲位した。父の院は新帝の気鋭な性格と早熟の才能に期待していたので、これをパートナーとして早速新しい挑戦をはじめた。それは保元・平治以来久しい乱世によって極度に頽《すた》れていた宮廷の儀礼を復興するため、貴族たちに勉強を促がそうという企画である。前年急死した摂政良経の九条家を継いだ道家の日記『玉蘂《ぎょくずい》』や、定家の『明月記』などには、「節会《せちえ》の習礼《しゅらい》」とか「公《く》事《じ》の竪義《りゅうぎ》」といった耳慣れない言葉がしばしば出て来る。それがこの頃院の始めた儀礼勉強会のことである。王朝文化の粋ともいうべき和歌は、すでに勅撰によって輝かしい金字塔を打ち建てた。次には後世「有職故実《ゆうそくこじつ》」と呼ばれた宮廷文化全般の振興が院の視野に入ったのは、きわめて自然の成行きであろう。

例によって「隗《かい》より始めよ」の後鳥羽院は、翌春みずから猛烈な勢いで学習にとりかかった。宮廷の儀式・年中行事は、平安初期の嵯峨天皇制定の「内裏式《だいりしき》」以後百年間に形をととのえ、延喜・天暦以後の貴族たちは、「先例」に暗いための「失礼《しつらい》」（言動の誤り）を犯すまいとて、行事の詳細を日記に書き記しては子々孫々に伝えたり、それぞれの家に独自の流儀を作り上げたりした。(1) しかし乱世を経る間に、内裏では清涼殿の「日記の御厨子《みずし》」に丁重に保管されていたはずの「延喜・天暦二代の御記《ぎよき》」さえ見当らない、情ない衰退ぶりだったから、(2) やむなく院は九条家に使をやり、頼長の『台記《たいき》』や兼実の『玉葉《ぎよくよう》』のような名記を借用して読みふけった。(3) 院の習礼への意気込みが伝わって仰天した定家は、貴族たちが皆それぞれの家に伝わる日記を隠して見せないので途方に暮れる有様で、(4) 彼らの俄《にわか》勉強の慌《あわ》ただしさが思い知られる。

建暦元年（一二一一）七月、院の御前で最初の公事竪義が行なわれた。(5) 元来「竪義」とは、重要な法会《ほうえ》の際に催される仏典のシンポジウムをいう。「問者《もんじや》」が質問し、「竪者《りゆうしや》」が応答する。公事竪義はこの形式を借りた、恒例・臨時の宮廷行事の進行・作法の予行演習である。「問者」と「竪者」が白熱の議論をたたかわし、「注記」が記録を作成した。連続五日間もしごかれたので、定家は疲れきって寝込み、辛うじて担当した一日分の記録を完成した。(6) 院のしごきの猛烈は相変らずである。

この後公武関係の風雲急を告げるまで、平和な建暦・建保の七、八年間、習礼に院父子は情熱を傾けた。有職故実は現代人の眼には繁文縟礼《はんぶんじょくれい》（規制のわずらわしさ）、無用の長物としか映らないが、実は権力ではなく権威によって秩序を維持する、巧妙な政治手法であった。延喜天暦を理想と仰ぐ後鳥羽院は、その後久しく摂関家に主導されていた儀礼を院政期にふさわしく整備・改訂する学習作業を通じて、帝王の権威を磐石の基礎に置こうとした。東国在地を中心に勃興しつつある「武力」という異質のエネルギーの前に、この「文化」が脆くも砕けようなどとは、夢想もしなかった。(7)

後鳥羽院は時にはみずから大臣兼大将に扮《ふん》して、儀式の司令塔に当る「内弁《ないべん》」という役割を演じ、また時には御簾《みす》の中から激しく板敷《いたじき》を叩いて失錯をとがめたりした。(8)年齢すでに五十歳の定家は、準備不足の場合には持病を口実にして欠席届を出しているが、院のしごきの当面の標的は次代を担う名門の御曹子《おんぞうし》たちであった。もっとも権大納言九条道家十九歳は祖父(9)（兼実）と父（良経）二代の日記を数年前から学んでいて、院にも一目置かれる英才であったが、故久我通親の三子、権大納言通光二十五歳、中納言通具同年、同定通二十四歳や、権大納言西園寺公経の子の参議実氏十八歳などは、常に光親・宗行らの有能な近臣と並んで、問者・竪者を命じられた。院のしごきに加えて若い帝も、「近代の事、虎の尾を踏むのみ」(10)と定家を嘆かせるほど手きびしかったので、若い公卿たちのストレスは相当なものであったろう。

もっともその反面、習礼には演劇の舞台稽古のような興趣もあった。『古今著聞集』にいくつかの逸話がある。ある時、大納言と近衛番長《ばんじょう》が同じ下役人に扮した。本当の身分に天地の差があるのでコチコチに畏《かしこ》まった番長を、大納言が「我等は同役ではないか」とたしなめると、番長が「とは申しましても」と閉口した話。また官人某が「内侍《ないし》」という女官に扮して文書を持って歩く仕草に、一同がこらえ切れずに大笑いした話。これは院も爆笑の仲間に加わったに違いない(11)。

『古今著聞集』には、ふざけ過ぎて院の逆鱗《げきりん》に触れた話もある。「順徳院御位の時、賭弓《のりゆみ》を御真似《まね》の事(12)」という話であるが、道家が『玉蘂』承久二年（一二二〇）三月十三日条に、活字本では十頁にもなる長文を記していて、実態が確かめられる。院が熊野詣に出発した留守中に、内裏で「密々《みつみつ》」（非公式）に行なわれた習礼であった。お気に入りの近習重長という者が(13)「擬主上《ぎしゅじょう》」（天皇の役）になり澄まし、「擬《ぎ》関白」以下を率いて弓場殿《ゆばどの》に「出御《しゅつぎょ》」した。近衛府の射手が左右に分れて競射し、この間に御膳《ごぜん》が出され、陵王《りょうおう》・納蘇利《なそり》の舞も型のごとくあって、習礼は滞りなく終了した。道家は本物の帝に従って適宜に場所を移動しながら見物し、退出の際には「今日の儀、珍重《ちんちょう》なり」と、女房を通じてわざわざ帝に奏している。

賭弓は、大化改新以前からの国家的伝統行事「射礼《じゃらい》」の余興として、平安初期に始まった(14)（承の巻その五参照）。射手には命中の数によって「賭物《かけもの》（賞金）」与えられ、勝方が乱舞《らんぶ》し負方は罰酒《ばっしゅ》を飲まされるなど、まことにリラックスした遊びである。勝方の大将が自邸で一同を慰労する「還饗《かえりあるじ》」という大宴会も附随していた。そういう愉快な行事だからつい脱線したものか、『古今著聞集』には道家の語らぬ珍事が見える。「擬主上」の重長が、御膳に出された「菓子ならびに鳥のあし」

に手を出してムシャムシャ食った。そんな噂話が熊野から帰った後鳥羽院の耳に入ったからたまらない。「主上《しゆじよう》の御まね、しかるべからず。あま（つ）さへ食事、狂々《きようきよう》なり」と、光親が使となって天皇に大目玉が飛んだ。義時追討が一年後に迫ったこの緊張の時期、みずから王位を軽んじた帝の若気の至りを、院は許せなかった。道家や関白近衛家実《このえいえざね》へも院は使者を遣わし、習礼に「天皇代《てんのうだい》」を禁じた先例をいろいろ挙げて、重臣が非を黙認したことを咎《とが》めた。『玉蘂』の記事から推察する(15)と、気性の鋭《する》どい天皇がたやすく諫言を用いず、諸人が諦めて迎合することを、院はかねてから憂慮していたようである。院はこの年すでに不惑《ふわく》（四十歳）を越えていた。

＊

後鳥羽院の著作『世俗浅深秘抄《せぞくせんしんひしよう》』(16)と順徳帝の著作『禁秘抄《きんぴしよう》』は、この熱心な習礼・公事竪義の産物である。

まず『世俗浅深秘抄』と題された書は、宮廷儀礼の次第・作法《さほう》・装束《しようぞく》・心構えなどに関する二八五か条が上下二巻に記されている。冒頭を引用すると、

一　上皇幸《みゆき》の時、然るべき近習《きんじゆう》・殿上人《てんじようびと》、路頭《ろとう》に供奉《ぐぶ》する間、必ずしも位階《いかい》に依らず。下臈《げろう》（身分の低い者）と雖《いえど》も、我が位より上《かみ》に供奉する例なり。

とあり、律令制の序列よりも太上天皇の権威が優先する院政期の実態を示している。そして以下、上皇御幸の記事がずらりと続く。全巻、分類も順序も長短の統一もない、メモの集積のような体裁

で、朝覲《ちようきん》行幸・白馬節絵《あおうまのせちえ》・大嘗絵《だいじようえ》など多種多様の行事の断片が雑然と入り乱れている。著者も皆目不明のまま伝わっていたが、大正時代に和田英松が、書中に院中の作法が多いことや「臣下の筆つきならぬ」語法が見られることなどからして、後鳥羽院の著作と断定した。「建暦中殊に朝儀に叡慮《えいりよ》をそゝがせ給ひしかば、其の頃の御撰《ごせん》なる事、疑なかるべし」と和田は言う。(17) こう考えれば、乱雑きわまる体裁の原因もおのずから想像できる。院が習礼のたびごとに手許に書き留めたメモが、やがて風雲が急を告げたために整理統一する暇もなく、敗戦後の御所に放置されてしまったのであろう。

それだけに却って、随所に院の肉声が聞えるような記述がある。たとえば、上皇御幸の際、

供奉《ぐぶ》の輩《ともがら》、関白路頭《ろとう》に跪《ひざま》づくと雖《いえど》も、下馬《げば》すべからず。先例、下るか。失《しつ》（誤り）なり。(18)

とか、また行幸の際、

関白主上《しゆじよう》（天皇）の御裾《きよ》（束帯の背後に垂らす長い布）に候《こう》ずる時、職事《しきじ》（役人）又関白の尻《しり》（「裾」に同じ）を取るは、見苦しき事なり。無下《むげ》に近き世の事なり。(19)

といった注意は、「関白といえども臣下の一人であるぞ、一同間違うなよ」という、一天万乗の君のプライドの現われであろう。

またたとえば「雨の日の行幸の際、次将《じしよう》御輿《みこし》の雨皮役《あまがわやく》を奉仕する事」について、延々数十行の記事がある。(20) 雨皮とは、行列の途中で雨が降り出した時、貴人の輦《てぐるま》・牛車《ぎつしや》を覆う雨具のことで、小さ

く畳んで仕丁《じちょう》(下役人)が携帯しているのを、近衛中(少)将が指揮して手早く付けさせる。その手順が微に入り細をうがって記され、とても帝王の著作とも思えないが、順徳天皇が雨皮の不手際で中将三人に「怠状《たいじょう》」(始末書)を出させた事実もあって、(21)父子はいずれ劣らぬ鋭鋒の主であった。

次に順徳天皇の『禁秘抄』(22)は、宮中の神聖な場所「賢所《かしこどころ》」(神鏡の奉安殿)の叙述に筆を起し、紫宸殿・清涼殿の設備、恒例・臨時の行事、内裏の男官・女官、非常の際の行動などについて、九十二項にわたって整然と記述された著書である。有職故実の古典として、著者の非運と関わりなく後世まで愛読されたので、伝本も注釈も多い。

建保四年(一二一六)頃、弱冠の順徳天皇が「二百首和歌」(23)中に王朝の全盛を慕った名歌

百敷《ももしき》や古き軒端《のきば》のしのぶにも　なをあまりある昔なりけり

は、習礼への熱中や『禁秘抄』著作の動機を表明したものといえる。承久元年(一二一九)の実朝暗殺以後急迫する時勢の中で、帝は父院の片腕となるために譲位を決意し、幼帝(仲恭)への遺戒《ゆいかい》として乱の直前にこの著作を完成させた。(24)本の末尾には、内裏の「雪山」作り、野良犬狩、小鳥《ことり》合《あわせ》、虫合《むしあわせ》などの微笑《ほほえ》ましい行事が並び、若い順徳帝の幼児への愛情をかいま見ることができる。

＊

さて後鳥羽院は、承元二年（一二〇八）の「最勝四天王院障子歌」（承の巻その三）あたりを最後に、一時期和歌離れをした。これに代って順徳天皇の内裏では、「朝夕の御いとなみは、和歌の道にてぞ侍りける。末の世に『八雲《やくも》（御抄《みしょう》）』などいふもの作らせたまへるも、この帝《みかど》のことなり」と『増鏡』（おどろの下）が特筆したほど、歌会が盛んになった。初心者の帝は定家を歌道の「仙《ひじり》」と敬慕し、一同を率いてその指導に心服した。(25) 定家の圭角《けいかく》の多い性格を知る院はこれに少なからず危惧を抱いたようで、歌論『後鳥羽院御口伝《ごくでん》』はそこから執筆された定家批判の書である。

『御口伝』の内容は三部分に分けることができる。初めは初心者の心得、中ほどは経信・俊頼以後の「近き世の上手《じょうず》」たち十余名の讃美、そして終りは定家ひとりへの長文の非難である。「上手」の中では特に釈阿（俊成）の歌風を院自身も庶幾《こいねが》うところと告白し、また西行を「生得《しょうとく》の歌人」で「おぼろげの人の学《まね》びなどすべき歌にあらず」と絶讃したのは、周知の事実であろう。これに対して、定家への舌鋒は峻烈をきわめた。

院は定家をこの道の達人、「左右《さう》無き者」と力量を十分に認めた上で、だが「傍若無人《ぼうじやくぶじん》」で「いささかも事により折によるといふことなし」（時と場合をわきまえない）と、人柄を真向から弾劾《だんがい》する。最勝四天王院の障子に自信作が入らなかった事を「所々《ところどころ》にしてあざけりそしる」とは言語道断《ごんごどうだん》だなど、いくつかの行状を例に挙げ、特に末尾に、

一筋に彼卿《かのきょう》（定家）が我が心にかなはぬを以《も》て、左右《さう》無く歌見知らずと定むる事も偏執《へんしゅう》（片意

地を張ること）の儀なり。

と指摘した。狭量で人の師としては落弟だと決めつけたわけである。

実は『御口伝』の執筆は後年隠岐の配所に於いてであると、近年まで何となく考えられていた。それは最も流布した『群書類従』所収本に、隠岐に崩御まで奉仕した大原の教念上人所持の宸筆本を写したという奥書があったからである。(26)しかし田中裕氏がこの奥書を含まない善本の語法を厳密に検討し、特に定家批判の部分が「臨場感あふるる記述」であることを指摘して、『御口伝』が順徳帝即位後間もない建暦二年（一二一二）頃執筆されたものと結論された。(27)私はこの研究を読んで眼から鱗の落ちる思いをした。いかにも院は隠岐へ「聖《ひじり》」一人を伴ったとはいえ、「教念」なる名は他の史料に見えないので、私はこの奥書に疑いを抱いていた。定家と別れて年を経た時期の筆としては生々しすぎるから、奥書は後世の何びとかのさかしらではあるまいかとも。

では田中氏の卓説に従って、『御口伝』の執筆を順徳帝内裏の和歌が始まって間もない頃と見れば、院がかくも歯に衣着せぬ定家批判を書き与えたのは、何びとに対してであったのか。印刷の発達した後世とは異なり、当時の著作には不特定多数を読者として公表される要素は少ないから、この場合も、院はまず初心者の順徳帝を啓発し、帝を通じてその周囲にも和歌の「風情」と歌人の「進退」を指南したのではなかったろうか。この手きびしい著作の目的は、他には考えにくい。

しかし、自負心の強い帝はたやすく厳父の規制に従わなかった。(28)定家は帝の信任によってますます時を得顔に、院は『御口伝』の空振りによって焦立ちを強めた。そして、乱の一年前、両者の不幸な破局が来る。

*

承久二年（一二二〇）二月の内裏の歌会に、定家は当日が亡母の遠忌にあたるため欠席を申し出たが、帝の使を三度も受けて、やむを得ず二首の作を持参した。(29) その一首、

道のべの野原の柳下萌《したも》えぬ　あはれ嘆きのけぶりくらべに

は、菅原道真の次の二首を踏まえたものである。

道のべの朽木《くつき》の柳春くれば　あはれ昔としのばれぞする　（『新古今集』雑上）

夕されば野にも山にも立つけぶり　嘆きよりこそ燃えまさりけれ　（『大鏡』時平伝）

定家の作は、得意の本歌取の技法を駆使して身の不遇を訴えたものであるが、それがはからずも院の逆鱗に触れた。不遇を歌によって嘆き訴えることは古来多いが、選りに選って道真歌を取るとは『御口伝』にいわゆる「事により折によるといふことなし」の極だと、院は憤ったのであろう。

右大臣道真が藤原時平の讒言《ざんげん》を信じた醍醐天皇によって大宰府《だざいふ》へ追放された事件は、院の敬慕する延喜の帝の唯一の失点であった。以後二百年間、怨霊《おんりょう》鎮魂のため多くの伝誦歌が作り出されたが(30)、後鳥羽院も特に『新古今集』巻十八の巻首に「菅贈太政大臣《かんぞうだいじょうだいじん》」の大宰府での述懐を十二首もずらりと並べる、異例の処置を取った。その中には、『大鏡』にも引かれて有名な、

　海ならずたゝへる水の底までも　きよき心は月ぞ照さん

もあって、忠臣道真の面目をクローズ・アップしている。そうした院の深刻な思いを知らぬ定家ではないのに、君主への讒言の受難者におのれを寓《ぐう》するとは僭上沙汰《せんじょうさた》も甚だしい――そうした院の勅勘《ちょくかん》には、一理ないとは言えないであろう。定家はただちに門を閉じて謹慎した。

定家に好意的な順徳帝は、その歌を受け取った時に多少耳ざわりに思った程度で、不問に付していた(31)。半年後の八月十五夜の歌会の日記にも、

　今夜の良宴、殊勝か。定家卿「煙くらべ」の後、暫《しばら》く召し寄すべからざるの由《よし》、院より仰せらる。此《かく》の如き事、深く咎むるも中々《なかなか》か。如何《いかん》(32)。

と、勅勘は行き過ぎだと批評し、翌承久三年二月にも、「歌道において彼《か》の卿を召さざるは、尤《もっと》も勝事《しょうじ》（たいへんな事）なり(33)」と惜んでいる。

帝はこの間、赦免を斡旋する機会をうかがっていたらしいが、言い出し得ないうちに譲位し、翌月乱が勃発した。そして院は思わぬ没落によって、勅勘を解く術を永久に失ったわけである。げにも勅勘は定家にとって千秋の痛恨事であったか、それとも勿怪《もっけ》の幸いとなったか。人の運命ほど計り知れないものはない。

転の巻

その一　北条殿《どの》か北条丸《まる》か

『吾妻鏡《あずまかがみ》』は鎌倉時代の半ば過ぎ、蒙古襲来の前後に、幕府みずからの手によって編纂された大規模な通史である。豊富なエピソードと雄勁《ゆうけい》な文体で武家政治草創《そうそう》の時代を活写するので、戦国大名の島津・吉川《きつかわ》・小田原北条氏などにも愛読され、ことに徳川家康は慶長活字本を刊行して広く世に流布させた。いわば武士のバイブルであり、武士が姿を消した近代にも、民衆の歴史的イメージ形成に決定的な影響を失わなかった。NHKの大河ドラマを引き合いに出すまでもなく、今も日本人は武士大好きである。

しかし『吾妻鏡』の、特に承久の乱までの前半は、古文書や日記などの第一次史料の不足を『平家物語』などで補充した弱点を持つだけでなく、全盛の執権北条氏におもねって事実を覆い隠したり、故意に筆を曲げたりした痕跡が多い。それは大正期の八代国治の鋭利な批判以来の定説である。(1)

転の巻は、後鳥羽院がその北条氏との対立によって没落した経緯を述べるのだから、『吾妻鏡』の魅力にも歪曲にも惑わされずに、一応は院の側に立って鎌倉の動きを眺めるバランス感覚が必要であろう。それが贔屓《ひいき》の引き倒しか否かは、読者の判断に委ねる他はない。

史書『吾妻鏡』は治承四年（一一八〇、後鳥羽院生誕の年）、後白河院の皇子以仁《もちひと》王の平家討伐の令旨《りょうじ》が伊豆国北条の流人《るにん》頼朝の館に届いたところから筆を起した。冒頭に次の異例の紹介がある。

爰《ここ》に上総介《かずさのすけ》平直方朝臣《あそん》五代の孫、北条四郎時政主《ぬし》は当国の豪傑なり。武衛《ぶえい》（兵衛佐《ひょうえのすけ》源頼朝）を以《もっ》て聟君《むこぎみ》と為し、専《もっぱ》ら無二《むに》の忠節を顕《あら》はす。茲《これ》に因りて、最前《さいぜん》に彼《か》の主を招き令旨を披《ひら》かしめ給ふ。(2)

特筆大書とはまさにこのような記述を言うのであろう。「当国の豪傑」であり、「無二の忠節」である。しかし実際の北条氏は下国《げこく》伊豆の小豪族に過ぎなかった。国衙《こくが》に仕える在庁官人《ざいちょうかんじん》であったか否かもおぼろげで、ましてや京に上っても衛門《えもんのじょう》尉・兵衛尉《ひょうえのじょう》などに任官できる実力はなかったので、『吾妻鏡』も「殿」と敬称を付ける以外には呼びようがなかった。時政を「遠州《えんしゅう》（遠江守《とおとうみのかみ》）」と官名で呼ぶのは、頼朝も世を去った後の任官からである。(3) 思えば、時政の意に背いて女《むすめ》政子が「武衛《ぶえい》（頼朝）を以て聟君と為した」ばかりに、はからずも舅《しゅうと》時政も「当国の豪傑」と持ち上げられたが、朝廷はその生前ついに「遠江守」以上の待遇を与えてはいない。

しかも源平合戦では時政はつねに頼朝の帷幄《いあく》の中で参謀を勤め、前線で花々しい武名を揚げたことはなかった。彼が京にはっきりと姿を見せたのは、戦後の文治元年（一一八五）冬、一千騎の精兵を率いて上洛し、威丈高《いたけだか》に守護地頭の設置を申し入れた時である。(4)これは朝廷が義経に要請されて、頼朝追討の命を下したことを激怒した頼朝が、城下の盟を迫ったもので、貴族社会を震い上がらせた。鎌倉の理解者九条兼実さえ、日記に次のように嘆き憤っている。

伝へ聞く、頼朝の代官北条丸、今夜経房（法皇の近臣）に謁《えっ》すべしと云々。定めて重事等を示すか。又聞く、件《くだん》の北条丸以下の郎従《ろうじゅう》等、相分《あいわか》ちて五畿《き》・山陰・山陽・南海・西海の諸国を賜はり、庄公（庄園と公領）を論ぜず、兵粮《ひょうろう》を宛《あ》て催《もよお》すべし。啻《ただ》に兵粮の催《もよおし》（課賦）のみに非《あら》ず、惣《そう》じて以て田地を知行《ちぎょう》（支配）すべしと云々。凡《およ》そ言語の及ぶ所に非《あら》ず。(5)

非常の際の筆とはいいながら、この時兼実の眼に時政は「北条丸」（北条某という男）と映った。侮蔑もいいところである。兼実は直後に頼朝の申し入れによる朝廷大改造で、宿望の政権の座に着いたにもかかわらず、四か月後時政が鎌倉帰還の挨拶に訪ねた際にも、「北条時政来《きた》る。頼朝の妻の父なり。近日の珍物《ちんぶつ》か。」と、この「田舎者《いなか》」を嘲笑した。(6)反対に『吾妻鏡』は、「北条殿去年より在京、武家の事を執行す。事に於いて賢直、貴賤の美談とする所なり」(7)と持ち上げている。

史書『吾妻鏡』の「北条殿」と貴族の眼に映った「北条丸」の間にこれほど大きな落差があったことは、心に留めておかなければなるまい。特にこの年六歳の幼帝の耳に、「東夷」時政への恐怖を噂《うわさ》する身辺の声がこびり付いたことも、想像に難くない。こうした院の原体験は、何ほどか後の歴史を左右したように思われる。北条義時追討の直接対象ではない父時政にさかのぼって詳述する余裕はないが、この下国伊豆が二世紀をへだてて平将門の再来を生み出した背景は一言しておかねばならない。

律令制では伊豆は遠流《おんる》の地だったから、かえって京から流されて住みついた流人の数が多かった。若い政子の眼には凛々《りり》しい公達《きんだち》と映った頼朝も、父時政の眼には平治の乱に敗れて辛くも助命された落武者の哀れなれの果てに過ぎない。若き日に京に上って官仕した体験を持つ時政には、好ましからざる婿殿だったのも当然であろう。しかし風雲に乗じた頼朝は、東国武士の輿望をになう「棟梁」に成長し、時政も「当国の豪傑」の地歩を固めた。思わざる武運である。

頼朝の晩年には、一転してその軸足は「棟梁」から「貴種」に傾むく。経緯は省略するが、その変化に比例して、時政をめぐる外戚北条氏との摩擦は激化する。そして「将軍」が世を去ったのは、後鳥羽院二十歳の譲位間もない正治元年（一一九九）正月の事であった(8)。

*

何とも不可解なことだが、幕府の正史『吾妻鏡』には創業の主源頼朝の死因を含めて晩年三年間の記事がすっぽり欠けている(9)。重病の噂は京中に乱れ飛んだが、死の事情は皆目不明のままである。そして十余年後、建暦二年（一二一二）の相模川の橋修理の記事の中にさりげなく記すのは、この橋新造の供養に臨んだ故将軍家が「還路に及んで御落馬あり、幾程も経《へ》ず薨じ給ふ」、そして橋を造って将軍家を招いた御家人の「重成法師」も後に「殃《わざわい》」に逢ったから、こんな不吉な橋を修理するには反対があったなどというのである。(10)

武士の棟梁の落馬事故死という異様な最期から、頼朝は「水神」に魅入られたとか、(11)安徳天皇の亡霊が海上に現われたとか、(12)奇怪な流言が生じた。現代でも石井進氏はこの記事欠除は散逸ではなく、初めから「重大な理由」で記述されなかったのであろうと推定し、(13)角田文衞氏はさらに立ち入って、晩年の頼朝が「朝廷に誼《よ》しみを通じ、鎌倉政権の代表者としての立場を逸脱し始めた」ために、「北条家の手で暗殺されたか、或いは命を縮められたことは、事実であろう」と判断している。(14)

頼朝を問題の橋供養に招いた「重成法師」（稲毛三郎入道）は北条時政の女婿である。(15)彼はもともと謀略に長《た》け、(16)後にも時政の意を受けて名将畠山重忠を謀殺し、自身も討たれた。(17)そうした裏面の人物をかいま見るに付けても、頼朝の不自然な最期の秘密が北条時政との晩年の確執にあり、それは『吾妻鏡』編者が記事に長い空白を設けざるを得ないほど深刻化していたと、私も推定せざるを得ない。

京では後鳥羽院政の衝にあった久我通親が、逸早く事件の真相をつかんだらしい。彼は頼朝の死を固く秘して臨時の除目《じもく》（人事異動）を行ない、みずから右大将を兼ね、十六歳の頼家を左中将に抜擢した。(18)この非常手段によって北条氏に先手を打ち、貴種頼家の地位を保証しようとしたのであろう。「前征夷将軍源朝臣《あそん》（頼朝）の遺跡《いせき》を続《つ》ぎ、宜《よろ》しく家人《けにん》・郎従《ろうじゆうら》等をして旧《もと》の如く諸国守護を奉行せしむべし」という院宣が鎌倉に到着した。『吾妻鏡』はその日付から記述を再開している。

以後五年間、重病を発するまで若い将軍は独断専行に逸《はや》り、北条氏は有力御家人を糾合《きゅうごう》してこれに抵抗した。(20) それは頼家の蹴鞠狂いに関連して多少触れたので（承の巻その五）省略するが、龍《りょう》粛《すすむ》は『吾妻鏡』の描いた頼家像の歪み(21)を修正した後、「雌伏のやむなき状況にあった北条氏は、形勢の転換をはからんがために、乗ずべき機会をば虎視眈々《こしたんたん》として窺《うかが》いつつあった」といい、「頼家が嗣立《しりつ》後僅かに五年にして病に仆《たお》れたのは、源氏のために甚だ不幸であった」と結んでいる。(22) では頼家の末路やその外戚比企《ひき》氏の滅亡は、院の眼にはどう映ったか。

*

建仁三年（一二〇三）八月末、頼家は原因不明の急病で「危急」におちいった。すると将軍権力はただちに二分され、関東諸国は十歳の弟千幡《せんまん》（実朝）に、関西諸国は六歳の長男一幡《いちまん》に譲られた。(23) 物情騒然たる中で、一幡の外祖父比企能員《よしかず》がこの処置を憤り、病床を訪ねて北条氏追討を計った。たまたま「尼御台所《あまみだいどころ》」（政子）がこれを障子越しに聞き、急いで時政に告げた。時政は能員の討伐を大江広元に謀ったが同意を得なかったので、仏供養と称して能員を自邸に招いた。能員は家子郎《いえのころう》従《じゅう》の諫めを聴かず、単身で武装もせずにのこのこ出掛け、豪勇の御家人の手によって一撃のもとに倒された。一幡の館《やかた》に籠った比企一族も政子の命を受けた軍兵の前に敗れ、館に火を放って滅びた。——以上は『吾妻鏡』の記事の要約である。(24)

比企能員は、頼朝の乳母比企尼《ひきのあま》の甥（猶子）である。尼は頼朝が伊豆国に流された時、その夫の掃部允《かもんのじょう》某とともに武蔵国（埼玉県）比企郡の所領に下り、旗上げまで二十年間の流人《るにん》生活を支えた。比企能員は源平合戦には範頼《のりより》の軍に従い、平泉征討には北陸道の大将軍に選ばれ、武功を立てた。比企尼の頼朝への功労に加えて、能員の女子が頼家に寵愛されて一幡を生んだから、比企氏はゆくゆく北条氏の地位を脅かす立場にあった(25)。

『吾妻鏡』の記述の裏を読めば、重病に乗じて将軍権力を二分したのは時政・政子のクーデターであろう(26)。さらに九月二日、能員謀殺から比企氏滅亡までの慌しい一日分の記述は、政子の立ち聞き、仏事への唐突な招きなど、安直なテレビ・ドラマの場面そのまま、いちじるしく信憑性に欠ける。事件全体が、頼家の重病に乗じた時政得意の謀略であった。武蔵武士の典型がむざむざ謀殺されたことを惜しむ戦前の中世史家は、

> 時政は最も殺生を忌むべき仏事に託し、奸計を以て能員を誅せしこと、悪《にく》みても尚《な》ほ余《あまり》ありと云ふべし(27)。

と痛烈に非難した。

数日後人心地の付いた頼家は、一幡・能員の滅亡を知って反撃を企てたが時すでに遅く、孤立無援の身を尼御台所の命によって出家させられ、伊豆国の修禅寺に幽閉された(28)。しかも驚いたことには、幕府はこの時、「左《さ》衛門督《えもんのかみ》頼家卿薨去《こうきょ》」と奏し(29)、この申告を真に受けた院は即日弟千幡を征夷

大将軍に任じ、実朝と命名した。[30] しかし間もなく、頼家の懇望によって鎌倉に派遣していた鞠足《まりあし》たちが帰参したので、[31] 真相は暴露されたはずである。通親の急逝後名実ともに「治天の君」として活動しはじめた二十四歳の院は、「北条丸」一味によって物の見事に手玉に取られた。その屈辱は抜きがたい不信として心中に沈澱したと思われる。

頼家が時政の放った刺客によって暗殺されたのは、翌年七月である。[32]『吾妻鏡』[33] の黙して語らぬ残酷な死にざまは、『愚管抄』（第六順徳）の引用で十分であろう。

さて次の年は元久元年七月十八日に、修禅寺にて又頼家入道をば刺殺《さしころ》してけりと聞えき。とみに得《え》取り詰めざりければ、頸《くび》に緒を付け、ふぐりを取りなどして殺してけりと聞えき。とかく云ふばかり無き事どもなり。いかでかいかでかその報《むく》い無からん。

院の得た情報も所感も、慈円とほぼ同じであったと思う。

*

将軍頼家の権力を奪うまでは緊密に連係していた時政とその子政子・義時の仲は、やがて対立を深めて破局を迎え、しかも抗争の結末は院の眼前で展開される。

対立の原因を作ったのは、時政の後妻牧《まき》の方《かた》という女性とされている。牧氏は下級官人から鎌倉御家人となった家筋で、[34] 年老いた時政はこの京女の色香と策略好きに振り廻された。彼らは早くから実朝を廃して女婿の平賀（源）朝政《ともまさ》（朝雅）を将軍職に就《つ》けようと機会を窺い、政子はこれを警戒していた。[35]

平賀朝政は、八幡太郎義家の弟新羅三郎義光を祖とする清和源氏屈指の名門である。[36] 比企氏滅亡後、京畿の御家人を統率する重任を担って上洛し、伊勢・伊賀に蜂起した平家の残党を鎮圧し、[37] 後鳥羽院にも気に入られて笠懸《かさがけ》の師範などを勤めていた（承の巻その五）。

源氏の名門で院の信任も得た朝政は、東国生え抜きの畠山重忠のような剛直な武者とは相容れなかったらしい。元久元年（一二〇四）重忠の弟と酒席の口争いの末重忠謀叛《むほん》と牧の方に讒訴《ざんそ》し、[38] これを盲信した時政は重忠をおびき出して誅殺した。[39] しかし事件の裏に実朝将軍を朝政に替えようとする時政夫妻の謀略を看取した政子と義時は、三浦義村など有力御家人の支持を取り付けた上で、老父の一味を落飾《らくしょく》（出家）させて禍根を断った。[40] 六十八歳の時政は故郷北条に送られ、十年の寂しい余生を送る身となる。

幕府は急使を出して平賀朝政謀反と院に奏し、在京御家人を院御所（京極殿）に集結させた。朝政の六角東洞院邸を襲った「官軍」[41] は、はじめは寡勢《かぜい》で旗色が悪く、流れ矢が飛び交い火も放たれて京中を怖れおののかせたが、やがて朝政は敗走し山科《やましな》辺で討ち取られた。久しく太平の続いた後鳥羽院政下はじめての、洛中の戦闘である。朝政の首級は御所に持参され、院は門外で検分した後梟首《きょしゅ》（さらしくび）を命じた。[42]

平賀朝政は、公的には院が征夷大将軍に任じた実朝に対する謀叛人だとはいえ、私的には笠懸などに親しく召し使われた者である。前夜も北面たちと一緒に勤番して蓮華王院宝物の絵を見ていたという。(43) その生首を検分した院の胸中は複雑であったろう。

＊

正治元年（一一九九）の頼朝の死から、元久二年（一二〇五）の時政の失脚までの七年間は、後鳥羽院が歌道に没頭して『新古今集』という成果を得た時期とそっくり重《かさ》なっている。その間、院が「万機《ばんき》の政事《まつりごと》」を顧りみなくても太平無事だった京や畿内とは裏腹に、鎌倉では時政をめぐって暗い陰謀が渦巻き、血なまぐさい殺戮《さつりく》が繰り返された。そしてその結末を院は手を拱《こまね》いて見届けねばならなかった。「戦後派」後鳥羽院の、これも強烈な体験であったろう。

一代の梟雄《きょうゆう》時政入道は、建保三年（一二一五）腫物を患って世を去った。享年七十八歳。(44) やがて院が没落し義時と政子も没した安貞元年（一二二七）、牧尼《まきのあま》は京で夫の十三回忌をしめやかに営んだ。時政の失脚に連坐して出家した御家人宇都宮頼綱(45)（蓮生）の妻とその女婿為家（定家の子）が出席したので、この小さな仏事は『明月記』に書き留められた。(46) この序で後家の尼は亡夫に何を語りかけたであろうか。

かつて時政は平泉征討の勝利を祈願して、故郷北条（いま韮山町《にらやま》）に一寺を建立し、「願成就院」と名付けた。(47) 頼朝のため寺域に別亭を造り、一周忌にこの「幽霊在世の御亭」を仏堂とした。(48) 私は二十年あまり前伊豆に遊んだ時、たまたま願成就院を訪れた。小じんまりとした境内ながら、若年の運慶の造った仏像数体を伝え、[49] 折しも堂内で文化庁による修理が行なわれていた。境内の一角には時政の墓がある。彼の大願は果して「成就」したのであろうか、それとも九仞《きゅうじん》の功を一簣《き》に虧《か》いたのであろうか。風化した五輪塔はひっそりと沈黙して、水原秋桜子《しゅうおうし》のまだ真新しい句碑とともに、冷たい時雨に打たれていた。

その二　はこやの山の影

源実朝は十一歳で将軍職を継いだ。そして二年後に外祖父北条時政が失脚した後、二十八歳で暗殺されるまでの十五年間、尼将軍と呼ばれた母政子の強大な権力の傀儡《かいらい》として、後鳥羽院政との深まりゆく対立に苦悩し続けた。

歳　暮

乳房吸ふまだいとけなきみどりご と　共に泣きぬる年の暮かな
（『金槐和歌集』[1] 上）

慈悲の心を

もの言はぬ四方《よも》のけだものすらだにも　あはれなるかなや親の子を思ふ

道のほとりに、幼なき童《わらわ》の、母をたづねていたく泣くを、そのあた

りの人にたづねしかば、父母なむ身まかりにしとこたへ侍りしを聞きてよめる

いとおしや見るに涙もとどまらず　親もなき子の母をたづぬる　（同下）

母子の哀れなさまを詠んだこれらの異色作の底には、満たされぬ母への思いが痛切に秘められているように思う。そうした和歌を生んだ背景を、この章では探っておきたい。

＊

将軍頼家を廃して伊豆国修禅寺に軟禁し、しかも後鳥羽院をあざむいて実朝を後継者に任命させた北条時政と政子は、院に与えた心の傷手を柔らげることを、当面の政治課題とした。そこで企てたのは、院の意に叶う女性を将軍の御台所《みだいどころ》（正妻）に迎えるという離れ業である。この縁談を院側近の実力者卿二位（当時はまだ卿三位）兼子に働きかけたのは、幕政を切り廻していた大江広元あたりかと思われるが、広元の女婿の歌人雅経も幼少の実朝を知っていたから、一枚加わったのかも知れない。

卿二位は院の母七条院の里坊門家《ぼうもんけ》の十三歳の女子を猶子《ゆうし》としていたので、彼女に白羽の矢を立てた。女子は院の従妹であり、その姉は院に寵愛されていた西御方《にしのおんかた》（起の巻その五）、すなわち隠岐に供奉《ぐぶ》して院の最期を看取る人である。少年の将軍実朝が姻戚になるこの縁談に院は大乗気で、女子

が大勢の武士に守られて出発する行列を、法勝寺辺にしつらえた棧敷《さじき》で大群集とともに見送った。[2]北条氏の政略は図に当ったといえる。

ただし『吾妻鏡』には異説が見える。はじめ進められていた清和源氏の名門足利義兼（八幡太郎義家の子孫、室町時代の将軍足利氏の祖先）の息女との縁談を実朝が「許容」せず、みずから京に申し入れ、出迎えの武士も「容儀花麗の壮士」を選抜して派遣したという記述である。[3]まことに恐れ入った情報で、終世母の意向に逆らえなかった実朝が、兄頼家の惨殺されたこの時期だけ十三歳で我意を貫き、しかも京を相手に折衝して縁談を成立させ得たであろうか。思うに足利氏との話は、もし『吾妻鏡』の虚構でないとすれば、大多数の御家人を納得させるために老獪《ろうかい》な時政が仕組んだ「当て馬」であろう。なぜなら名門足利氏が実朝の外戚となれば、それは取りも直さず第二の比企氏である。北条氏がそんな愚策を本気で押し進めたとは考えられないのではないか。もともと実朝は武骨な東国武士から、「当代は歌・鞠を業と為し、武芸廃するに似たり、女姓（ママ）を以て宗と為し、勇士無きが如し」[4]と軽侮された文弱の貴公子だから、[5]父頼朝のように「貴種」と「棟梁」の二面を兼備した大器量を、北条氏は期待していない。実朝が結婚によって都ぶりの生活に耽溺《たんでき》しようとも、比企氏と結び独断専行した頼家よりも安全で制御し易い、そういう読みがあったと私は推測している。実朝の結婚は後鳥羽院に対する北条氏のしたたかな政略であって、少年の甘い京都憧憬ではなかった。[6]

＊

『吾妻鏡』によれば、実朝は元久二年（一二〇五）四月、十四歳で和歌十二首を詠んだというが、[7]その詠草は知られない。前年末の結婚が刺戟になったこともあろうが、より早く実朝をこの道に引き入れた者として、内藤知親という京下りの御家人がいたことに注目したい。

知親（初名は朝親）[8]の家は代々検非違使《けびいし》などを勤め、父盛時は定家の御子左家《みこひだりけ》出入りの家人《けにん》であった。[9]その縁で二男知親は早くから和歌を学び、定家に「道に於いて頗《すこぶ》る其の意を得、京人にも勝《まさ》る、奇とすべし」[10]と褒められる域に達していた。ここに「京人」ではないかのように差別的に記されたのは、『新古今集』勅撰のはじまった頃すでに知親は父に従って東に下り、もっぱら鎌倉に勤務していたからである。しかし、和歌には出色の才を認められ、定家は「よみ人しらず」としてその作を一首『新古今集』に入れた。[11]残念ながら、この一首はいま探索する術がない。

実朝は知親を通じて、完成も程近い『新古今集』に亡父頼朝の作二首が入ったという情報を聞いたようで、矢も楯もたまらず定家に懇願させ、竟宴《きょうえん》の半年後に知親は貴重な一本を京から持参した。[12]知親の上洛は、あたかもかの平賀朝政追討の軍勢が洛中を駆け廻った頃であるが、そもそもこの事件の発端は外祖父時政の実朝廃位の陰謀である（その一参照）。その渦中での『新古今集』入手とは、いかにも実朝の詩人気質を凝縮したような行実である。

実朝という天才歌人の指南役は、隠れたる新古今歌人内藤知親であった。しかも承元三年（一二〇九、実朝十八歳）実朝は自作三十首を知親に携行させて定家の選を請い、「六義《りくぎ》の風体」などについて問い質した。定家がこれに答えて書き送ったのが「詠歌口伝《えいかくでん》」一巻である[13]。『近代秀歌』の表題で流布したこの著作で[14]、定家は、

言葉は古きを慕ひ、心は新しきを求め、及ばぬ高き姿を願ひて、寛平以往《いおう》の歌に習はば、自《おの》づからよろしき事ども、などか侍らざらん。

と説き、得意の「本歌取り」の技法を懇切に伝授した。それは実朝が正式に定家の門に入ったことを意味する。建保元年（一二一三）さらに御子左家伝来の『万葉集』を贈ったことは[15]、世に知られている。

後鳥羽院と側近も、実朝の歌道や蹴鞠《けまり》への精進に深い関心を寄せた。特に両芸にすぐれた飛鳥井《あすかい》雅経は、定家が『万葉集』を贈る際には実朝の依頼を仲介し、岳父大江広元を通じて本を届けたほど、実朝とは親しかった[16]。彼はこれより先、和歌所の同僚鴨長明が遁世《とんせ》して東国への旅を企てた時にも実朝に推挙し、長明（蓮胤）は鎌倉で手厚く歓待されている[17]。両者の幾度かの対面では、『新古今集』勅撰作業や院の陣頭指揮が好個の話題となったであろう。

建保二年（一二一二）秋、雅経は「仙洞《せんとう》秋十首歌合」を実朝に送り、実朝はことによろこんで鑑賞した[18]。この歌合は勅撰完成後和歌離れしていた院としては珍しく精魂こめた催しで[19]、『増鏡』（おどろの下）にも特筆されている。院は定家をはじめ諸人の提出した作を清撰・結番し、水無瀬殿

で歌合を催した。その第七番左歌の御製、

明石潟《あかしがた》浦路はれゆく朝凪《あさなぎ》に　霧に漕ぎ入るあまの釣舟

は『玉葉和歌集』（巻五秋下）に採られている。[20]また北面の新鋭藤原秀能の提出した作十首が九首まで選に入り、しかもその一首が右の院の作と合されて面目を施した。この秀能は西行と同じ秀郷流藤原氏の家筋で、[21]久我通親に仕えて院北面に推挙され、そこで歌道に励み、長明・隆信とともに和歌所寄人に追加された。勅撰完了後もひたと院に密着し、やがて兄弟の秀康・秀澄とともに乱の院方主力となる。敗戦から始まる彼の「灰色の人生」[22]は、のちに触れることになるだろう。

院は翌建保三年（一二一五）六月、さらに大規模な「院四十五番歌合」[23]を催した。このたびは慈円・定家・家隆・雅経・秀能・家長など、勅撰以来のメンバーが総動員され、にぎやかな衆議判が行なわれ、さらに院は判詞をみずから執筆した。また自作五首を前大僧正慈円と合せたが、衆議はすべて院を勝とした。院は事のほか満足したようで、実朝妻の兄に当る権中納言忠信に命じて鎌倉へ一巻を送らせた。[24]坊門忠信もこの歌合に加わり、しかも手頃の相手と結番されて五首とも勝となったところを見ると、この歌合の企画そのものが遠い実朝を念頭に置いて仕組まれたようである。院の格別な好意を純真な将軍はいたく感激したと思われる。

坊門忠信は屈指の鞠足《まりあし》でもあったから、実朝の蹴鞠好きもよく知っていた。後鳥羽院に「鞠の長者」の称号が贈られた承元二年（一二〇八）の盛儀には、彼も雅経などと並ぶ上足《じょうそく》（しかもその筆頭）として演技したが(25)（承の巻その五）、行事の華麗なさまはただちに鎌倉へ使者を立てて報じられた(26)。また忠信が院の制定した「韈《しとうず》の程品《ていひん》」(27)（靴下の色のランク）最上位の紫革の韈を許された栄誉を報じ、蹴鞠書一巻を送り届けたこともある(28)。『吾妻鏡』はこの記事の末に、「将軍家、諸道を賞翫《しょうがん》し給《たま》ふ中、殊に御意《ぎょい》に叶ふは、歌・鞠の両芸なり」と記しているが、院と実朝と坊門家は、姻戚と同時に、和歌・蹴鞠両芸によって深く心を通わす仲となったわけである。

*

さて実朝の家集『金槐和歌集《きんかいわかしゅう》』（定家所伝本）の巻尾を飾る有名な三首は、こうした後鳥羽院の知遇に応えた忠誠の証として、戦前の教育には大いに強調された。

太上天皇御書下預時歌

大君の勅を畏《かしこ》みちぢわくに　心はわくとも人にいはめやも
ひんがしの国に我がおれば朝日さす　はこやの山の影となりにき
山はさけ海はあせなん世なりとも　君にふた心我があらめやも

第一首、後鳥羽院の何らかの「勅」を受けて、実朝の心は千々に乱れている。第二首、「はこやの山」(仙洞御所)すなわち院の権威を覆う「影」となった我が身を嘆いている。そして第三首、いかなる非常事態が起ろうとも、反逆の意志は毛頭抱きませんと決意を表明している。これは単なる忠誠の表明にとどまらず、尋常ならざる困難な立場に追いこまれた者の悲痛な訴えである。その背景には何があったのか。

定家所伝本には三首の後に「建暦三年十二月十八日」の日付が記されている。これがもし書写の日付ならば、三首は建暦三年(建保元年、一二一三)すなわち実朝二十二歳以前の作品となるわけだけれども、奥書として日付だけでは異様な舌足らずで、疑問が残る。(29)いま仮りに三首をこの年の作とすれば、折しも公家から実朝の西国の所領などに臨時の公事《くじ》(税)が課せられた。幕府は真向から拒否する方針を立てたが、実朝は妥協の余地を残すため幾度も政所別当《まんどころべっとう》大江広元を説得している。(30)臨時の課税や地頭の押妨《おうぼう》(不法行為)をめぐって、公武の間にこうした対立案件は数多く起ったから、実朝の板挟みの苦衷は募るばかりで、三首もそうした際率直に院に訴えたものかと想像される。院も実朝の苦衷は理解したとしても、この青年を極力懐柔する方針は揺がなかったろう。

*

実朝の晩年には、院と幕府との摩擦が深まるにつれて、心理と行動に何とも「不可解」なものが現われて来る。(31)

建保四年（一二一六）六月、二十五歳の実朝は権中納言《ごんちゅうなごん》に任じられた。(32) 大臣・納言は現代流に言えば閣僚だが、遠い鎌倉から毎度の閣議に出席できるはずがない。そこで父頼朝は内乱平定後武勲によって正二位権大納言兼右大将に任じられた折、ただちに辞任して本拠鎌倉に帰った。実朝が鎌倉にいながら摂関家の御曹子並みの官職を望み、対して院が臨時の除目《じもく》を行ない、近臣筆頭の葉室光親に権中納言を辞任させてまで希望を叶えた寛容は不可解で、「官打《かんうち》」などという巷説のささやかれたのも当然である。

実朝は続いて近衛大将を熱望したので、さすがにこれを「過分」と憂えた北条義時は大江広元に諫言《かんげん》を依頼した。(33) 老臣広元の諫言に対して実朝は、「諫争《かんそう》の趣き、もっとも甘心《かんしん》すと雖《いえど》も、源氏の正統この時に縮まり畢《おわ》んぬ。子孫敢《あえ》て相継ぐべからず。然れば飽くまで官職を帯《たい》し、家名を挙げんと欲《ほっ》す」と答えたので、さしもの広元も返す言葉がなく退出したという。(34) これは『吾妻鏡』の中でも有名な逸話である。またこの前後に、東大寺の大仏建立に当った宋人の工匠陳和卿《ちんわけい》を引見した実朝は、前世に霊場医王山《いおうぜん》で両人が師弟であったなどという甘言に乗り、義時・広元の諫言も聴きいれず渡宋の大船を建造させたが、船は進水に失敗して計画は空しく挫折したという。(35) これはより不可解な、ほとんど茶番劇のような逸話である。(36)

実朝の異常な絶望感や脱出衝動の裏には、母の一存でひそかに進められている将軍後継者計画の抑圧があったのであろう。結婚後十年を経てなお子宝に恵まれない実朝に見切りを付けた政子は、ひそかに卿二位と折衝を始めた。建保六年（一二一八）春には熊野詣《もうで》を名目として上洛し、実朝妻の姉西御方《にしのおんかた》の生んだ冷泉宮《れいぜいのみや》（頼仁親王）を将軍候補として合意した。[37] 卿二位はこの宮を養育していたから、これはつまり十数年前の実朝の縁組の再版である。また慈円が「女人入眼《じゆげん》の日本国、いよいよ実《まこと》なりと云《い》ふべきにや」と批評したように、実力者同士の折衝である。意気投合した卿二位は、異例にも尼の政子を従三位に推挙し、半年後さらに従二位に昇せたが、政子は対面を許すという院の意向に背いて慌《あわ》ただしく離京した。その時政子は、「辺鄙《へんぴ》の老尼、竜顔《りようがん》に咫尺《しせき》（接近）するも、その益無し」と言ったと『吾妻鏡』は伝える。[38] おそらく東国に生まれ育った我が身の言葉や振舞が院に異和感を与え、卿二位の脚を引っ張ることを回避したのであろう。実にしたたかな駆引きである。

　こうしたしたたかな母の行動とは関わりなく、実朝はひたすら官位昇進に執念を燃やした。駆使されて京と鎌倉をしきりに往復したのは、のちに実朝と同時に鶴岡八幡宮で公暁《くぎよう》の刃《やいば》に倒れる側近、源仲章である。宇多源氏の仲章は紀伝道出身で、鎌倉に下って実朝の侍読《じとう》（学問の師）を勧めていた。[39] 定家とも親交があったが、[40] 慈円は実朝がなまじ仲章ごときに学んで「事の外に武の方よりも文に心を入れ」、「又大臣の大将けがして」滅びたことを、頼朝と対比して侮蔑嘲弄《ちようろう》している。[41]

　建保六年（一二一八）、死の前年度の官位昇進は、慈円ならずとも誰もが眼をそばだてたほど異常であった。正月権大納言に昇り、三月念願の左大将を兼ね、さらに大臣を望んで十月内大臣に、そして十二月にはついに右大臣に昇進する。左大将は九条道家の辞退により空き、また内大臣は昔の平重盛・宗盛の不吉な運命を人々が思い起していた折も折、九条良輔（故良経の弟）の急死によって一段上の右大臣が空いたのである。(42) この矢継ぎ早の昇進を、過分に位を授けて破滅させる「官打」だという『承久記』（古活字本）のうがった解釈（前述）は、京中を流れた無責任な噂話に源があったか。院はひたすら実朝を懐柔して幕府を制御しようとしており、暗殺こそ情勢を一挙に悪化させたのだから（後述）、官打説にはたやすく従えない。しかし、実朝の心底に不可解な焦立ちが募っていたことは否定すべくもない。それは詩人特有の運命への予感であったか。ともかくも建保七年（承久元年、一二一九）正月、鶴岡八幡宮社頭の惨劇は、院、実朝、政子三者それぞれの描いた筋書をすべて御破算にしたのである。

＊

実朝の生涯を追いかけつつ私のゆくりなく想起するのは、大伴家持の悲劇的生涯との奇妙な一致である。家持は大化前代の名門大伴連《むらじ》の栄光を一身に負い、新興藤原氏への抵抗に全精力を費やした。その編纂した『万葉集』最末の因幡国庁での詠から没するまで二十数年の作品はまったく伝わらないので、晩年は政治の激動の中で「歌わぬ人」になったか否かの議論が、戦後のある時期学界をにぎわした。そして病死の直後に起った権臣藤原種継暗殺の主犯という汚名を着て、貴族の籍を除かれ屍《しかばね》を発《あば》かれる厄に遭った。この家持の悲劇的な気質と運命は、史上のだれよりも実朝のそれに酷似する。「悽惆《せいちゅう》の意、歌に非ずは撥《はら》ひ難し(43)」という感慨は、そっくり実朝のものとしてもよい。世にいう実朝歌の万葉ぶりとは別の事として、私はそこに両詩人の共通点を見出したい。

その三　治天の君の苦悩

鎌倉の将軍源実朝が右大臣新任の拝賀に、都からわざわざ下った大納言坊門忠信（実朝妻の兄）、中納言西園寺実氏（公経の子）ら賓客の公卿・殿上人や、多数の御家人と兵一千騎を従えて鶴岡八幡宮に詣で、亡兄頼家の遺児八幡宮別当僧公暁《くぎょう》（二十歳）の凶刃に倒れたのは、承久元年（一二一九）正月二十七日である。(1)悲報は五日後、幕府の急使によって京に届いた。

驚愕した後鳥羽院は、滞在していた水無瀬殿《みなせどの》から数日後に御所《ごしょ》高陽院に帰り、ただちに二つの指令を発した。その一つは、御所に衆僧を召集して、国土安寧《あんねい》・玉体安穏《あんのん》のために五壇法《ごだんほう》・仁王経《にんのうぎょう》法《ほう》・七仏薬師法《しちぶつやくしほう》など各種の大規模な修法《すほう》を、つぎつぎに行なわせたことである。その際院は、四、五十日（ないし百日）後に天下が無事ならば恩賞を与えるが、当座それはないぞと僧侶一同に申し渡した。(2)まことに異例の処置である。これは院が、事件は実朝個人の不幸には終るまい、京にも院自身にも何らかの危機が及ぶのではという、深刻な恐怖に襲われたことを語るものであろう。

もう一つの指令は、最勝四天王院執行《しぎょう》（寺院運営の主任）の法印尊長《そんちょう》に命じて、かねて「右府将軍」（実朝）のために寺内で祈禱していた陰陽師《おんみょうじ》全員を罷免《ひめん》したことである。(3)『承久記』（古活字本）などはこの祈禱を「関東調伏《ちょうぶく》」（人を呪い殺すこと）だったと解しているが、それはおそらく根も葉もない巷の噂を出所としたものであろう。最勝四天王院の執行尊長は、この後最も急進的な義時追討論者となる剛の者だから（後章参照）、そうした噂の流れたのも理解できるが、彼には実朝を呪詛《じゅそ》する理由はない。もともと尊長の父権中納言一条能保は頼朝の妹を妻としていて、頼朝に見込まれて後白河院との連絡役を勤め、そのため家運も急上昇した人である。(4)尊長の実母は不明だが、一条家と将軍家は切っても切れない縁で結ばれているのだ。だから尊長も院と同様に、晩年の実朝が北条氏をはじめ御家人層から孤立を深めつつあることを憂慮していたと思われる。そのための祈禱が何の効能もなく、逆に最悪の事態を招いた大失態に院は遣り場のない憤りを発し、陰陽師を罷免したのであろう。やがて不吉な御願寺最勝四天王院そのものを取り壊すのは、(5)この鬱憤《うっぷん》の続きとも見られよう。私は調伏説には従えない。

*

実朝の横死に対する院の驚愕と恐怖は、公武の不信・対立を抜き差しならぬものにした。承久の乱の分析として、院の二つの指令に現われた衝撃の大きさを見失うことはできない。

暗殺の舞台鎌倉の動揺も、もとより京には劣らない。御家人百余人がただちに主君に殉じて出家した。[6] 公暁に与《くみ》した八幡宮悪僧の糾明《きゅうめい》が、政子の指令でただちに始まった。[7] だが下手人の背後関係は、当時はもとより後世に至るまで疑心暗鬼に包まれていた。

　数百年来、犯人と疑われたのは北条義時である。当日将軍の剣を捧げ持っていながら、宮の門を入る時にわかに気分が悪いと訴えて行列を脱け、替って剣を持った侍読《じとう》源仲章が襲われたのだから、疑われたのもやむを得ない。しかし近年永井路子氏によって、公暁をそそのかした黒幕は北条氏のライバル三浦義村であろうという新説が出された。[8] 義村の妻は公暁の乳母で、乳母子《めのとご》駒若丸は公暁の弟子となっていたので、公暁は実朝の首を携えて義村の許に駆けこむ段取りであったが、怖い義時を討ち洩らした大失敗を知った義村の突然の裏切りによって、無残にも討手を向けられて殺されたのであろうという推定である。三浦義村はかつて一族の和田義盛が北条義時と合戦を起した時にも、直前に寝返って同族を討ち滅ぼし、[9] これを憎む御家人に「三浦の犬は友を食《くら》うぞ」と面罵されたほどの謀略家で、[10] 彼の性格は後の承久の乱の勝敗にも大きく影響するのである（後述）。この永井説は学界にも認められた鋭い洞察であるが、[11] そうならば、一髪の間に危機を逃れた北条氏の動揺も後鳥羽院に劣らず深刻であったろう。

　何はともあれ権力の象徴たる将軍を失っては、後継者を決めるのが焦眉の急だから、政子は二月半ばに腹心の二階堂行光を京に派遣し、かねて卿二位と合意していた院の二皇子（雅成・頼仁）どちらかの下向促進を働きかけた(12)。しかしそれは実朝暗殺を見た院にとっては、到底受入れがたい申し出であった。側近の実力者卿二位が西御方の生んだ幼名「すぐる御前」（頼仁親王）を養育してあわよくば順徳帝の、もし叶わねば実朝将軍の後継者にと目論《もくろ》み、すでに政子とも合意していた事を承知しながら、今となっては「いかに将来に、この日本国二《ふたつ》に分くる事をば、し置かんぞ(13)」、絶対に駄目と院は心を決めた。後世の南北両朝対立に徴してももっとも千万の方針である。

使節の二階堂行光は、大江広元の片腕として政所を切り廻した行政の子で、父とともに京から下った能吏だから、粘り強く卿二位と折衝を重ねた。院は、皇子以外ならば摂政関白の子でもよいぞと申し渡したが(14)、行光がなお離京しない間に公武関係は一挙に悪化する。

*

三月八日、上北面の藤原忠綱が弔問使として鎌倉へ到着した(15)。この忠綱は和歌所には関係しなかったが院側近の切れ者で、かの源家長と雁行《がんこう》して四位の内蔵頭《くらのかみ》に昇進し、西面を指揮して闘乱を鎮めたり、殿舎の造営能力でも人を驚かした(16)。定家はたまたま隣りに住んでいたので、忠綱の豪富を狙って隣家を襲った強盗の物音に驚いたりして(17)、「天下の幸人(18)」（君寵で時めく人）と評している。この幸人忠綱の鎌倉行きは、驚天動地の事件後の幕府の動向を見きわめる使命を帯びていた。彼は苦慮する院を説得して、この使命を買って出たのであろうか。

忠綱は政子に院の弔意を伝えた後、執権《しっけん》義時に対面して摂津国（大阪府）の長江・倉橋両荘の地頭を改補するよう単刀直入に申し入れた(19)。荘園の権利関係はもともと複雑だった上に、三十年前頼朝の要請で地頭が置かれて以来、領主たる貴族・社寺と鎌倉御家人の地頭との紛争は無数に起った。幕府はその調停役を政権の使命としていたから、長江・倉橋両荘の処分は単なる一荘園の処理にとどまらず、公武の力関係全体を占う意味を持っていた。

荘園の紛争をめぐる古文書は日本中世史の最大史料であるが、問題の両荘は政治の中心地に位置したにもかかわらず、まったく古文書が残っていない。係争の経緯をくわしく述べたのは『承久記』(慈光寺本)だけである。同書は後鳥羽院を口をきわめて暴君と非難した末に、寵愛する遊女亀《かめ》菊《ぎく》(伊賀局)に長江荘を与えたことが乱の「由来」(原因)と断じた。

彼女への寵愛のお陰で刑部丞《ぎょうぶのじょう》にしてもらった父親が、院宣をふりかざして現地長江荘に下ったのに、鎌倉御家人の地頭(名は不明)が、この地は故頼朝公から「大夫殿《だいぶどの》」(義時)がもらったものだからとて追い返した。院は西面の医王《いおう》能茂(後に隠岐へ供奉する西蓮)を派遣したが、地頭は説得を受付けない。そこで直接義時に院宣を下したが、義時はよしや首を召されようともと強硬に「三度まで」も拒絶した。ほぼこういう経過である。

慈光寺本はここからただちに院が公卿を集めて義時征討を決定し、軍勢を集めて京都守護伊賀光季を血祭にしたと、乱の発端を述べ立てるが、実はその間に約二年間の歳月が流れていた。また『承久記』の他の本では荘園名を「倉橋荘」あるいは「長江・倉橋荘」と記し、この両荘の関係さえよく分らない。[20]「椋橋荘《くらはしのしょう》」が当時は尊長の所領で、乱の最中に院の皇子道覚《どうかく》法親王に譲られたことを示す古文書もある。[21]いずれにせよ、院の女色から大乱が起ったかのような「由来」記は軍記物特有の短絡に過ぎないが、この義時への直接交渉はおそらく忠綱の予測をはるかに越えて幕府の強硬手段を誘発し、乱への歩みを加速したのであろう。

忠綱は諾否も確かめずに滞在三日で帰途に就いた。踏絵を突きつけられた北条義時・同時房（義時の弟）・三浦義村・大江広元は政子邸で会合し、早急に態度を決めなければと意見一致した。ただしその返答は、時房がただちに軍勢千騎を率いて出発するという強硬策である。[22]千騎上洛とは、三十年前、頼朝が北条時政（時房の父）を派遣して守護地頭設置を申し入れた先例を踏襲したもので、刀に掛けてもの決意を後鳥羽院に突き付けたのである。[23]時政上洛の恐怖を六歳の原体験として持つ院は（その一参照）、同じ悪夢をふたたび見ることになった。

幕府は急いで鎌倉に取って返した北面忠綱に院宣拒否を伝え、また在京の二階堂行光の苦心していた宮将軍推戴を打ち切って、左大臣九条道家の子三寅《みとら》を将軍候補に迎える方針に切り替えた。[24]三寅は故一条能保と頼朝妹の間に生れた女性（九条良経妻）の孫にあたるから、「右大将家」（頼朝）の後継者として血筋は申し分ないが、何分まだ二歳の幼児であった。六月、勅許を得て馬と剣を賜わり、大勢の出迎えの御家人を従えて京を出発し、[25]長い道中泣声ひとつ立てずに感心されたものの、[26]職務を行なうのは遠い先のことである。七月、政子が若君幼稚の間簾中《れんちゅう》で政を聴き、義時が実権を執る体制が整った。(27) いわゆる「尼将軍《あましょうぐん》」の出現である。

＊

幕府はこうして将軍を失った危機を乗り越えたが、余波は意外にも京に及んだ。「大内守護《だいだいしゅご》」（内裏警備）を勤める源頼茂という御家人が、「謀反《むほん》の心起して、我れ将軍にならんと思ひたりと云《い》ふ事」（『愚管抄』第六順徳）が露見し、院宣によって征伐され滅亡した事件である。(28)

頼茂の祖父は、四十年前に以仁王《もちひとおう》を奉じて挙兵した源三位《げんざんみ》頼政である。頼政は平治の乱で源氏が総崩れとなった後、ひとり平家の下に雌伏して大内守護を勤め、歌人として世に知られていた。(29)

二条院の御時、年ごろ大内《だいだい》護《まも》ることをうけたまはりて、御垣《みかき》のうちには侍りながら昇殿《しょうでん》は許されざりければ（中略）
人知れぬ大内山《おおうちやま》の山守《やまも》りは　木隠《こがく》れてのみ月を見るかな
（『千載集』巻十六雑上）

と、さる女房に訴えた一首などは、その不平不満の生涯から生れた。孫頼茂も、大江山鬼退治の伝説で有名な頼光《らいこう》直系の名門ながら、祖父と同様に大内守護に甘んじていた。これにむかって、九条家の幼児などよりも貴殿こそ将軍にふさわしいぞと「謀反」をそそのかしたのは、どうやら策士の忠綱らしい（『愚管抄』第六順徳）。しかし陰謀を嗅ぎつけた在京御家人（京都守護として暗殺後派遣されていた伊賀光季か大江親広であろう）が院に直訴したので、院は糾明のため召したが、頼茂は出頭しなかった。

すでに三寅の鎌倉下向を勅許していた院は、こうなっては頼茂追討の院宣を出さざるを得ない。院宣を奉じて発向した軍勢は遮二無二《しゃにむに》頼茂のたてこもった内裏を包囲し、頼茂は奮戦して「官軍」に手負い（負傷者）を多く出させた後、殿舎に火を放って焼死した。[30] 仁寿殿《じじゅうでん》・宜陽殿《ぎようでん》・校書殿《きょうしょでん》など内裏の中心部は代々の宝物もろとも灰燼に帰した。かつて譲位直後の院が花見に行き、感慨深く和歌を詠んだあの左近の桜も焼けてしまった。[31]

この頼茂追討事件は、北条時政夫妻が実朝を廃して平賀朝政を将軍に立てようとした、十四年前の事件（その一参照）の再版である。「院宣」「官軍」といった文字や、「西面」が先陣争いにはやって内裏焼失を招いたものといった古書の記述[32]にひきずられて、後鳥羽院が乱の小手調べに軍勢を動員したかなどと疑うのは、とんだ見当外れに過ぎない。頼茂は先の和田合戦にも加わった有力御家人であり、[33] また討手の「西面」にも御家人が多くいて、要するに事件は幕府の内紛である。内紛に捲きこまれて再び洛中に軍勢を動かし、このたびは事もあろうに内裏を炎上させた事態に院は激怒し、軽率に暗躍した上北面忠綱の官職を奪い所領も召し上げ、身辺から追放した。[34]

慈円はかねてから「真名《まな》（漢字）をだに知らぬ人」と忠綱を軽侮し、召し使うのは院の「僻事《ひがごと》」（あやまり）と危ぶんでいたので、「解官停任《げかんちょうにん》」を殊勝の事と讃え、その効によって院の重病が「平《へい》癒《ゆ》」したと『愚管抄』に記している。いかにも、並はずれの健康を誇っていた院なのに、この年は閏二月病気になり、水無瀬殿で慈円に修法を行なわせたし、(35)八月から九月にかけては重症で、大々的に普賢延命法《ふげんえんめいほう》・五壇法《ごだんほう》・孔雀経法《くじゃくぎょうほう》・大熾盛光法《だいしじょうこうほう》・愛染王法《あいぜんおうほう》など、各種の修法を水無瀬殿や仁和寺・醍醐寺など諸寺で行なわせた。(36)幕府も見舞の特使を上洛させたほどである。(37)

病名は確かめるよしもないが、院が落馬したことや、「赤鬼神」が魂を取って赤い袋に入れて持ち去ったという母七条院の夢想などが伝えられている。(38)つまり集中力が欠けて得意の乗馬で事故をおこし、また精神不安定で母后や側近を心痛させたようで、実朝暗殺・千騎上洛・内裏炎上と相継ぐ衝撃に、さしもの強壮な心身が堪えられなくなった結果であろう。

辛うじて病い癒えた院は、承久元年十月半ば、母后とともに恒例の熊野詣に出発した。例年よりほぼ一か月遅れである。母后の参詣はこれが三度目くらいであるが、このたびは孝心深い院が誘ったのではなく、病後の愛児を懸念する母性愛からの同行だったかも知れない。史料は極度に乏しいが、(39)熊野三社への参籠《さんろう》にはかつて見られないほど切実な祈願があったのではあるまいか。その胸中を忖度《そんたく》してみる。

――つらつら顧りみれば治政二十年の間、頼朝亡き後の鎌倉では北条時政・義時父子をめぐって、血生臭い内部抗争が絶えなかった。(40)御家人の総スカンを食い我れを頼りに上洛する途で討たれた梶原景時に始まり、比企能員、畠山重忠、平賀朝政、和田義盛、源頼茂と、北条氏のライバルも清和源氏の名門も次々に淘汰《とうた》され、三代の将軍もそろって不可解な最期を遂げた。老時政は九仞《きゅうじん》の功を一簣《いっき》に虧《か》いて失脚したが、義時が代になって抗争は一段と激化した。それまではるかな東国での私闘と見逃していたのに、干戈《かんか》は二度までも容赦なく京へ押し寄せ、ついには王朝盛時のシンボル大内裏までも災厄をもろに受けてしまった。「四方《よも》の海波しづかに、吹く風も枝を鳴らさず」の太平を保つために元凶義時といかに対決すべきか、――通い慣れた熊野路の風光に眼を放ちながら、院の胸中を去来した深刻な物思いは、臆測すれば大凡《おおよそ》こんなふうではなかったであろうか。

和歌の勅撰、習礼の励行につづく、第三の陣頭指揮が否応なしに始まろうとしていた。

その四　内裏再建の強行と抵抗

後鳥羽院の後半生の明暗を分けた承久の乱。この乱を詳述した軍記物『承久記』は、『保元物語』『平治物語』『平家物語』と合せて、「四部合戦状」と中世には呼ばれていた。日本の古代・中世を区分するこの大内乱期は、保元・平治・源平合戦によっていわば「予選」を終り、承久こそその「決勝戦」であったが、後世クローズ・アップされたのはもっぱら源平合戦で、承久の乱の影は薄い。何しろ都びとの眼に触れた戦場はともに眼と鼻の先の渡河点宇治・勢多だけで、おのずから武者の動きも似ていたので、『平家物語』の華麗な文学的達成の後では、『承久記』は二番煎じを免れなかった。いわば大観衆が手に汗握って熱狂する攻防は予選で終り、決勝は対戦相手の勢いが違い過ぎて興味索然となり、観戦記者も勝敗に見切りを付けて試合前にぞろぞろ引き揚げたかに見える。

そこで『承久記』以下、中世・近世の文献に共通する観方では、後鳥羽院が「軽兆」にも無用の軍を起して墓穴を掘ったとして非難するに急で、同様な観方は院に同情する少数者でも基本的には変らない。これに対して、百八十度体制を転換した近代になると「承久の変」を源平合戦までの内乱期とは切り離し、明治の「王政復古」からさかのぼってその淵源の建武中興と「承久」を考えることになる。そしてこのいわゆる皇国史観を克服したはずの戦後の学界でも、古代・中世の画期を寿永二年十月宣旨や文治の守護地頭に置く視点が支配的になり、そのあたりで研究者もそろって交替する慣習が何となく定着した(1)。

しかし承久の乱は、弥生時代以後約千年間続いた西日本優位と公家政権を覆して、以後七百年間の東日本優位と武家政権を実現した天下分目の合戦であったと、私は考える(2)。こうした大転換の契機を敗者のエラーという近因だけに求めるのは、いかにも安易ではなかろうか。次の時代を展《ひら》いた勝者の側により深い遠因を探るのが史眼というもので、転の巻のはじめ(3)に伊豆の小豪族北条時政の隠微な野望に言を費やしたのは、そのためである。伝統的な「治天の君」の権威を過信していた後鳥羽院とその周辺は、たしかに「東夷」という異類の怖るべき実力を予測し兼ねた。そして実朝将軍という同類の横死後となっては選択の余地は少なく、追い詰められた院の苦悩はいたずらに大きかった(その二)。『承久記』はこの苦悩に満ちた一、二年間の院の心事と政局の動向をすっぽり省略して、暗殺からただちに乱の発端の伊賀光季攻めに飛んでいるので、それでは歴史叙述とはならない。東西両勢力の正面衝突が醸成された承久二年は、これまで史料的にも空白であった。

＊

承久二年の空白を埋める古文書五十通近くが、鎌倉中期の有能な公卿藤原経光の日記『民経記《みんけいき》』の紙背《しはい》から発見されて学界に提供されたのは、つい近年のことである。その活字化は目下進行中であるが、(4)承久二年該当部分はすでに竹内理三氏の遺業『鎌倉遺文』(5)に編年順に収録されていたにもかかわらず、久しく研究者の注目を引かなかった。内容はこの年後鳥羽院の企てた内裏殿舎再建の大増税に関係する。それは経光の亡父（頼資）が造営の衝に当る役職にいて、権門・寺社・諸国・荘園などから寄せられた多くの文書が広橋家に伝わったからである。内裏造営は乱後まったく進捗しなくなったが、安貞元年（一二二七）四月未完成のまま焼失するまで計画自体は残っていた。(6)経光が文書を廃棄処分して日記の料紙に用いたのは、未完成建物の焼失後であろう。

平安京の大内裏がはじめて焼失したのは、桓武朝創建から百七十年近くを経た村上朝の天徳四年（九六〇）である。以後は火災をくりかえし、外戚の土御門第・閑院第などが「里内裏《さとだいり》」に代用されるようになった。(7)皇居はそれで間に合うにしても、特別な儀式の場として、また王威の象徴として「大内《だいだい》」の威容は不可欠である。ところがそれは大内守護源頼茂が実朝後継の武力抗争に敗れた際、放火自殺によって焼失してしまった。(8)兵火によって内裏を失ったとは前代未聞の不祥事だから、後鳥羽院は面目に賭けて復興を急がねばならない。早くも四か月後に造営の吉凶を勘申させ、(9)「造内裏役」という臨時の大増税を課し、年末の熊野御幸後ただちに着工した。木作始《きづくりはじめ》（起工式）は承久

二年三月二十二日である。(10)

古今東西、増税が政権の生命取りになった例は数え切れない。ましてやこのたびの大増税は、関東御分国だった上総《かずさ》国や孤島の壱伎《いき》嶋などまで文字どおり津々浦々に及び、しかも増徴は例年分とほぼ伯仲する巨額であった。(11)かの平家に焼討ちされた東大寺の再建さえ国費によらず、俊乗房重源《ちょうげん》という稀代の勧進僧の手腕に頼らざるを得なかったことを想起すれば、後鳥羽院の造内裏役がどれほど無暴な苛政であったか、思い半ばに過ぎるであろう。これによって、院は人心を失ったのである。

権門・大寺社・諸国・荘園こぞっての抵抗は、院の予想をはるかに越えて激しかった。一例として上総国(千葉県)の雑掌《ざつしょう》(下役人)の報告を挙げてみよう。(12)彼はいう。この国の望陁《もうた》郡(いま君津市辺)の、「近衛《このえ》の入道殿下」(前摂政基通)の領有する菅生荘《すがおのしょう》の造宮米の一件書類を去年(承久元年)十一月頃太政官に送付、殿下からは承諾書が出された。ところが、去る三月の木作始の時かさねて菅生荘に催促したら、「関東(幕府)の知行《ちぎょう》(支配)」する所だから、当方ではどうにもならないと申された。早く現地に命令を下していただきたい、それを「地頭」(現地にいる鎌倉御家人)に渡して造宮米を実行させたい。おおよそこのような内容である。

国雑掌はこれに付け加えて、上総国では後鳥羽院領橘木荘、宣陽門院領玉崎荘、天台末寺中禅寺も地頭の「請所《うけしょ》」(支配を請負った土地)だが、領家が命令を下されれば国衙が処置すると申したところいずれも承諾されたのに、以後いかに催促しても病気などにかこつけられて埒があかない、とこぼしている。

まことにこの雑掌の嘆息したように、「有限の分米遅々《ちち》に及べば、造営懈怠《けたい》の基なり(13)」で、財源がなくては工事は進捗しない。院の気負いに気負う造営の成否は、朝野を挙げてのあの手この手の抵抗をいかに克服するかにあった。そして一年間の綱引を通じて、院の心中には特に露骨な地頭の対捍《たいかん》と彼らの元凶北条義時への憎悪が募り、これを打倒する決意が急速に固められていったようである。そもそも事ここに至ったのは鎌倉御家人の武力行使のとばっちりではないか。かつて将軍頼朝は里内裏閑院の造営に恭順そのものの奉仕をした。しかるに今の「東夷」の無礼は許しがたいものではないか。こういう憤りが冷静な判断を狂わせ、強硬方針へ遮二無二突き進ませたと推察される。決意の時期は承久二年十月前後でもあったろうか(14)。十一月太上天皇の尊号を辞退したのは、「厄運」打開のためであった(15)。

＊

「治天の君」の胸中に義時追討の決意が強まる形勢を最も憂えたのは、仏教界をひきいる大僧正慈円であった。関白九条兼実の同母弟として、験力すぐれた護持僧として、また比類を見ない多産の歌人として院に敬重されたことはすでにいろいろ記したが、慈円は王室と摂関家の運命共同体的伝統に強い誇りを抱くとともに、頼朝と兼実以来の緊密な公武関係と故実朝の後継に擬せられた幼い三寅（のちの将軍頼経）に九条家の浮沈を賭けていたので、院とその周辺の動向を危ぶみ、歯に衣着せない批判を憚らなくなっていた。当然、院の信任は冷却する。(16)

承久二年某月某日のこと、慈円は三寅の外祖父に当る右大将西園寺公経に長文の書状を送り、両家にゆかり深い公季（道長の兄弟）が比叡山に創建した楞厳《りようごん》三昧院《さんまいいん》の修復を勧めたが、(17)その中に、「大神宮・鹿島《かしま》御約諾《やくだく》は道理一巻に書き進め候了《そうらいおわ》んぬ。」と記されている書名「道理」とは、史書『愚管抄』を意味するのであろう。同書は歴史をすべて「道理」の顕現とする独特の史観が貫徹し、なかんづく王室と外戚（藤原氏）の祖先神ニニギノミコトとアメノコヤネノミコトの盟約が特筆されているからである。秘せられて近代まで著者不明で伝わったが、実は慈円の筆によって根幹は承久二年に成立したというのが、ほぼ通説となった。(18)

叡山無動寺に入って台密の教学を究めた慈円は、正法より像法・末法へと世の衰えゆく筋道を仏教的「道理」の必然と解釈した。『愚管抄』は伊勢神道の立場による『神皇正統記《じんのうしようとうき》』と並んで日本中世の史論の双璧と讃えられ、(19)特に保元以後の現代史部分には他書に見えない史料的価値も認められている。しかしその反面、慈円は九条家擁護の念が極度に強く、したがって九条家と長年緊密に提携した鎌倉幕府支持の政治的主張には、牽強付会《けんきようふかい》ともいうべき過激なものがある。たとえば、平家が壇の浦で一族滅亡した時、入水した安徳天皇とともに「宝剣」が海に沈んで失われた事について、慈円は次のように解釈した（第五後鳥羽）。

抑《そもそも》この宝剣（失《う》）せ果てぬる事こそ、王法には心憂《う》き事にて侍るべし。是れをも心得《う》べき道理定めて有らんと案をめぐらすに、是れはひとへに今は色にあらはれて、武士の君の御守りとなりたる世になれば、それに代へてうせたるにやと覚ゆるなり。

　宝剣が海に消え失せたのは、国王守護の役割を新興の武家に譲ったのだという「道理」を、慈円は大まじめに力説している。その珍解釈の底にひそむ公武合体の政治的主張は史論としての客観性・普遍性を越えたものであるが、前述の、王家と摂関家の緊密な結び付きの必然性を二神盟約までさかのぼって述べ立てた「道理」も、「治天の君」の信奉する延喜天暦「聖代」観よりもはるかに波長の長い論法である。慈円も延喜天暦を聖代とは認めるものの、それは「正法」の「末」に過ぎないと、にべもなく軽視した(20)。専制君主後鳥羽院にとって、この強引な「大僧正」の「道理」は最大の苦手となったのである。

　独自の思想で武装した慈円は、院近臣の中から野心家の西園寺公経に白羽の矢を立てた。前引の書状はその熱い思いの現れである。公経は頼朝の妹婿一条能保の女子を妻としていて、その縁につらなる九条家や源家とはもともと親しい仲であったが(21)、慈円の知遇に応えて義時追討への抵抗に踏み切った。やがて秘密の漏洩を怖れる院によって内裏に拘禁されたが、危うい命を逃れて乱後の最大権力者となる。その乱前の左顧右眄《さこうべん》にしばしば活を入れたのは、慈円の「道理」であった。

＊

承久三年（一二二一）、公武の対立は抜き差しならぬ事態に入った。進んで父と運命を共にする気鋭の順徳天皇は、四月に四歳の皇太子（仲恭天皇《ちゅうきょう》）に譲位して、身軽な立場となる。そして五月、後鳥羽院は義時追討の院宣を発し(22)、これに従わない京都守護伊賀光季討伐の兵を発向させた。光季は義時の縁者で、その向背は院の案の内だったが、鳥羽の城南寺の流鏑馬《やぶさめ》揃えを名目とする院の招集を拒否して、花々しい最期を遂げた。都びとの眼前でくりひろげられたこの合戦の描写はすべて軍記物『承久記』に譲って割愛し、史伝の筆は院の相次ぐ蹉跌の原因探求にもっぱら当てることにしたい。なぜならば、古来の史筆はそろって敗因を院の「軽兆」に帰し、結果論としてはそれに相違はないものの、あれほどの悲劇的な結末は計画を正面から批判していた慈円を含めて公家社会の誰もが思い設けなかった事態で、なぜそうした破局が起ったかをもう一段立ち入って考える事こそ肝要だからである。院の致命的な蹉跌は三点あったと、私は思う。

第一の蹉跌は、義時の宿敵三浦義村の向背を見誤ったことであろう。三浦氏は相模国《さがみ》（神奈川県）の大豪族で、しかも頼朝の挙兵以来抜きん出た勲功を立てた。当主義村は名うての権謀家で、伊豆の成り上り者北条氏の下風に立つことに甘んぜず、いずれは蜂起すると院が睨んだのは無理もない。義村の弟胤義はこれより先上洛して院の西面に仕えていた。院は西面の腹心藤原秀康を通じて胤義を味方に誘い、胤義は兄義村の内応を請け合った(23)。

乱前の院方と幕府方の勢力境界線はほぼ木曾川辺にあったから(24)、北条氏の膝元で大豪族三浦氏の裏切りが起れば勝敗の帰趨はそれだけで決する、院はそう判断していた。しかし、二年前実朝暗殺の際に宿敵義時を討ち洩らした三浦義村は、このたびは持ち前の用心深さに徹していた。彼は院宣を携えて馳せ下った院の使押松なる者を捕え、院宣をただちに北条氏に差出して身の証とした。「三浦の犬は友をも食《くら》うぞ」と酷評された義村得意の、どたん場での裏切りである。鎌倉の内部分裂を必至と予測した院の、これが第一の蹉跌であった。

第二の蹉跌は、世に有名な尼将軍政子の御家人への涙の訴えによって起った。俗に政子の「大演説」などと言われるが、スピーチの訳語が出現する近代までは、多数の聴衆を説得する雄弁術は法会の唱導以外にはなかった。政子のいわゆる演説は異例中の異例である。

> 尼ガ様ニ若キヨリ物思フハ候ハジ。一番ニハ姫御前《ひめごぜ》（大姫）ニ後《おく》レテマイラセ、二番ニハ大将殿（頼朝）ニ後レタテマツリ、其ノ後又打チツヅキ左衛門督《さえもんのかみ》殿（頼家）ニ後レ申シ、又程無ク右大臣殿（実朝）ニ後レタテマツル。四度ノ思ハスデニ過ギタリ。今度、権太夫《ごんだいぶ》（義時）打タレナバ、五ノ思ニナリヌベシ。女人五障トハ、是ヲ申スベキヤラン。（中略）京方ニ付キテ鎌倉ヲ責（攻）メントモ、鎌倉方ニ付キテ京方ヲ責メントモ、有《あり》ノママニ仰セラレヨ、殿原《とのばら》。

慈光寺本にはこのように見える。かよわい女の身に降りかかった相次ぐ肉親の不幸を嘆き悲しむ涙のくどきによって、追討の標的を義時個人から御家人一同へと巧みに転換してしまった。その絶妙の話術は、澄憲・聖覚の唱導もそこのけである。(25)

第三の蹉跌は、大軍「十九万騎」の即時上洛作戦である。洛中での御家人の武闘は保元・平治以降幾度かあったが、かならず要請によって宣旨が発給された。(26)その手続きを欠けば「謀叛」であり、忌まわしい朝敵となるからだ。ところが、幕府の評定の場でこの手続き無視をあえて提起したのは政所別当大江広元入道覚阿《かくあ》、そしてなお逡巡する軍勢を強く促したのは病躯を押して出頭した三善康信入道善信《ぜんしん》と、『吾妻鏡』が伝えている。戦機を見るに長じた武士が京下官人の両宿老に尻を叩かれたというのは、果して事実であろうか。

それは、北条氏には積極的に謀叛を企てる意図がなかったと弁明するための、『吾妻鏡』の曲筆と疑うこともできようが、もし事実とすれば、覚阿・善信が「治天の君」の権威の表も裏も知りつくし、過剰なコンプレクスを持たなかったからであろう。こうした京下官人のしたたかさが、第三の蹉跌を呼び起したのである。(27)大軍上洛の怒濤の勢いを見せつけられた押松の報告に貴族社会が生色を失なったさまは『承久記』に活写されたところで、(28)木曾川ラインと宇治・勢多ラインの二度の激闘以前に、大乱の勝敗はすでに決していた。今も昔も大一番の勝敗は概して呆気ないものである。

その五　敗者の運命

木曾川筋に派遣された軍勢の大敗を伝える飛脚が院御所高陽院に到着したのは、義時追討の院宣発布からわずか半月後の六月七日であった(1)。翌日後鳥羽院は土御門・順徳両院以下を従え、首都防禦の拠点比叡山を目指して出発した。しかし頼みとする山門は動かず、なす術もなく東坂本から高陽院に引き返す。もともと明敏な院はこの時すでに方針転換を策したのであろう。拘禁していた西園寺公経の処刑を取り止めさせたのは、和平の仲介に起用する処置である(2)。

激戦の末に宇治・勢多の渡河に成功した北条時房・同泰時の幕府勢は、六月十五日早くも洛中に姿をあらわした。院は使者を六波羅《ろくはら》の本営に派遣し、義時追討の院宣撤回を告げる。つまりは降伏の意志表示であった(3)。辛くも宇治・勢多の戦場を脱出して帰参した三浦胤義らの武士がこのあまりに性急な停戦に納得できなかったのは当然であろう。高陽院の門を堅く閉ざして、お前たちが立て籠ったら戦いになるから、「只今ハトクトク何《いず》クヘモ引退《ひきしりぞ》ケ」と無情にも告げる院を、「カヽリケル君ニカタラハレマイラセテ、謀反《むほん》ヲ起シケル胤義コソ哀《あわれ》ナレ」と嘆いて立ち去ったと『承久記』（慈光寺本）(4)は伝えている。しかし城を枕に討死という発想は後鳥羽院にはない。武勇を好み武技にもすぐれた院は、あくまでも公家《くげ》的人間であった。

十九日、院は残党隠匿《いんとく》の疑いを避けて高陽院を明け渡し、敵兵の厳しい警固のうちに身柄を修明門院の四辻殿に移される。(5)そして二十四日、無双の信任を寄せていた葉室光親、中御門宗行以下を「張本公卿」つまり戦犯として六波羅に引き渡す。(6)さながら悪夢を見る思いの数日であったろう。

いっぽう、幕府軍入洛の吉報が前線の泰時から鎌倉に届いたのは六月二十三日である。「是見給へ、和殿原《わとのばら》。今ハ義時思フ事ナシ。義時ハ、果報《かほう》ハ王ノ果報ニハ猶マサリマイラセタリケレ。(7)」とは、勝者の手放しの歓喜であった。今や権威を失墜した「十善の君」の隠岐配流は、この場で即決されたようである。「同《おなじく》王土トイヘドモ、遥《はるか》ニ離《はなれ》タル隠岐《おき》国」を特に選んだのは、北条氏の後鳥羽院への畏怖の大きさを物語るものであった。

＊

やがて執権義時の指令が京に届いて、七月二日には院方の主力武士四人が民衆の環視の中で梟《きょう》首《しゅ》された。『吾妻鏡』では、後藤基清、五条有範、佐々木広綱、大江能範の四人を先例無視の梟首にした理由を「此の輩は皆関東被官《ひかん》の士なり」とし、彼らが「右大将家」（頼朝）の恩を蒙《こうむ》り幾か所の荘園や五位の位階を受けながら幕府に背いたのは、「頗《すこぶ》る弓馬《きゅうば》の道に非《あら》ざるかの由、人これを嫌ふ」と批判している。これは幕府側の大義名分であろう(8)。

しかし四人の側に立てば、経歴はそれぞれ複雑であった。たとえば後藤基清は、内舎人《うどねり》佐藤仲清の実子で、かの兵衛尉佐藤義清《のりきよ》(西行)の甥に当る。父仲清は兄の鳥羽院北面義清すなわち西行が若くして遁世したので家督を継いだ(9)。基清はやがて源氏譜代の家人後藤実基に養なわれ(10)、源平合戦期には頼朝の妹婿一条能保に従って鎌倉に下ったが、その後も京で検非違使や「滝口《たきぐち》」(内裏警備)、院の「北面」「西面」にも仕え、つまり公武に両属する立場にあった。こうした両属性は当時の常例だったから、時代を下った『吾妻鏡』の批判は一方的な観方を免がれない。この梟首はむしろ京の人心への強烈な見せしめを狙いとしたものであろう。特に、幕府に味方した嫡子基綱に命じて父の首を斬らせた残酷な処置は、その昔入道信西が源義朝に父為義の処刑を命じた非道を思い起させたが、それほどまでに、敵側に付いた御家人への義時の憎しみは深刻であった。

西面の武士が京中で見せしめに供されたのとは対照的に、「張本公卿」への処刑は人心の動揺を慎重に避け、鎌倉へ連行する道中でそれぞれ別個に人知れず執行された。風の便りは京へ届いたであろうが、一向に確かな情報はなく、『承久記』諸本など乱の直後に成立した文献に処刑の日次や場所の混乱を生じた原因もそこにあったと思われる。それは勝利に驕《おご》らぬ幕府の戦後処理の、まずは成功といってよいだろう。

しかし、痛ましくも犠牲となった「張本公卿」の亡魂を慰めるために、その末路を弔いたいという思いを禁じえない者がいても不思議はない。かの処刑のわずか二年後、「貞応二年卯月《うづき》ノ上旬」にわかに「独身ノ遠行」を企てたという『海道記』の著者は、まさしく鎮魂の目的を心に秘めていた。この京より鎌倉までの紀行の冒頭には、「白川ノ渡《わたり》、中山ノ麓ニ、閑素《かんそ》幽栖《ゆうせい》ノ侘士《わびびと》アリ」と自己紹介がある。生来才能乏しく栄達の望みもなくて五十代を送り、名利を捨てて仏道に帰する念を起した一遁世者が、新興都市鎌倉を芳縁あって目指したという触れこみであるが、これをどの程度信用すべきかは難かしい。まだ激戦の血なまぐさい臭いの消えやらぬ東海道筋に孤独な修行をあえて試みた著者には、露《あらわ》に語れぬ個人的動機がなかったであろうか。

『海道記』は古くは鴨長明の著と伝えられていた。しかし長明は乱の数年前すでに没しているから、皆目不明の著者に仮に当てられた名に過ぎまい。『群書類従』所収の流布本は源光行著としている。この説にも異論が多いが、私は光行説に従いたい。[11] それは源光行には張本公卿を悼む特別な因縁があったからである。

光行は清和源氏の一支流で、漢詩文に造詣が深く、また和歌を俊成に学んだ。鎌倉幕府の成立後頼朝に仕え、やがて後鳥羽院政下の京に帰った。そして乱の発端に権中納言光親の名で出された義時追討の院宣に副状《そえじょう》を書いた廉《とが》で斬罪に処せられるところを、幕府側に付いた子の親行の泣訴によって危うく助命された。この典型的な公武両属性からしても、乱後の屈折した心情特に光親はじめ張本たちへの痛切な同情は想像に余りあるものであったろう。
しかし、この個人的事情をあからさまに書けば幕府の忌諱に触れる。そこでのっけから白河あたりに住む、うだつの上らぬ生涯を送った無名の遁世者と名乗り、長い道中記を退屈で新味にも欠ける歌枕・宿駅の羅列で埋め、到着した鎌倉の見物も大御堂・二階堂・八幡宮だけで早々に打ち切ったのは、みな手の込んだ朧化の手段である。これらを著者推定の手掛りとすることは適当ではない。『海道記』の筆は、十日近くもとまり重ねて遠江《とおとおみ》国（静岡県）菊河の宿《しゅく》に至って、にわかに生彩を放つ。

　或家ノ柱ニ、中御門中納言宗行卿斯《かく》書付ラレタリ。
　　彼南陽県《かのなんようけん》菊水、汲下流延齢《かりゅうをくみてよわいをのぶ》、此《この》東海道菊河《きくかわ》、宿西岸終命《せいがんにやどりていのちをうしなう》、
　誠ニ哀《あわれ》ニコソ覚《おぼ》ユレ。其身累葉《そのみるいよう》ノ賢《かしこ》キ技ニ生レ、其官《そのつかさ》ハ黄門ノ高キ階《はし》ニ昇ル。（中略）サテモアサマシヤ、承久三年六月中旬、天下風アレテ、海内《かいだい》波サカヘリキ。闘乱《とうらん》ノ乱将ハ花域《かいき》（京）ヨリ飛《とび》テ、合戦ノ戦士ハ夷国《いこく》ヨリ戦フ。暴雷雲ヲ響カシテ、日月光ヲ覆《おお》ハレ、軍虜《ぐんりょ》地ヲ動《うごか》シテ、弓剣《きゅうけん》威ヲ振フ。(12)

以下延々と敗者の悲運に涙を注ぐ。この宗行の筆跡は思いがけず眼に入ったわけではない。それこそ待望の発見でなくて何であろう。
進んで大井川を渡って駿河《するが》国に入り、木瀬川《きせがわ》の宿《しゅく》で、著者はまたしても宗行や光親に出会う。

木瀬川ノ宿ニ泊《とまり》テ、萱屋《かやや》ノ下ニ休ス。或《ある》家ノ柱ニ、又彼《かの》納言（宗行）和歌一首ヲヨミテ、一筆ノ跡ヲ留《とどめ》ラレタリ。

今日過《すぐ》ル身ヲ浮嶋ガ原ニキテツ（終）ヰノ道ヲゾ聞《きき》サダメツル

此ヲ見ル人、心アレバミナ袖ヲウルホス。（中略）サテモ此歌ノ心ヲ尋《たずぬ》レバ、納言（宗行）浮嶋原ヲ過《すぐ》ルトテ、物ヲ肩ニカケテノボル者アヒタリケリ。問ヘバ按察使光親卿ノ僮僕《とうぼく》、主君ノ遺骨ヲ拾《ひろい》テ都ニ帰《かえる》ト泣々《なくなく》云《いい》ケリ。其《それ》ヲミルハ身ノ上ノ事ナレバ、魂ハ生キテヨリサコソハ消《きえ》ニケメ。本《もと》ヨリ遁《のが》ルマジト知《しり》ナガラ、ヲノヅカラ虎ノ口ヨリ出テ亀ノ毛ノ命モヤウ（得）ルト、猶《なおまた》待レケン心ニ命ハ終《つい》ニト聞定《ききさだめ》テ、ゲニ浮嶋原ヨリ我ニモアラズ馬ノ行《ゆく》ニ任《まかせ》テ此宿ニオチツキヌ。今日斗《ばかり》ノ命、枕ノ下ノ蛩《きりぎりす》ト共ニ哭明《なきあか》シテ、カク書留《かきとどめ》テ出ラレケンコソ、アハレヲ残スノミニ非《あら》ズ、無《なき》跡マデ情モフカクミユレ。

サゾナゲニ命モヲシ（惜）ノ剣刃《つるぎは》ニカヽル別ヲ浮嶋ガ原(13)

その翌日には、光親と源有雅（参議）の誅された遇沢《あいざわ》を過ぎ、「是ヤ此《この》人々ノ別《わかれ》シ野辺トウチナガメテ過《すぐ》レバ、浅茅《あさじ》ガ原ニ風起《たち》テ、靡《なび》ク草葉ニ露コボレ、無常ノ郷《さと》トハ云《いい》ナガラ、無慚《むざん》ナリケル別カナ」と、彼らの最期に思いを馳せ、足柄山を越える予定だったのに手前に宿を求めてしまう。それはあたかも二年前、屠所の羊のように歩を運んだ光親そのままの姿であったろう。

眠れぬ一夜を明かして翌日足柄山を越えれば相模《さがみ》国。そこでは斬刑よりも入水を望んで急流に沈められた高倉範茂（参議）と、ついでに美濃国遠山という地で誅殺された一条信能（同）に言及し、かくて鎮魂の目的を達したところで鎌倉に入る。私はこのわずか数日間の叙述に、『海道記』の著作目的が余すところなく露呈していると思う。そのなまなましい悲傷を数百年間読者が見失っていたのは、著者の仕掛けた朧化にマンマとしてやられたわけであろう。光行はこうして筆禍を免がれたが、このホットなルポが代りに失った文学的評価は大きかった。

＊

さて七月六日、後鳥羽院は洛中（いまの京都御所のあたり）の四辻殿から、洛南の離宮鳥羽殿へ身柄を移される。それは配流の地隠岐への門出であったが、院はまだ知らない。しかし『承久記』（慈光寺本）によれば、「昔ナガラノ御供ノ人ニハ、大宮中納言実氏、宰相中将信業、（ママ）左衛門尉能茂」だけであったという。「治天の君」の威風はもうない。中納言実氏は西園寺公経の子で、父とともに追討計画に抵抗して処刑されかけた人物だから、供人というよりは監視人であろう。院の母七条院の里坊門家の信成（忠信の子）と、歌人秀能の猶子《ゆうし》の伊王能茂は、頼りにする腹心というよりも寵愛してやまぬ側近で、(14) 前者は水無瀬の離宮を守り、後者は隠岐の行在所《あんざいしょ》へ供奉することになる。いずれにせよこのわずか数名の周囲を殺気立った軍勢がひしひしと固めていた。院にとっては四十年君臨した花の都との、思いも寄らぬ別れである。

完勝した幕府の戦後処理は、敗者を無視して迅速に進められる。八日、院の同母兄の持明院の宮

（入道行助親王、後高倉院）が院政に当ることが決り、その翌日、幼年の孫王（後堀河天皇）が立てられた。かつて幼帝（安徳天皇）のいわば予備員として平家都落に連れ去られ、壇の浦の滅亡後帰京して、わびしく世に遠ざかっていた一歳上の次兄(15)に、思いがけない晩年がめぐって来たのであるが、いうまでもなく院政の実権は余すところなく鎌倉の手中に奪われていた。後鳥羽院政の豊富な財源の一であった八条院（鳥羽皇女）の広大な遺領も後高倉院に移ったが(16)、これも幕府の要求する場合は返却という条件付きである。「院政」は今後も断続するが、実質はこの日を期として失われた。古代中世の最大画期である。

*

七月十日、北条泰時の嫡男時氏が鳥羽殿へやって来た。血気の若武者は武装のまま、弓の筈で南殿の御簾《みす》を荒々しくかき揚げ、

君ハ流罪《るざい》セサセオハシマス。トクトク出サセオハシマセ。

と責め立てた。その声は「琰魔《えんま》ノ使ニコトナラズ」と『承久記』（慈光寺本）は形容し、「院、トモカクモ御返事ナカリケリ。」と、衝撃に絶句した院の様子を伝えている。

時氏はたたみ掛けて、「イカニ宣旨ハ下リ候ヌヤラン。猶謀反《むほん》ノ衆ヲ引籠《ひきこめ》テマシマスカ。トクトク出《いだ》サセオハシマセ。」と責め立てる。辛くも口を開いた院の答は、「今となって何で彼らを引き籠めようか。せめて都を去る前に、幼時から召し使った伊王能茂にもう一度会いたい。」という哀願

であった。若武者時氏は哀願に心を打たれて涙を流し、その請を受けた父泰時が伊王を入道させて御前に召しだす。変り果てた姿に院が涙を流し、「出家シテケルナ。我モ今ハサマカヘン。」とて、わが皇子「仁和寺ノ御室」（道助法親王）を導師として剃髪した。

軍記物『承久記』の圧巻というべきこの場面は、お涙頂戴の人情話なのか、はたまた裏で後鳥羽院と北条泰時の虚々実々の駆引きがあったのか容易には判断できない。しかしこの時、似絵《にせえ》の名手信実に描かせたという俗体の宸影が、後年水無瀬に営まれた御影堂《みえいどう》（いま水無瀬神宮）に現存している(17)。孝心深い院はこの似絵を形見として母七条院に贈ったのである。鳥羽に駆けつけた寵妃（修明門院）は院に殉じて出家した。

七月十三日、隠岐への長い旅がはじまる。院の乗物は「逆輿《さかごし》」である。「さかごし」とは、進行方向と反対向きに乗せることで、罪人を送る作法であった。前後して東方へ連行された近臣「張本」たちの安否を気遣う心のゆとりはあったろうか。ましてや対岸に見える水無瀬の離宮に立ち寄ることなど思いも寄らなかったろう。

難波を過ぎ、明石から先はもう「外国」である。明石の駅は、むかし菅原道真が大宰府へ流される途中で、「駅長驚くなかれ時の変改　一栄一落は是れ春秋」の絶唱を遺した名所である。院がそれに触発されたものか、古活字本『承久記』は次の挿話を伝えている。

サテ播磨《はりま》国明石ニ著《つか》セ給《たまい》テ、「爰《ここ》ハ何《いず》クゾ」ト御尋《たずね》アリ。「明石ノ浦」ト申《もうし》ケレバ、

都ヲバクラ闇ニコソ出《いで》シカド　月ハ明石ノ浦ニ来ニケリ

又、白拍子ノ亀菊殿、

月影ハサコソ明石ノ浦ナレド　雲居ノ秋ゾ猶モコヒシキ

この挿話は、間もなくはじまる隠岐の配所での日常をもチラリと垣間見せてくれるような気がする。

播磨路から伯耆《ほうき》の山中を通って半月ほどで出雲国の大浜浦（いま美保関町）へ着き、順風を待って船出した。供人は西御方、伊賀局（亀菊）のほかは、万一の場合に備えて随行した聖《ひじり》と医師《くすし》だけである。道中の不安を慈光寺本は、

道スガラノ御ナヤミサヘ有《あり》ケレバ、御心中イカヾ思食《おぼしめし》ツヾケケン。

と簡潔に語るのみである。道中「御ナヤミ」があったか否かも分らない。まして船酔なども加わったかどうか。少なくとも、

われこそは新島守《にいじまもり》よ隠岐の海の　荒き波風心して吹け(18)

と昂然とうそぶく王者の風格は、この傷心のどん底ではうかがうよしもない。敗北の「クラ闇」は深かった。

結の巻

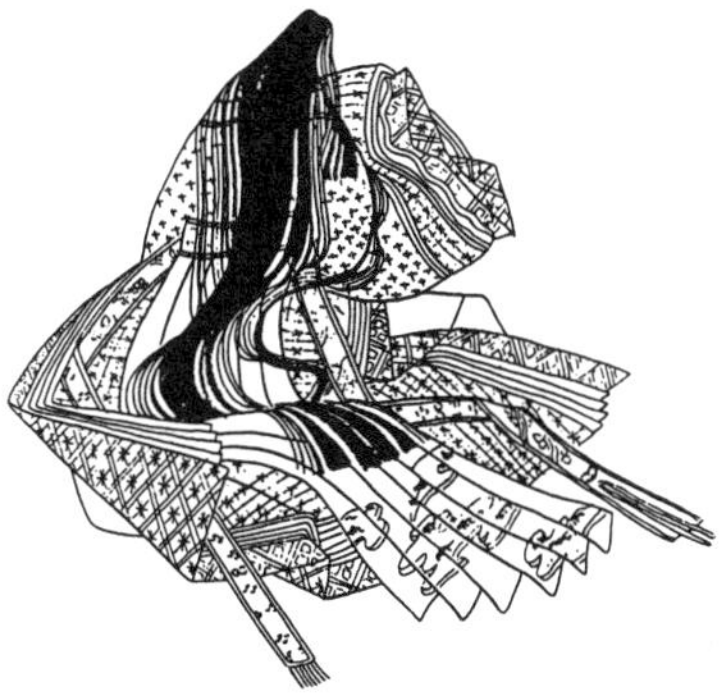

その一　『遠島御百首』の世界

流人《るにん》後鳥羽院の乗船が目指す隠岐国《おきのくに》へ到着したのは、島前《どうぜん》の中ノ島の南端、崎《さき》であったと土地では伝えられている。上陸した一行は山中を北進して、阿摩《あま》郡苅田《かった》郷（いま海士町《あまちょう》）に設けられた行在《あんざい》所《しょ》に至った。[1] 七百五十年後に壮麗な「隠岐神社」が造営された場所で、境内の一角の樹木に囲まれた小さな池とこれに隣する「火葬塚」が、遠い歴史の跡を今に伝えている。

配所は中ノ島の北方から深く切れこんだ、波おだやかな入江の奥に設けられた。『増鏡《ますかがみ》』（おどろの下）の、「海づらよりは少しひき入て、山かげにかたそへて、大きやかなる巌のそばだてるをたよりにて、松の柱に葦ふける廊など、気色《けしき》ばかり事そぎたり」という叙述は『源氏物語』須磨の巻をふまえた美文で確かな史料ではなさそうだが、実際にもほんの形ばかりの簡素な仮普請だったのであろう。そして中に引用された『遠島御百首』の、

われこそは新島守よ隠岐の海の　荒き波風心して吹け

は『増鏡』「第二　新島守」の章題でもあり、つよい先入見となっている。しかし私が現地調査で海士町を訪ねた時(2)にまず耳にしたのは、「ここは隠岐でも、もっとも住みよい所で」という意外な言葉であった。どなたの発言かは記憶していないが、隠岐神社宮司の松浦康麿氏か『海《あ》士町史《まちょうし》』の著者田邑二枝《たむらふたえ》氏かであったと思う。

それは後鳥羽院の失意の晩年に対する私の視覚を一変させる、強烈な感銘であった。院は傷心のどん底から、孤島の温和な自然と人情によって癒されつつ二十年近い歳月を送ったのではあるまいか。それは院にとって異常な体験だっただけでなく、狭い平安京の貴族社会に生れ育った者すべての常識を越えたものであった。『遠島御百首』という絶唱は、この未曾有の体験の結晶として生れたのである。

後鳥羽院を隠岐まで護送し、この配所を準備したのは、出雲・隠岐両国の守護を兼帯した佐々木義清であったと思われる(3)。佐々木氏は宇多源氏で近江国を本貫《ほんがん》とし、頼朝の旗上げにははるばると兄弟四人馳せ参じて武功をたて、ことに四郎高綱の宇治川の先陣は広く天下に知られた。しかし何分にも本拠が京に接するので院政政権との関係は密接で、大乱には一世代後の同族は院方と幕府方に分裂して、『承久記』の勢多伽《せいたか》丸の哀話が生れた。五郎義清の名は軍記には見えないが、そうした中立的立場がかえって供奉《ぐぶ》には好都合とされたのであろうか。そうとすれば、流離の貴種を迎えた遠島の風土と人情には傷心を慰める暖かいものがあったことも想像できる。挫折のどん底で触れた一抹の温みが院本来の詩心をよみがえらせたのではなかろうか。

＊

『遠島御百首』には多くの写本が伝わっていて、百首という形式の中でも屈指の秀作というべきであろうが、異本の本格的研究の発展は戦後もごく近年のことである。(4) しかも伝本に歌の出入りや語句の異同が著しいのは、私家集に多くみられる書写者の恣意によるものではなく、院自身が長い年月心ゆくまで手を加えた結果とみられることが、問題をより複雑にしている。しかし先学小原幹雄氏の、(5)「その最終的成立は、言うことはできないが、第一次の成立は、少なくとも御着島一年経った後の早い時期に、一応百首が纏められ、その後長い間に幾度かの切継、組変え、語句の推敲等の改訂が行われたものと考えられる」という推定は動くまい。

そして小原氏はこの百首の特質を次のように指摘した。

『百首』に見られるものは、日々の御生活に即した実情実感であって、風雅や風流の歌ではなかった。本土から離れた日本海の中の島での日々は、憂愁の深く、苦悩の限りないものであり、その歎きが率直に歌に表白されている。（中略）人間性の深い作である。遷幸前の、新古今風な、感覚的な優美な題詠的な作風との違いが見られるであろう。

と。これは「転」の巻で叙述した衝撃的な挫折を想起すれば当然の変化である。そこにこの百首の独自性がおのずから生れ、さらには定家に領導された都の歌壇から疎外される一因でもあったと考えられる。

何よりも先にこの「実情実感」の百首によって、院その人に隠岐の生活の実態を語ってもらうことにしよう。

*

島前中ノ島の入江の奥に急ごしらえにしつらえられた行在所の御座に、為すこともなく日々坐る囚われびとの後鳥羽院が身にまとう物は、四季を通じて「墨染の衣」であった。今の院には、それだけが許された装束だからである。

墨染の袖の氷に春立ちて　ありしにもあらぬながめをぞする
限りあれば垣根の草も春にあひぬ　つれなきものは苔深き袖
墨染の袖もあやなくにほふかな　花吹き乱る春の夕風
古郷をしのぶの軒に風過ぎて　苔のたもとに匂ふ橘
片敷の苔の衣の薄ければ　朝けの風も袖にたまらず
ぬれて干す山路の菊もあるものを　苔の袂は乾く間ぞなき

見し世にもあらぬ袂のあはれとや　をのれしほれてとふ時雨かな

ここに抜いたのは、百首形式に整えられた四季（春二十首・夏十五首・秋二十首・冬十五首）中にちりばめられた、「墨染の袖」「苔のたもと」といった僧形を意味する語を含む歌である。「見し世にもあらぬ」今の境涯をみずから疑わざるを得ない、切実な表情が測々と伝わって来る。

黒衣を身にまとうた院の戸外に放つまなざしには、狭い配所の境界近くを往来する村人の姿が毎日のように映ったであろう。それは九重の奥深い玉座ではもとより、警固の人垣に隔てられる御幸の折にも眼に留めなかった庶民の生き生きとしたなりわいのさまであった。外に出てそぞろ歩きし、浜辺にたたずんで彼らの働く姿を眺めることも、やがては守護の眼こぼしの範囲に入ったであろうか。『万葉集』以後、西行歌までを例外として絶えて表現されなかった庶民と僻地の生態が百首の特色となったのは、きわめて自然である。

春雨に山田のくろを行く賤《しず》の　みの吹乱る暮ぞさびしき
眺むればいとゞ恨みも真菅生《おう》る　岡辺の小田をかへす夕暮
たをやめの袖うち払ふむら雨に　取るや早苗の声もならばず
秋さればいとゞ思ひを真柴刈る　この里人も袖や露けき

散りしける錦はこれも絶《たえ》ぬべし　紅葉ふみ分け帰る山人
藻塩《もしお》焼く海士《あま》のたくなはうち延《は》へて　くるしとだにもいふ方ぞなき
浪間より隠岐の港に入る舟の　我ぞこがるゝ絶えぬおもひに

農民男女はもとよりのこと、山の民、川の民、さらには海の民と、中世庶民の多様な生態がはからずも王者の筆にとらえられた。(6) まことに稀有の天恵であったといえば、おかしな物言いになるけれども。

離島の庶民のすこやかななりわいに放たれた眼は、反転しては骨を嚙むわが身の孤独・絶望に立ち向う。

塩風に心もいとど乱れ芦の　ほに出でて泣けどとふ人もなし
とはるるも嬉しくもなし此の海を　渡らぬ人のなげの情は

激しい悲傷は、時にこうした自暴自棄的な表現さえ憚《はばか》ることなく吐き出させた。『遠島御百首』の最大の魅力はそこに見るべきであろう。ここでは、命令や呼び掛けの語法をあえて駆使した異色作を抄出してみよう。

遠山路幾重も霞めさらずとて　遠方人《おちかたびと》の訪ふもなければ
思ひやれ真木のとぼそをおしあけて　独眺むる秋の夕暮
思ひやれいとゞ涙もふるさとの　荒れたる庭の秋の白露
晴れよかし憂き名を我にわぎもこが　葛木山の嶺の朝霧
同じくは桐の落葉も降りしけな　払ふ人なき秋のまがきに
とへかしな雲の上より来し雁の　独り友なき浦に泣く音を
われこそは新島守よ隠岐の海の　あらき浪風心して吹け
とへかしな大宮人の情あらば　さすがに玉の緒絶えせぬ身を

これほど切迫した孤独と望郷の詩が前後数百年の和歌史に他には詠まれたか否か、私は寡聞にして知らない。明治の正岡子規は実朝の習作の中から異色の万葉ぶりを発掘し、称揚してやまなかったが、かの青年を愛顧した大力量の王者の、この珠玉を一顧もしなかった。それは堂上歌風の排撃に性急だった成りゆきにせよ、惜しい一失といわざるを得ない。彼が勅撰八代集の首尾を飾る二大リーダー（貫之・後鳥羽院）を除外したために、日本詩歌の全容を極度に痩せ細らせてしまったからである。(7)

＊

さて勢威並ぶ者もない治天《ちてん》の君が姿を消した都では、戦の帰趨が決した後も治安の乱れは甚だしく、六波羅《ろくはら》に駐在した北条泰時・時房はその鎮撫に忙殺された。後高倉院御所、西園寺公経第《さいおんじきんつねだい》まで新しい権力の本拠を標的に、放火が頻発する。治安の悪化はたちまち「五畿七道」に波及し、武士の狼藉を怖れて「山沢に亡命する」庶民を防止するため宣旨《せんじ》も発布された。

秋も終りになって、逃亡して奈良に隠れていた院方の大将藤原秀康・秀澄兄弟が追捕されて斬刑に処せられ、戦乱の非常事態はようやく一段落を告げた。この間に、父院の片腕となった主戦論者の順徳新院は佐渡国へ、六条宮（雅成親王）は但馬《たじま》国へ、冷泉宮《れいぜいのみや》（頼仁親王）は備前の児嶋へそれぞれ流された。義時追討の計に加わっていない土御門院（順徳院の兄）には当然幕府の咎めは及ばなかったが、篤実な院は一身の安穏をいさぎよしとせず、たって希望して土佐国へ遷される。これも一種の抵抗であるが、寂しく都を離れた閏十月十日、和平を仲介した西園寺公経は内大臣に栄進し、はなやかに任大臣大饗を催した。(9) 公経の戦後の栄華はここにはじまり、翌年さらに太政大臣に昇る。没落の後鳥羽院に替る新実力者の出現であったが、京の鎌倉への抵抗を代弁する役割ではなかった。つまりその権力は虎の威を借る狐に過ぎなかったから、「今ハ義時思フ事ナシ。義時ハ、果報ハ王ノ果報ニハ猶マサリマイラセタリケレ」という勝者の大歓喜はいささかも割引かれなかったのである。

しかしその勝利の座はあまりにも短かかった。後鳥羽院がいまだ配所の生活に慣れる暇もない、一年余り後の元仁元年（一二二四）六月、執権義時は急に病んで六十二年の生涯を閉じた。[10] 論功行賞も戦後処理も緒に就いたばかりでの最高権力者の頓死には、鎌倉はもとより京の人心も騒然とした。例のごとく死因について巷説が乱れ飛んだが、[11] それは採るに足らない。[12] しかし、泰時・時房が六波羅から鎌倉までの道中に半月もついやし、[13] しかも時房がまず鎌倉入りして情勢を探った後泰時を迎え入れた用心深さに、政情の不安が露呈している。

果して義時の妻伊賀氏が女婿一条実雅を将軍に擁立しようとして宿老の三浦義村を誘い、泰時の異母弟政村や伊賀氏一族も巻きこんでの大騒動が間もなく発生した。事態を憂慮した尼将軍政子は意を決して義村の許に乗り込み、大乱の際の泰時の軍功を力説して陰謀を鎮め、[14] 事件は結局伊賀氏一党の配流によって決着した。かの老時政が失脚した、後妻牧氏の事件と同様に、真相はなお不明の点が多いが、[15] 承久の大乱を完勝した後にも、内訌をくりかえす北条氏の体質は少しも変ってはいなかったのである。

隠岐の院の耳にこれらの異変が何時、どのような伝手によって伝わったかは知るよしもないが、なかんづく宿敵首領の思いがけない急死は、人智をもって測りがたい天命を老境にさしかかった院に痛感させたのではなかろうか。院の詠風から『遠島御百首』の激情が影をひそめ、[16] やがて歌道の長い伝統の中に自他の作品の位置を見定めようとする批評的姿勢が優越して来るのは、これを発端とするように思われる。

その二　人それぞれの戦後

「王の果報」をはからずも奪取した勝利を満喫する暇もなく頓死した執権義時なき後、その後妻伊賀氏をめぐる内訌を抑止した「尼将軍」政子は、翌嘉禄元年（一二二五）六十九年の波瀾万丈の生涯を閉じた。[1] 彼女が病床に就いて間もなく、頼朝の在世当時から幕閣の智恵袋として重きをなしていた政所《まんどころ》別当《べっとう》大江広元（入道覚阿）も七十八歳で世を去った。[2] ふたりの実力者なき後の幕府をひきいる執権北条泰時はこの年四十三歳、はるかな隠岐に余生を送っている後鳥羽院よりも三歳若い。大軍をひきいて長駆京へ攻め上った軍功は紛れもないとはいえ、もともと堅実な守成の人である泰時は、強力な二長老の庇護を失った傷手に堪えつつ新しい体制を確立するという困難な課題を担った。その政権の座は、隠岐の配所の十九年間とほぼ重ね合わせることができるから、簡略に鎌倉と京の政情を語っておく必要がある。いまや後鳥羽院は権力の埒外にあり、しかも情報を得ることさえ不便な鄙《ひな》に日を送る身ながら、その巨大な存在感は生前はもとより死後も、陰に陽に政局を動かすのである。

泰時は、軍事行動と戦後の六波羅駐在を通じて固い信頼で結ばれていた叔父時房を執権の次席（いわゆる「連署」）に起用して協力体制をととのえ、さらに幕政を合議する機関として十一名の「評定衆」を任命した。いずれも、独断専行が内紛を醸した旧来の弊を払拭する周到な配慮である。その評定衆筆頭《ひょうじょうしゅうひっとう》の中原師員《もろかず》は京下りの官人で、本官は「大学助教」の専門家であり、(3)これに並ぶ三浦義村はいうまでもなく生粋の東国武士、しかも油断のならぬ権謀家である。この対極的な両者をたがいに牽制する位置に配したのは、泰時らしい人事の妙というところであろうか。

しかし政権の前途は多難であった。まず襲われたのは、相継ぐ肉親の不幸である。政権発足の直後に、十六歳の次男が家来に殺害された。(4)それは若気の至りの些細なトラブルかと思われるが、四年後には泰時の後を受けて久しく六波羅に駐在していた嫡男時氏が病いを獲て鎌倉に帰り、二十八歳の若さで早世した。つづいて三浦義村の次男に嫁していた息女が難産によって落命した。ともに政権の未来にかかわる大きな損失といわなければならない。寛喜二年（一二三〇）のことである。(5)

この寛喜年間の数年は、真夏に美濃国あたりに雪が降り、初秋には霜を見るといった異常気象がつづき、(6)したがって端境期《はさかいき》には京も諸国も大飢饉に見舞われた。(7)京中の道路には餓死者の死骸が日々に増え、異臭が家内に満ちる有様だったと定家も書きとめている。(8)泰時は率先して常膳を減らし、[9]倉庫を開いて百姓救済に懸命に努めた。[10]貞永元年（一二三二）秋制定され、泰時の名声を後世に高めた「御成敗式目」は、こうした苦難に満ちた数年間に粛々と進められた成果だったのである。それだから、十年前の乾坤一擲《けんこんいってき》の大勝負の定着、いわば特異な一国二制度の確立にもかかわらず、泰時の院政政権に対する姿勢はまことに控え目であって、六波羅駐在の弟重時へ式目送付に当って添えた消息にも、「京辺には定めて物をも知らぬ夷戎《えびす》どもが書きあつめたることよなと、わらはるゝ方も候はんずらん」と卑下し、「これによりて京都の御沙汰、律令のおきて、聊《いささか》も改まるべきにあらず候也[11]」と念を押した。公武両勢力の「棲み分け」以上に一歩も出たと言わない謙抑な態度は泰時の大度量でもあるが、背後の社会情勢のきびしさから当然でもあったろう。

＊

京の人心は、泰時政権の寛容方針をいささか甘く見ていた観がある。それははるかな孤島の流人後鳥羽院や順徳院の立場、心情にも敏感に反映した。側近者の往来や交替は、日本海の荒波を凌《しの》いで渡る苦労があったのに、意外に活潑にくり返された。[12]それは乱の当事者である義時、広元、政子世代の相次ぐ死去を承けた、泰時政権の寛容に乗じたものだったようである。

たとえば定家の日記『明月記』には、嘉禄二年（一二二六）三月「清範入道」なる者が「老母重病」と称して「入洛」したという記述がある。[13]これは広元、政子の死の翌年のことである。清範は幼少の四の宮を扶持した高倉範光の子で、[14]和歌所にもかつて出仕した者だから、定家は「旧好忘れ難し、音信せん」と願ったものの、「遠所では自分の評判が悪いそうだから、もし会いたくないと断わられたらどうしたものか」などと思案している。ところが後日出先で清範に会ってしばらく言葉を交し、「母は無病なり。去春巷説を聞きて欣悦の処《ところ》、其の事無し。不審に堪えず、京中の形勢を聞かんが為に、母の病と称して入洛す」[15]というのが事の真相だと理解したようである。

ちなみに、定家はこれを「巷説」と記しているが、それは他見を憚ったためで、その理由は定家が後鳥羽院の勅勘を受けた立場だからである。乱後の後鳥羽院と定家の微妙な関係について、今となっては取り消しのできなくなった「勅勘」の抑圧が双方に重苦しくのしかかっている事を軽視してはならない。あの勅勘は乱の向背といった政治的・軍事的な重大事とはまったく無関係な、歌会のハプニングであったのだが（承の巻その六参照）、「綸言汗《りんげんあせ》の如し」で、一旦下された王者の命は、失脚したら王者自身さえこれを翻《ひるがえ》すことができないのである。この拘束が最後まで両者のくびきとなっていたことを洞察して然るべきであろう。

つまり定家が「巷説」と記したのは、実は清範からひそかに洩らされた重大機密で、清範は幕府新首脳の方針が那辺にあるかを探る目的で、隠岐から派遣されたに相違ない。遠島の院が鎌倉の動向をするどく注視したことは明らかで、予期に反した悲観的な復命によって院の心には大きな打撃が与えられたものと思われる。しかし事情を知らぬ京の衆庶はなお執拗に還幸を待ちつづけることになる。

実権を鎌倉に奪われて意気揚がらぬ戦後公家社会の中心に立ったのは、たがいに姻戚関係にありかつ鎌倉とも親密な、摂関九条家と新興西園寺家である。九条家の長老慈円が義時追討を諫止するために強く抵抗したことは、すでに述べたが、慈円の危惧したとおり後鳥羽院の没落が実現したにもかかわらず、乱の結果はその危惧をはるかに越えて悲惨であったから、老境の慈円の受けた打撃は痛烈をきわめた。ここには高僧の晩年の落莫たる心境にくわしく説き及ぶ余裕はないが(16)、時を得顔に栄華を誇った西園寺公経の行状と比較すれば、両極端というも愚かである。

慈円に励まされて院に抵抗した公経は、敗北後は一躍して時局拾収の立役者となり、幕府の口《く》入《にゅう》によって内大臣さらに太政大臣に昇進したが、その豪奢な暮しぶりには(17)、縁家の端につらなる定家さえ、折にふれて辛辣な批判を憚らなかったほどである。洛北の勝地に営まれた本邸はすなわち「西園寺」の家名の由来であるが、その林泉の美は後世足利義満がこの地に建立した鹿苑寺《ろくおんじ》の「金閣」によって今も健在である。その上、公経は庶民生活への顧慮も欠き、定家が自邸の庭をつぶして麦畠にしたほどの大飢饉(18)の真最中でも有馬の湯(19)その他諸所の別荘への飽くなき「遊放《ゆうほう》」を止めなかったから、「故無く遊放し給ふ事、人定めし傾思《けいし》せんか。歓娯の外更《ほかさら》に他無し(20)。」という定家の非難は、至当の公憤というべきであろう。

*

公経と対照的に、祖父兼実、父良経の後継者となった九条道家には、その血筋にふさわしい経世的自覚があった。(21) 温厚な藤原氏嫡流の近衛家とも驕奢《きょうしゃ》に溺れた西園寺公経とも一ト味も二タ味も異るから、おのずから廟堂の輿望をになない、失意の後鳥羽・順徳両院の旧臣もひそかな期待を寄せた。

道家が飢饉に悩む世情をよそに寛喜二年（一二三〇）七月、定家に新たな勅撰歌集を編集することを命じたのは、(22) 摂関家の面目にかけてもの意気込みであったろう。しかし、それは歌人定家には至難の業であり、火中の栗を拾うに似てはなはだ気の進まぬ仕事であった。なぜならば、「前代（後鳥羽院）の御製は尤も殊勝、これを撰《えら》べば集の面《おもて》に充満すべし」、しかしそれでは現体制の忌諱《きい》にふれるであろう。さりとて数を減らせば定めてまた世間の謗《そし》りを招き、ことに院に忠実な家隆や秀能入道などはいよいよもって「讒言弾指《ざんげんだんし》」（非難攻撃）することであろう。どうにも予測が付かないから、勅撰はしばらく見送るべきではないかなあ。——こんな煮えきらぬ『明月記』の繰《く》り言からは、栄えの撰者に指定された自信や喜悦は少しもうかがえない。かつての『新古今集』着手当初の意気込みとは似ても似つかない。

そして事態は果して定家の危惧したとおりになる。文暦《ぶんりやく》元年（一二三四）八月、すなわち下命四年後に、完成本を嘉納すべき治天の君後堀河院が崩じた。身の不運に絶望した定家は、翌日手許の草案二十巻を庭に持ち出し、ことごとく焼きつくした。(23)

勅を奉じて未だ巻軸《かんじく》を整《ととの》へざる以前に此《かく》の如き事に遭ふ、更に前蹤《ぜんしょう》（先例）無し。冥助《みようじょ》無く機縁《きえん》無きの条、已《すで》に以て露顕《ろけん》す。徒《いたず》らに誹謗罵辱《ひぼうばじょく》を蒙《こうむ》るべし、置きても詮《せん》無きものなり。

という悲痛な感懐がある。この時定家の脳裏にかつての『新古今集』完成の華やかな雰囲気が浮ばなかったであろうか。あの折には先例ない「意宴《きょうえん》」を強行しようとする後鳥羽院に焦立って反抗したものだが、いまの事態と比較すればあれは贅沢な不平だったなと苦笑したのではなかったか。

定家の苦労はこれだけでは終らなかった。三か月後に道家に呼ばれ、その手許に届けておいた奏覧本を示され、中の百首ほどを削除せよと指示された(24)。古来しばしば起り、当初から定家を危惧させた、あの政治と文化の断層にもろに直面したのである。しかし摂政の指図にそむくことはできなかった。やむなく削った両院の秀歌に替えて武家の作を多く入れたため「宇治川集」という皮肉な仇名をもらう屈辱は(25)、定家が唇を嚙んで覚悟したところであった。

＊

歌道以外に日々為すこともない遠島の後鳥羽院の耳に、定家を撰者として新たな勅撰事業がはじめられたという情報が伝えられたのは、後堀河帝の下命後ほとんど時を隔てなかったであろう。その刺戟は、熾烈な院の詩心に火を点した。あらためてあの輝かしい『新古今集』という大事業の真価を歌道史上に定位しようと、大批評家の院は決意したようである。『明月記』天福元年（一二三三）七月二十八日条の次の記事は、おそらく『時代不同歌合』(26)という院の企てた、そして歴史にのこる秀歌選についての、やや歪められた曖昧な情報なのであろう。まず念のため原文を引く。

昨日聞き及ぶ、家隆卿卅六人を撰《えら》ぶと云々《うんぬん》。是れ遠所《えんしょ》の勘定歟《かんじょうか》。金吾《きんご》（為家）の歌を尋《たず》ぬと云々。南朝北朝の撰者、共に在京、勅撰の沙汰有り。一老（家隆）の徒然《つれづれ》、御訪《おんとぶらい》の由《よし》有る歟《か》。建保《けんぽう》の禁裏《きんり》（順徳帝）の歌、猶《なお》以て嫉妬有り。況《いわ》んや今の世の事に於《お》いてをや。彼《か》の卿《きょう》（家隆）は当時弐心《ふたごころ》無き忠臣なり。又若《も》し卅六人と雖《いえど》も撰集に同じき歟。

この難解な文章を、所々私意をもって補なって大意を取れば、おおよそ次のような趣旨になるだろうか。――きのう聞いたところでは、家隆卿が三十六人の秀歌選をはじめたそうで、これは隠岐の院のお考えによるものではないか。ふたりの選者候補（定家と家隆）が京にいるところへ、後堀河院の勅撰の命が下った。任命に洩れた家隆の落胆を隠岐の院がお慰めになったわけであろう。院はその昔順徳帝の内裏《だいり》の歌合さえ、嫉妬なされた。ましてや、現体制下の勅撰開始を見すごされることがあろうか。それにしても今にして隠岐の仰せを奉ずるとは、家隆は二心のない見上げた忠義者だなあ。（形式は小規模な三十六人選であっても、隠岐の仰せならそれは勅撰集と同じものとなるわけだ。）――定家はここに容易ならぬライバルの出現を鋭敏に感じとったようである。さすが詩人同士、彼を知りおのれを知るとでも評すべきであろうか。

　こうした、新たな勅撰集に対する隠岐のつよい関心について、『明月記』の言及は他にもいろいろあるが、いまは略す。定家はやがて九条家出身の後堀河中宮（藻璧門院《そうへきもんいん》）の夭折に殉じて出家するが[27]、訪ねて来た元和歌所開闔《かいこう》の源家長から、後鳥羽院が報せに驚いてひどく惜しみ、「たとえ定家に出家の志があろうともたちまちに許可が出たのは如何なるものか」と密々《みつみつ》に仰《おお》せられたことを聞いて、「極《きわ》めて以て存外の事か」と感激もしている。[28] 一時の疎隔を越えた両者の、晩年の心の交わりを察することができるであろう。文学史上に、逸してはならぬ要点である。

＊

さて「南朝北朝の撰者」両名（定家・家隆）が新たな勅撰集をめぐって鎬《しのぎ》を削っていた頃、鎌倉の評定衆を勤めている中原師員が上洛して、大殿九条道家を訪ねて来た。[29] 定家の臆測では「徳政口《く》入《にゅう》の為か」というが、具体的には後鳥羽院の隠岐からの還幸を促進するという、京側の起した「朝家の大事」に対処する使命であった。

事の起りは、多年後鳥羽院の恩顧を蒙った九条家の周辺からであった。定家が推測したところによれば、[30] 九条家出身のある比丘尼《びくに》が八度も九度も執拗に大殿道家に嘆願をくり返し、道家がついに根負けして心を決め、側近も成否を危ぶみながらこの「大事」を評定衆中原師員に示した。上洛した師員も二度までは取り次ぎを辞退したが、三度目に承知して鎌倉へ京の意向を持ち帰ることになったというのである。とすればこれは敗戦以来の大事件である。

師員が鞭《むち》を揚げて鎌倉へ出発したのは嘉禎元年（一二三五）三月半ば、定家が比丘尼の口から自讃たっぷりにいきさつを聞いたのはそのまた一か月後のことである。その頃にはもはや、近々遠島の院の還幸は疑いもないと京中にはよろこびの声が充ち溢れている。[31] 隠岐にもその声はすでに届いていたにちがいない。院にとっては待つこと久しい朗報である。

しかし朗報はもろくも束の間についえてしまう。「往還七日」にして事足りるという京中の期待に反して、師員は月が改まっても帰洛せず、かえって妻子を迎えに使をよこす[32]。ひそかにささやかれた情報によれば、泰時の書状に「家人《けにん》、一同に（そろって）然るべからざる由《よし》の趣《おもむき》」を申したとあり、しかも将軍（頼経）からは「御消息」もなかったという[33]。つまり院の還幸は、日頃は寛容な泰時の断乎たる決断によって拒否されたのである。

遠島に流謫のまま生涯を閉じる院の運命は、ここに決した。明敏な院はこの時心ひそかに運命を甘受したであろうか。晩年の豊饒な歌道・仏道がそこからはじまる。

その三　歌道・仏道三昧の晩年

藤原定家の『小倉百人一首』は、日本文学の古典の中でも最大級のベストセラーであり、かつロングセラーであるといっても過言ではない。ただこのアンソロジーは、定家という巨匠にとっては代表作でも力作・傑作でもない。さんざん辛酸を嘗《な》めた『新勅撰集』編纂の業余のすさびとして、一子為家の舅なる鎌倉御家人宇都宮頼綱が洛外にいとなんだ侘《わ》び住居を飾るために筆を執った「色紙型」という手軽な代物がその原型らしいが、近世初頭まで久しく埋もれていた(1)。その後婦女子のお正月の加留多《カルタ》取りの具としてもてはやされたが、この頃はさらに、定家にもあるまじき選歌だという軽視からか少しはましな改訂版をと企てたり、何かの暗号が仕組まれているのではないかなどと荒唐無稽な推理小説のネタにされたりするのは、この史上最大の古典学者にとって迷惑千万な成りゆきに違いない。その反面、定家がおそらくこのすさびのヒントにしたであろう後鳥羽院の独創的な試み『時代不同歌合』は、今ではほとんどその意図と価値を世に認められていない。史伝がこのアンソロジーに章を改めてまた言及しないわけにいかないゆえんである。

『時代不同歌合』は、古今・後撰・拾遺などの作者五十人の各三首を左方に、後拾遺・金葉・詞花・千載・新古今などの作者のそれを右方に配して競わせた異色の秀歌選である。(2) 京にあってこの企画を助けたと思われる家隆の位階を「正三位」と記す初撰本の成立は文暦二年(一二三五)の従二位昇叙以前と、樋口芳麻呂氏(3)は推定している。前章で触れたように、それは京で『新勅撰集』の企画が進められている時期で、遠島の院はこれに触発されたに違いない。そしてその構成を、院は「柿本人丸」「山辺赤人」以下古代の五十人と「大納言(源)経信」「法性寺《ほっしょうじ》入道前関白太政大臣」(藤原忠通)以下「愚詠」を含む近代の五十人とを競わせる画期的なものとし、しかも後者にはかつて精魂こめた『新古今集』からほぼ三分の一を採用した。私はそこには、武力の戦いに敗れた院の胸中の、消すよしもない自負心が痛切にうかがわれると思う。流謫十年の院にとって、文化の灯の不滅を信ずるほかには為す術もなかったのであろう。還京の噂があえなく消えた後の院を支えたものも、『時代不同歌合』に二の矢、三の矢を継ぐことであった。

＊

二の矢とは、院の崩御三年前の嘉禎二年(一二三六)秋、京の旧臣歌人に題を送って技を競わせた『遠島歌合』(4)であり、これに付随して、この歌合に公然とは加えられない立場の定家をライバル家隆と組み合せた『定家・家隆両卿撰歌合』であって、両歌合とも院はみずから判を下し、判詞を執筆した。

『遠島歌合』の題は、朝霞・山桜・郭公《ほととぎす》・萩露・夜鹿・時雨《しぐれ》・忍《しのぶ》恋・久恋・羇旅《きりょ》・山家《さんか》。いかにも院好みの「山桜」「時雨」「山家」など十題である。作者は、左方には女房（後鳥羽院）・前内大臣（久我家の通光、故通親の息）・権大納言《ごんだいなごん》基家（九条家、道家の弟[5]）・沙弥《しゃみ》道珍（坊門家、入道大納言忠信）・侍従隆祐（家隆の息）・少輔（家隆の女）・散位《さんに》親成（水無瀬家、信成の息）・藤原友茂（入道能茂＝西蓮の子）。対する右方には従二位家隆・小宰相（家隆の女）・正三位《しょうさんみ》信成（水無瀬家）・如願法師（藤原秀能）・下野（源家長の女）・散位長綱[6]・散位家清（源家長の息）・善真法師。以上各十名が選ばれた。一見して眼を引くのは、家隆・如願の実力歌人の係累を別格として、亡き久我通親にはじまる旧臣の子女の系列と、院の肉親の坊門・水無瀬家の人脈である。院が一番の判詞に述べているように、「人の数広きに及ばざれば、昨日今日はじめて六義の趣を学ぶ輩も入りて」レベルは不揃いであるが、このメンバーが、晩年の孤独な院に変らぬ忠節を尽した人名を網羅している。

その中心にいたのは老家隆である。判詞の冒頭、総序ともいうべき文に、院は、

今更にこの道をもてあそぶにはあらねども、従二位家隆は和歌所のふるき衆、新古今の撰者なり。八十余の命の露、いまだあだし野の風に消え果てぬ程に、かれを召しぐして、今一度思ひ〳〵の詞をあらそひ、しな〳〵のすがたをたくらへんと思ふ、

と、率直に企画の動機を告白している。その動機のゆえに、自作を家隆と合せることの妥当でないことを承知しながら、あえて試みた。それは家隆という第一人者を鏡としてわが力量を正確に自己評価しようとした、真剣な動機にほかならないのであろう。

『遠島歌合』の判詞の中でも、『増鏡』（ふぢ衣）にも引用されてことに感銘深いのは第七十三番である。

七十三番　山家

左勝、　女房

軒は荒れて誰か水無瀬の宿の月　過ぎにしままの色やさびしき

右　家隆

さびしさはまだ見ぬ嶋の山里を　思ひやるにも住む心地して

左右ともに、おもひやりたる山の家に侍るを、いまだ見ぬを思ひやらむよりは、年久しく見て思ひ出《いで》んは、今すこし心ざしも深かるべければ、相構《あいかま》へて一番は左の勝と申すべし、

公卿の身分にしばられて配所の院を訪ねることのできない忠臣家隆の苦衷を十分に承知しながら、

あえて汝が未知の隠岐に寄せる思いよりも我が年久しく愛した水無瀬への思いの方が切実なはずだ、この一首だけは勝を許せよというのである。家隆への甘えにも似た物言いに託して、いつまでも還幸を許さない幕府への恨みが訴えられて切実をきわめる。

次いで晩年の歌業の圧巻は、いわゆる『隠岐本新古今集』の改訂作業である。隠岐本の研究は明治末すでに始まっていたが、後鳥羽院の手沢《しゅたく》本がどこかに存在したわけではない[7]。かの「さかごし」に乗せられて京を去った配流の道中に『新古今集』の大部な全巻を携行する余裕などはもとよりなかったであろうし、『遠島御百首』のあの激情の中での『新古今集』の手入れも不自然であろう。過ぎし栄光の日の所産を振り返るのは、隠岐の日々も後半に入って後と私は臆測したい。いわゆる隠岐本の巻末に後鳥羽院宸翰《しんかん》の「跋《ばつ》」と伝える一文が付載されているが、これには、

> いまこの新古今は、いにしへ元久の比《ころ》、和歌所のともがらに仰《おお》せて、古き今の歌を集めしめ、そのうへ身づから選び定めてよりこのかた、家々のもてあそび物として、みそぢあまりの春秋をすぎにたれば、今さらあらたむべきにあらねども（下略）

と明記されている。「元久」から「みそぢあまりの春秋」は、隠岐配流後二十余年すなわちほぼ嘉禎元年（一二三五）前後となろうか。すなわち院六十年の生涯もその最晩年に入った頃に当るのである。

それではこの期に及んで院は何のために改訂版作成を思い立ったのか。跋は続いていう。

みそぢあまりの春秋をすぎにたれば、今さらあらたむべきにはあらねども、（中略）集めたる所の歌、ふたちゞ（二千）なり。数の多かるにつけては、歌ごとに優なるにしもあらず。そのうち身づからが歌をいれたる事、三十首にあまれり。道にふける思ひ深しといへども、いかでか集のやつれをかへりみざるべき。

今にして思えば、収録二千首とは余りに多きに過ぎた。当然すべてがすぐれた作品というわけには行かぬ。しかも集中には朕《われ》自身の歌を三十首余りも入れてしまった。歌道への執念の深さによるとはいうものの、そのためにアンソロジーの価値を低くしてしまったことを反省せずにいられようか。――院の痛恨の焦点が、若き日の自身の権力への奢りと諸人の迎合にあったことは明らかである。王者はいまにして無垢の詩人に立ち返ったと言ってもよい。

しかし大改訂は至難のわざであった。時間だけはたっぷりあったが、かつての「和歌所」のような手足はない。手許の資料もたかが知れているが、そのわずかな材料をも欲しいままに追加するわけにいかない事情があった。それは故良経執筆の序に言及された歌は削除することを厳に回避したからである。なぜならば、院自身の失脚後となっては、勅撰の権威を保証するのは京の摂関家以外にはなかった。だから、序を大切にした理由には、良経の文芸的才能への尊敬もさることながら、現任の摂政九条道家のもつ権能への配慮も大きかったにちがいない。せっかくの改訂版が単なる私撰として葬られては意味がないと、院は考えたのではなかろうか。勅撰の改訂は、こうして序に支障ない限り削除の大鉈を振う荒業となった。隠岐本は院のなしえた最後の抵抗とも見るべき性格をもっている。

かくして、姿を消した自作は三百八十三首（柳瀬本に記号あるもの）、率にしてほぼ集の二割に及ぶ。そんな憂き目を見た新古今作者は、他に一人もいない。元来『新古今集』は、院にとっては自己以外の何びとの著作でもなかった。そして隠岐本は、良かれ悪しかれその完成であったのである。

＊

後鳥羽院が墨染の衣をまとうて遁世《とんせ》者の形となったのは、大乱に敗れたという強制された外的事情によるもので、道心の発露ではなかった。しかしその後の星霜《せいそう》十余年、遠島の孤独と絶望の生活の中で、仏道精進はその中核を占めた。信仰の帰結は浄土往生である(8)。

大正の初頭に京都の仁和寺《にんなじ》の調査におもむいた歴史学者和田英松は、それまで親鸞の玄孫に当る南北朝の本願寺の学僧存覚の引用によって名のみ知られていた、院の宸作『無常講式』の古写本を発見した(9)。「講式」とは通常、仏徳や教理をたたえる伽陀《かだ》（偈《げ》）を含む美文で、仏事法会《ほうえ》の際に用いられるが、道場にも儀式にも縁のなかった流人の院が、最晩年にそうした特殊な文を草したのは、よくよく天性の文藻《ぶんそう》に促がされたのであろう。文中には、

今の弟子《ていし》六旬《りくじゅん》(10)（六十歳）、首《こうべ》の上に年々の霜、秋の色に老いけり

などと見えるから、制作は六十歳、その二月末崩ずる直前であった。

式文はまず、

次第無く　法則無く　只無常を念じ　彌陀の名《みな》を唱へよ

日時無く　道場無く　閑居《かんこ》の暁の天　旅宿の草の枕

の伽陀にはじまる。それは仏道修行の場も与えられない、老い先短い自身の境涯を顧りみて、端的に「無常」を観じ唱名に励むことを勧める趣旨である。「閑居」といい「旅宿」というけれど、普通の草庵・漂泊の意味ではないことは言うまでもない。実は囚《とら》われ人《びと》である。

その切実な体験は、第三段の次の文にきわまる。

昔は清涼紫震（ママ）の金《こがね》の扉《とぼそ》に、采女《うねめ》腕を並べて玉の簾《すだれ》を巻き、今は民煙蓬茎《ふうこう》の葦の軒に、海人《あまびと》鉤を垂《ひ》き、僅《わず》かに語《かたらい》を成す。月卿雲客《げっけいうんかく》の身は、生頸《いけくび》を他郷の雲に切られ、槐門棘路《かいもんきよくろ》の人は、紅涙を征路の月に落す。

院はここにゆくりなくも、大乱によって非命に倒れた光親・宗行ら近臣たちの末路を痛切に回顧した。その無常観が尋常一様のものではなかったことを察するに足りる。

なお第二段には、おそらく真宗特に本願寺門徒には知らぬ者もない次の文がある。

凡《およ》そ墓無《はかな》き者は、人の始中終《しちゆうじゆう》、幻《まぼろし》の如きは一期《ご》の過ぐる程なり、三界《がい》は無常なり。古《いにしえ》より未《いま》だ万歳の人の身有りと云ふことを聞かず。一生過ぎ易し。今に在りて誰か百年の形体《ぎようたい》を保たん。実《まこと》に我や前《さき》、人や前、今日《きょう》とも知らず、明日《あす》とも知らず、後《おく》れ先だつ人、本の滴《しずく》、末の露よりも繁《しげ》し。

この個所は本願寺の教線を飛躍的に拡大した蓮如の有名な「紅顔白骨の御文《おふみ》」に原文がそのまま利用された。引用の末尾に「繁しといへり」とあるから、蓮如は「存覚法語」から孫引きしたものらしいが、私なども幼少の頃に、葬式で導師がここを続み上げて参会者の嗚咽《おえつ》の声が急に高まった場面をしばしば体験している。あの名文が後鳥羽院の宸作とは知るよしもなかったが。

とはいえ、後鳥羽院と親鸞門徒の関係は、なかなかに単純ではなかった。後鳥羽院政全盛期に起った法然教団への弾圧について、親鸞は『教行信証』[11]に、次のように書いている。

> ここを以て、興福寺の学徒、太上天皇後鳥羽の院と号す今上土御門の院と号す聖暦、承元丁卯《ひのとう》の歳、仲春上旬の候に奏達す。主上臣下、法に背《そむ》き義に違し、忿《いかり》をなし怨《うらみ》を結ぶ。これに因《よ》りて、真宗興隆の大祖源空法師ならびに門徒数輩、罪科《ざいか》を考へず、みだりがわしく死罪に坐《つみ》す。あるいは僧儀を改めて姓名を賜ふて遠流《おんる》に処す。予はその一なり。しかればすでに僧にあらず俗にあらず。この故に禿《とく》の字を以て姓とす。空師ならびに弟子等、諸方の辺州に坐《つみ》して五年の居諸《きょしょ》を経たりき。

越後流罪《るざい》の過去に対するこの回想には、時を経てなお消えやらぬ生々しい憤りがにじんでいる。ただし後鳥羽院は興福寺等の非難にたやすく与《くみ》したわけではなく、院の留守中に後宮に推参した法然の「門徒数輩」が仏道のためとはいえ泊りこんで女房たちに説法した不法行為に激怒したのであった。そして無名の親鸞の連坐は、かねて公然と妻帯を表明していたので極端な過激派と見られたのであろう。まことに不幸な出会いであった。

その四　氏王のこと

京都の上賀茂社の神主を江戸時代の中頃まで世襲した松下家に、五通の後鳥羽院宸翰が伝来した。(1)中でも三通は、院が隠岐の御所から祖先氏久に賜わった「殊なる重宝」である旨の、文永四年（一二六七）七月二十日付の神主氏久自身の奥書《おくがき》が添えられている。氏久は神主能久の子とされていたが、実は院の御落胤で、幼名を氏王といった。宸翰はこの愛児の成長を遥かに伝え聞いた院が、崩ずる数年前、何とかして配所に呼んで手許に置きたいと切望した一件に関わる。

氏王出生の秘密はよく分らない。賀茂の上・下両社は、蹴鞠《けまり》の御幸などを通じて院と親密な間柄で、上社の能久、下社の祐綱は承久の乱には甲冑《かっちゅう》を帯び手勢を率いて出陣し、戦い敗れて遠流に処せられたほどである。(2)特に、恨みを呑んで鎮西《ちんぜい》の配所に没し「筑紫神主《つくしのかんぬし》」と呼ばれた能久には、院中に仕えた美濃局《みののつぼね》、讃岐局《さぬきのつぼね》の両姉妹がいるから、氏王の生母はそのいずれかであろう。(3)その御落胤となった原因は、乱の起った年に氏王はまだ十一歳で、(4)年々緊迫する時勢のため、ついにお眼通りの機会を得なかったものと想像される。おそらく氏王は院の末子である。

宸翰と一具の文書として松下家に伝来したものに、西蓮《さいれん》という者が隠岐から送った仮名消息五通がある。(5)西蓮は俗名を伊王《いおう》左衛門尉能茂といい、院の北面、西面に仕えた心利いた者で、また寵童でもあった。(6)まだ十代の若年で僧形となって隠岐へ供奉《ぐぶ》し、配所を取りしきり、十九年後に院の遺骨を頸に掛けて帰洛した忠実な側近である。宸翰と西蓮消息を突き合せて、はかなくも未遂に終った氏王渡海の経緯を追えば、ほぼ次のとおりである。

崩御の四年前の嘉禎《かてい》二年(一二三六)頃、迅《と》うに二十歳を過ぎて未だ元服もできない気の毒な氏王を、隠岐へ渡海させたいという便りが、京から届いた。それは逆境を見兼ねた氏王の母とその周囲の願いだったらしいが、いつになっても緩まぬ鎌倉幕府の監視のきびしさを知る院は、慎重にならざるを得ない。院は、

何事も思ふに寄らぬ事どもにて、左右《さう》無く参るべきよしをも言はぬこそ、世にわびしけれ。構へて構へて働かで待つべし。

と、自重を求める返書を与えた(宸翰第一号)。しかしその後は西蓮を駆使して、隠岐の守護佐々木泰清とひそかに折衝を始める。一連の西蓮消息はその経過を氏王やその母に報じたものであるが、守護宛の申し入れの文案を院はみずから起草した。(7)そこでは氏王を、賀茂神主能久の子で兼ねて西

蓮の猶子《ゆうし》でもあると称し、また御所の増員には鎌倉の許可が出ないと思うから、法師一人を代りに京へ返すことにして守護の一存で裁量はできないだろうか、そういう苦肉の策を提案したのである。

この苦心は痛々しいが、障壁はさらに高かった。次に引く宸翰(8)はおそらく死の前年、万策尽きた状況で氏王に与えたものである。大意は後で説明するが、心情の流露する原文に親しんでいただきたいので、表記の仮名を多少漢字に改めて全文を引用したい。

この秋はかまへて参らせるべきよし、京《みやこ》へも申したれども、聞こえ事を如何《いかが》など沙汰あるよし聞けば、叶ふまじきにやと、返す返す嘆きおぼえてあるなり。さのみ同じ姿《すがた》（注、童形）にてあるも、それしもいよ〳〵おぼつかなく覚ゆるも詮《せん》無ければ、今年《ことし》の冬は男《おとこ》（注、成人）になるべきなり、おのづから京近きこともあらむに。男にてあらんは少しも苦しかるまじ。いつともなく童《わらぬ》にてあれば、所々より尋ねらるゝと聞くもよしなし。さるに付けては、おぼつかなく思ひやるも、よしなくおぼゆ。今年これへ参ること得《え》あるまじくば、迅く男になりて、もしやとも待つべし。ついに思ひ通らずして、この国にして朽ちも果てぬと聞かば、かの折《おり》出家をもすべし。かつは権中納言がもとへも、このよしを言ふなり。信成のもとで元服はすべきなり。(9)

あなかしこ。

六月一日

鎌倉を怖れる京の人々の評議で、事態はもはや絶望的になった、さりとて、いつまでも童形のままでは人々に不審がられても仕方がないから、庇護者である水無瀬信成の許で元服するがよいぞよ。大体そういう趣旨であるが、「おのづから京近きこともあらむに」というのは、院が還幸への一縷の希望を抑えかねていたことを示し、「この国にて朽ち果てぬと聞かば、かの折出家すべし」とは、間近かに迫った命終をすでに予感しているかに思われる。衰残の王者の胸中は千々に乱れ、流謫の恨みは深かった。かつては意気乾昂たりし院の、これが最晩年の心境である。

*

院の崩後、氏王は元服して賀茂氏久と名乗った。そして父能久の配流によって神主となった兄の死後その地位を継ぎ、やがて従三位の高位に叙し、七十八歳の長寿を保った。『新千載集』の「従三位氏久」の作、

大原に住み侍りて、雪のふる日ふるさとへ申しつかはしける

ふりすてて入りにし山の雪みても　跡はいかにと思ひこそやれ　（雑歌上）

題しらず

七十に過ぎにし方をかぞふれば　残る日数のほどぞ少なき　（雑歌下）

は、凡作ながら平穏な老境を偲ばせる。氏久の作は『続古今集』以下代々の勅撰集に三十二首も見

え、歌人と認められていた。『新後撰集』に六首、『玉葉集』には採られず、『続千載集』に八首などというところを見れば、大覚寺統と二条派に密着していたようである。『新千載集』の神祇歌、

雪のふりけるあした、亀山院賀茂社に御幸侍りけるに、前大納言為世（二条）いまだ中将にて御ともに侍りけるもとへ、榊の枝につけて申しおくりける

従三位氏久

年をへてかはらぬ色の榊葉に　つもるみ雪は神ぞうくらん

このよしきこしめして

亀山院御製

今朝も又いのる心の跡みえて　たのみをかくる雪のしらゆふ

には、撰者二条為世と氏久の親交のみでなく、大覚寺統の祖亀山院がその曾祖父後鳥羽院の遺児氏久に寄せた特別な感情がうかがえよう。

氏久の子久世、景久、遠久、経久も、そろって勅撰集の歌人である。(10) いずれも歌人として名を揚げたわけではないが、詩人としての後鳥羽院の資質は孫たちにも伝わったというべきであろう。ここには多くを引かず、ただ、

年の暮れに従三位氏久がもとより文おこせて侍りける返事に　賀茂久世

たらちねの老の数のみいとはれて　わが身をしらぬ年の暮かな

（『新千載集』雑歌上）

という孝心あふれる一首を挙げて、前半生を数奇な運命に弄《もてあそ》ばれた氏王の佳き晩年を祝福しておくことに止める。それは異数の幸運によって帝位を践《ふ》み、天衣無縫の活動をしながら、一転して絶海の孤島に生を閉じた父とは、好対照というも愚かであろう。

注

起の巻

◆その一　棺を蓋いて事定まらず

（1）『尊卑分脈』㈡内麿公孫。「最勝寺上座」とあるから、蹴鞠の場である最勝寺へのたび重なる御幸によって、後鳥羽院との接触があったのかもしれない。

（2）『華頂要略』。

（3）『源家長日記』参照。なお、後追い自殺もしかねない激情は、寵妃に対してだけではなく、寵童の場合にも見られる。建保元年（一二一三）院の母七条院の里方なる坊門家の信清の息、左中将藤原輔平が赤痢のため卒した。院はこれを寵愛すること「楊貴妃の如く」（『玉蘂』建暦二・四・十一）であった。しかも院に従って輔平を見舞ったために感染した右少将藤原親平も、翌日卒したので、院は悲嘆のあまり政務を関白近衛家実に委ねて「籠居」しようとし、諸人が辛うじて諫止した（『大日本史料』建保元・十一・三十）。

（4）水無瀬は摂津国（大阪府）島上郡広瀬村にあり、山城国（京都府）の大山崎村に接し、淀川を隔てて石清水八幡宮の鎮座する男山と相対する。桓武天皇の愛した遊猟の地として史（『日本後紀』）にみえる。元は権臣源通親の別業であったが、院は譲位直後からその風光に魅せられ、通親や長厳僧正が修理・造営を加え、建保四年大洪水の後には水辺より奥へ移築した。「此の前後の土木、惣じて海内の財力を尽す」とは定家の評である（『明月記』建保五・二・八）。崩後、水無瀬に営まれた御影堂のことは、後に詳述するであろう。

(5)『大日本史料』四ノ八。

(6)『源家長日記』。

(7)『新古今集全注釈』。

(8)宮崎道生『折り焚く柴の記釈義』も、これを通説としている。

(9)くわしくは後章に述べるが、延慶本『平家物語』（三十六文学被流罪事）などにも『六代勝事記』を踏まえた叙述に付け加えて、後鳥羽院に流罪に処せられる荒法師文覚が「当今《とうぎん》（後鳥羽院）は御及杖《ぎっちょう》を好ませ給ひければ、文学『及杖冠者《ぎっちょうかじゃ》』とぞ申しける」と謗った説話がある。その源は貴族社会の風評に発したのであろう。

(10)古活字本『承久記』には冒頭に、「御在位十五箇年の間、芸能二を学び給へるに、歌撰の花も開き、文章の実もなりぬべし」、しかるに譲位の後には「いやしき身」「あやしの賤《しず》」の男女を近付かせ、「横しまに武芸を好ませ給ふ」と、ややバランスを取った記述になる。

(11)古伝承の信濃前司行長説をしばらく措き、近代では藤原定経（和田英松『本朝書籍目録考証』）・藤原長兼（高橋貞一『文学』二五ノ三・久保田淳『文学』五三ノ七）・源光行（外村久江『東京学芸大学研究報告』一五集・平田俊春『金沢文庫紀要』一二九号）・藤原隆忠（弓削繁『山口大学教養部紀要』16）・藤原資実（五味文彦『藤原定家の時代』）等がある。偽作説（益田宗『中世の窓』七号）も出たが、従えない。もし源光行のごとく院にも鎌倉にも仕え、乱の渦中にいて危うく斬罪に処せられようとした人物の著述とすれば、その戦中戦後の屈折した心事に強い関心をそそられるが、今は立ち入った考証を試みるに至らなかった。

（12）本文および解説は松林靖明校注『承久記』（新撰日本古典文庫1）参照。

（13）本文および解説は、久保田淳『承久記』（新日本古典文学大系）参照。また杉山次子「慈光寺本承久記成立私考―四部合戦状本として―」（『軍記と語り物』昭和四十五年四月号）・同「慈光寺本承久記をめぐって―鎌倉初期中間層の心情をみる―」（『日本仏教』昭和四十六年八月号）・久保田淳「慈光寺本『承久記』とその周辺」（『文学』四七ノ二）。

（14）『続本朝通鑑』（巻九十）には、「若《も》し頼朝・義時微《なか》りせば、則《すなわ》ち皇統も亦絶えん。蒼生《たみ》手足を措《お》く所無かるべし。皇威既に衰へ、号令を行なふ能《あた》はず。武家の威盛《さか》んに非ずんば、則ち我が邦《くに》恐らくは外国の為に窺《うかが》はれん。然れば則ち頼朝・義時は我邦の桓文《かんぶん》にして、所謂《いわゆる》功の首《しゅ》、罪の魁《かい》なる者か。」という、いかにも覇者徳川氏の立場を間接に擁護した論がある。

（15）『大日本史』巻一六二。
なお安積澹泊の「北条義時伝賛」（『大日本史論賛集』所収）にはさらに激しく、「後鳥羽上皇、驕亢の志を肆《ほしいまま》にし、不善《ふぜん》の政を施し、殆《ほと》んど生霊を塗炭《とたん》に堕《おと》さしむ」と院を非難し、義時の「悖《はい》逆《ぎゃく》の甚だしき、古今未だ有らず」としながらも「今これを叛臣《はんしん》に列せ」ざる理由を、院の「不善の政」に求めている。

（16）『玉鉾百首』は寛政十年（一七九八）本居大平の注釈『玉鉾百首解』の刊行によって流布した。

「阿麻理歌」末には秀吉・家康を讃えた三首があるが、明治三年（一八七〇）の気吹舎版はこれを削除した（中沢伸弘「幕末詠史和歌の展開と国学の影響」〈上〉『国学院雑誌』九七―四参照）。なお子安宣邦著『「宣長問題」とは何か』に対する今谷明書評（『朝日新聞』一九九五年二月十八日）がこの問題に触れている。

(17) 佐野和史「水無瀬神宮三帝神霊還遷の経緯―皇霊奉斎神社創立の一考察―」（『神道宗教』一〇〇号）。

(18) 村上家は後鳥羽院崩御直後の宝治二年（一二四八）守護佐々木泰清が「隠岐国船所沙汰」について「田所《たどころ》義綱（村上）」に宛てた安堵状（『鎌倉遺文』六九六二号）をはじめ多くの古文書を伝え、中世以降「公文・田所」を世襲した。戦国期には毛利氏に属し、近世には大庄屋を勤めるとともに、西廻航路の要津を利して巨富を積んだ。小泉八雲が「助九郎屋敷は今も残っている。長者の子孫が持っているのだが、だいぶ貧乏になっているようであった」（『日本瞥見記』）と書いたのは、むしろ全国長者番付に西小結とされたという（『海士町史』）近世と比べてのことで、同家は現在も健在である。

(19) 田邑二枝『海士町史』八〇九ページ。

(20) 平井呈一訳『小泉八雲全集』。八雲の隠岐行は明治二十三年（一八九〇）夏のことである。

(21) 後述の氏王渡海に関する宸翰の分析など、貴重な業績である。ただし、「おのづからみやこ近きこともあらむに」の一句を解釈して、「都の恋しいといふのは、孤島を去つて自由の天地に入り、再び天下に君臨して武家政治を倒し、天皇政治を布かんとする大御心の御為からであつた」と力説さ

たとえば中村直勝（京都大学）著『天皇と国史の進展』（昭和九年刊）の「第四後鳥羽院」は、

れた辺りは、時潮を反映したいささか過剰な思い込みと言うべきであろう。また、たとえば龍　粛《りようすすむ》（東京大学史料編纂所）著『鎌倉時代の研究』（昭和十九年）は、戦後も復刊されて（『鎌倉時代』上下）、中世政治史の先駆的業績とされたものであるが、復刊の際「後鳥羽天皇を仰ぎ奉りて」「新島守」の二編が削られ、「承久聖挙の遺響」が「承久の変の遺響」と改題の上、文末の「後醍醐天皇の聖慮は承久聖挙の紹述ともいふべきものであった」云々などの小部分が削られた。しかし、内容そのものは、ほとんど改訂されていない。これらによって、学界における体制への対処の一斑を推察することができる。

(22) 氏は昭和四十九年刊行の『海士町史』九五二ページを独力執筆した。

(23) 同書所収「楸邨・隠岐・後鳥羽院」。

◆その二　運命の四の宮

(1) 『皇代紀』。「午時誕生」とある。『本朝皇胤紹運録』十五日とする。

(2) 『尊卑分脈』㈠道隆公孫（坊門）。

(3) 同㈣桓武平氏。

(4) 同㈠信清公伝。

(5) 角田文衛『平家後抄』第四章「治部卿局」。

(6) 延慶本『平家物語』第六本「二宮京え帰入せ給事」に、二宮に比べて「猶ほ四宮の御運の目出く（ママ）渡せ給故とそ時人申ける」とある。

(7) 『公卿補任』建久八年。

(8) 『尊卑分脈』㈡貞嗣卿孫。
(9) 『玉葉』元暦元・九・三。
(10) 『吾妻鏡』文治二・十一・十七。
(11) 角田文衛『平家後抄』第八章「従三位教子」。
(12) 『尊卑分脈』㈡に父は藤原顕憲とみえる。なお母は令子内親王家の「半物《はしたもの》」であった。角田文衛「二位尼時子の母」(『王朝の映像』所収)。
(13) 『大日本史料』四ノ六(正治元・八・二十四)。角田文衛『平家後抄』第一章「平家の生虜たち」。
(14) 『愚管抄』(第五安徳・後鳥羽)に、「この範季は後鳥羽院を養ひ参らせて、践祚の時も、ひとへに沙汰し参らせし人なり」とある。
(15) 『玉葉』寿永二・八・六。
(16) 同寿永二・八・十八。
(17) 同右。
(18) 三浦周行「丹後局と卿局」(『日本史の研究』新輯第二所収)。
(19) 『玉葉』寿永二・八・十八。
(20) 同寿永二・八・十四。
(21) 同寿永二・八・二十。なお『たまきはる』に、八条院女房たちの一喜一憂のさまが記されている。
(22) 本文は中島悦次『愚管抄全註解』による。ただし仮名遣いなど適宜改めること、他に同じ。
(23) 『玉葉』治承二・十二・十、同三・十一・十七、同寿永二・八・二十八。
(24) 『山槐記』治承三・四・十一。

(25)『明月記』元久二・五・十一。
(26)『玉葉』文治元・十一・十四。
(27)『吉記』寿永二・十一・十八。
(28)『玉葉』文治元・十一・二十八。
(29)同文治元・十一・十四。
(30)『本朝皇胤紹運録』。『大日本史料』四ノ十五。
(31)久保田淳『中世文学の世界』。
(32)親王には数子と孫王がいた。『明月記』(寛喜元・九・二十四)に、孫王の異様な消息を伝える記事がある。

◆その三　幼帝と権臣

(1)修復完成記念図録『中世の貴族』。
(2)『大日本史料』四ノ六(建仁元・正・一「小朝拝部類」所引逸文)。
(3)『玉葉』建久二・三・二十八。
(4)通親の日記は散逸して、わずかにその子直方の著『飾抄』に逸文三十余条があるが(橋本義彦『源通親』参照)、もとより対抗すべき史料性はない。
(5)龍粛「村上源氏の使命と通親の業績」(『鎌倉時代』下)。
(6)『玉葉』安元三・六・二十、治承二・二・二十六。
(7)同治承二・正・二十。

(8) 『玉葉』安元三・二・七。
(9) 『尊卑分脈』『公卿補任』は前妻を平通盛(教盛男)の女とするが、その誤りなることは角田文衞氏の考証がある(『平家後抄』第八章)。
(10) 『玉葉』治承三・十一・二十二。
(11) 同治承四・五・二十七。なお『愚管抄』にも、「南都を追討せんとて公卿僉議《せんぎ》行ひけり。隆季・通親など云ふ公卿、一すぢに平禅門《へいぜんもん》(清盛)になりかへりたりければ、さるべき由申しけるを」、兼実が反対したことを記す。
(12) 久保田淳「源通親の文学」(『藤原定家とその時代』所収)。
(13) 『玉葉』寿永二・四・二十六。『二所大神宮例文』。
(14) 『玉葉』寿永二・四・二十六条には、「御願意趣、今年御厄、並近日変異、及追討事等也」とあるが、主目的は「兵革ノ御祈」(『保暦間記』)である。
(15) 『聞書集』。
(16) 高野山文書『宝簡集』二十三。
(17) 拙著『西行の思想史的研究』所収「円位書状の執筆年時について」。なお五味文彦氏はその年時を一年繰り上げられたが(『大仏再建』)頭中将通親は変わらない。
(18) 拙稿「西行に学ぶもの」(『鄙とみやび』所収)。
(19) 角田文衞前掲書第九章。
(20) 龍肅前掲論文は、範子所生の通光が文治三年誕生ゆえ、婚姻は二年以前とする。
(21) 内覧宣旨を受けたのは文治元年十二月二十八日、摂政就任はその翌年である。

(22) 三浦周行「丹後局と卿局」（『日本史の研究』新輯第二所収）。
(23) 『玉葉』建久元・十一・九。
(24) 『大漢和辞典』。『江談抄』に花山天皇の治政を評した語として見え、また『花園院宸記』の後醍醐天皇の初政を評した「淳素」の語も有名であろう。
(25) 『吾妻鏡』文治元・十一・十五。
(26) 杉橋隆夫「鎌倉初期の公武関係―建久年間を中心に―」（『史林』五四ノ六）。
(27) 『玉葉』建久三・二・十八。
(28) たとえば天皇は八歳の時、石清水行幸の帰途、鳥羽殿に朝覲したが、まだ道中「御小便」を洩らしたほどであった（『玉葉』文治三・十一・七）。
(29) 『玉葉』建久三・二・十八。
(30) 同文治四・二・十九。頓死によって兼実夫妻が「神心迷乱」した様は二十日条に詳しい。
(31) 『玉葉』治承二・六・二十三条に、「五条三位入道俊成法名釈阿来、於㆓和歌之道㆒、為㆓長者㆒、（中略）今夜始所㆑来也」とあり、以来九条・御子左両家は父子二代にわたって密着した。
(32) 『井蛙抄』第六雑談。
(33) 『三長記』建久七・十一・二十五。『大日本史料』四ノ五参照。
(34) 名は昇子。のち春華門院（『女院小伝』）。
(35) 赤松俊秀「頼朝とその娘―『愚管抄』の一節―」（『続鎌倉仏教の研究』所収）。
(36) 『吾妻鏡』元暦元・四・二十一、同年四・二十六。
(37) 同元暦元・六・二十七。

(38)『吾妻鏡』文治二・五・十五、建久二・十・十七、同五・七・二十九、同六・十・十五等。

(39)同文治二・四・八、同年・五・二十七。

(40)同建久六・三・二十九。

(41)『玉葉』建久六・四・一。

(42)『愚管抄』第六後鳥羽。

(43)『新編国歌大観』五四四一〜五五一七。

◆その四　十代の太上天皇

(1)『愚管抄』第六後鳥羽。

(2)建久八・九・十(『本朝皇胤紹運録』)。

(3)『玉葉』建久九・正・七。杉橋隆夫「鎌倉初期の公武関係―建久年間を中心に―」(『史林』五四―六)。

(4)これより早く院近臣には情報が伝わっていた。『源家長日記』には、「しはすのほとよりは、としあけなんまゝに、御くらゐゆつりまうさせ給へき事なと御さたあるよしきこゆ」と見える。

(5)現存の『明月記』は治承四年二月五日(定家従五位上侍従)より始まる。

(6)慈円は、「さて帝の外祖にて能円法印現存してありしかば、人もいかにと思ひたりし程に、程もなく病みて死ににき。よき事と世の人思へりけり」と記す。「桑門の外孫」を不満とした摂関家の心情がうかがわれる。能円の入滅は建久十(正治元)年八月である(『明月記』八月二十六日条)。

(7)『玉葉』建久九・正・七。

(8) 拙稿「九条任子・久我在子・高倉重子」(『歴代天皇・歴代皇妃』研秀出版所収)。

(9) 『女院小伝』宜秋門院、「建仁元十十七為レ尼(清浄智、卅)、暦仁元十二廿八御事(六十五)」。

(10) 在子は正治元年十二月十三日に従三位・准三宮に遇された(『女院小伝』)。

(11) 後鳥羽院の乳母範子の死去は正治二年八月四日である(『百練抄』)。

(12) 通親は「承明門院(在子)をぞ、母うせて後は愛し参らせける」(『愚管抄』)。

(13) 正嘉元年(一二五七)七月五日、八十七歳で崩じた(『女院小伝』)。

(14) 仁治三年(一二四二)後嵯峨天皇(土御門皇子邦仁)即位。

(15) 『愚管抄』(第六土御門)は、「院は範季が女(重子)を思し召して三位させて、美福門院の例にも似て有りけるに、王子もあまた出で来たる」と記す。

(16) 『百練抄』正治二・四・十五。

(17) 『女院小伝』「承元元六七准三宮(廿六)同日院号」。

(18) 『大日本史料』四ノ十六(承久三・七・八)。
修明門院は夫(後鳥羽院)と子(順徳院)の流謫の憂き目を見たが、義母七条院に愛されてその遺領を譲られ(『鎌倉遺文』三七七一・三七七二号)、平隠に八十三歳の寿を保った(角田文衞『平家後抄』第十章参照)。

(19) 『大日本史料』四ノ十三(建保三・五・二・十四)後鳥羽院逆修注文。

(20) 修明門院所生は雅成・寛成(尊快)、坊門局は頼仁・礼子(『本朝皇胤紹運録』)。

(21) 『華頂要略』。

(22) 少納言典侍の出自は不詳。

(23) 源信康女所生粛子は、正治二年斎宮となったから(『斎宮記』)、在位の間の生誕であろう。
(24) 『明月記』元久二・二・十一。ただし記事には混乱がある。石所生の凞子は建保二年斎宮に補任された(『本朝皇胤紹運録』『斎宮記』)。
(25) 『三長記』建久九・正・十二。
(26) 渡辺融・桑山浩然『蹴鞠の研究—公家鞠の成立—』。
(27) 『革匊別記』(『大日本史料』四ノ五)。
(28) 『源家長日記』。
(29) 『三長記』建久九・正・二十二。
(30) 『明月記』建久九・正・二十七、同二十八。
(31) 『三長記』建久九・二・六。
(32) 『明月記』建久九・二・十四。
(33) 拙稿「王朝の雪」(『数奇と無常』所収)。
(34) 『三長記』建久九・正・二十。
(35) 『明月記』建久九・二・十五。
(36) 同建久九・二・十九。
(37) 拙稿「平安時代初期における奉献」(『平安文化史論』所収)。
(38) 『三長記』建久九・二・二十。
(39) 『明月記』建久九・二・十九。
(40) 『玉葉』元暦元・三・十六。

(41) 元服後、侍読藤原親経が初めて『五帝本紀』を講じた(『玉葉』建久元・十・二)。また『帝範』寛文版本の式部大輔藤原光範の識語に、「建久三年六月十五日御読畢」とある(坂本太郎「帝範と日本」著作集第四巻所収)。帝十二・十三歳である。こうしたまことに片々たる史料しかないが、後者のごときは『帝範』に関する史上に稀な史料でもあって、後鳥羽院の隠れた一面を知るに足る。

また『明月記』建保元・七・十一条には、『貞観政要』の御進講が毎日行われ今日終了するとの、紀伝道の碩学菅原為長の談話がある。ゆえに院の文事は「文殿の作文」(『猪熊関白記』承元二・十・二十八)など、他にも伝えられない事実が多かったと思われる。『新古今集』完成後は特に詩文への打ち込みがあり、定家も「好文の世已に近きに在るか」などと書いている(『明月記』承元元・十二・二十九)。

(42) 『玉葉』前引。

承の巻

◆その一　和歌への出発

(1) 湯本文彦『平安通志』。

(2) 裏松固禅『大内裏図考証』。

(3) 『玉葉』建久二・三・十四。

(4) 家長はこの花見を「御位去らせ給ひてもみとせの春になりぬ」、つまり正治二年と回想しているが、『寂蓮法師集』では「建仁元年大内花盛に御幸あり」とし、『明日香井和歌集』(注(5)参照)では「正治元年三月十七日、大内南殿花御覧のために御幸」とする。いま諸家(石田吉貞・佐津川修二『家長日記全注解』・樋口芳麻呂『後鳥羽院』等)の説に従う。「みとせ」は「ふたとせ」の記憶違いと見るわけである。

(5)「正治元年三月十七日、大内南殿花御覧のために御幸ありける御ともに、右少弁範光さぶらひけるが、花枝につけて申しおくりける/こころあらば花も昔を思ひいでよ　元のあるじのけふはみゆきぞ/返し/いかばかり花もあはれと思ふらん　昔の春にあふここちして」。

(6) 樋口芳麻呂『後鳥羽院』。

(7)『柿本影供記』(藤原敦光)(『群書類従』和歌部)。

(8) 拙著『百人一首の作者たち』。

(9)『和歌合略目録』(『大日本史料』四ノ六。正治元・十一・七)。記事簡略のため、具体的様相は知られない。

(10)『源家長日記』に、「三条坊門の亭にて人丸の影供せさせ給ひしにも、忍(びて)たび〳〵御幸侍りき。(中略)その影供、和歌所にうつされて月ごとに侍り」。

(11) 和歌森太郎『修験道史研究』、村山修一『山伏の歴史』。

(12) 拙稿「高野浄土と熊野浄土」(『日本古寺美術全集』13)参照。

(13)『中右記』天仁二・十・十八等。

(14)『熊野御幸記』(同記はもと『明月記』の一部)。

(15)『大日本史料』四ノ五(建久九・十・十六)。新城常三『新稿社寺参詣の社会経済史的研究』参照。

(16) 小松茂美編『墨香秘抄』。

(17) 『大日本史料』四ノ六（正治二・十一・三十）。

(18) 同四ノ七（建仁元・十・五）。

(19) 『和歌現在書目録』序に「もゝちのうたは帯刀長春の宮《はる》《みや》にことばの花をつくし」とある。

(20) 『曾禰好忠集』の「百首和歌」に「いでつかふることもなき我が身ひとつ」を嘆いた長文の序がある。

(21) 『三十六人歌仙伝』。

(22) 拙稿「源重之について―摂関期における一王孫の生活と意識―」（『平安文化史論』所収）。

(23) 『大日本史料』四ノ六。正治二・八月・是月条の交名による。

(24) 『明月記』正治二・七・二十六。

(25) 井上宗雄・松野陽一「正治二年俊成卿和字奏状」（『和歌文学研究』一五号）。

(26) 『明月記』正治二・八・二十六。

(27) 藤平春男（『新古今歌風の形成』）、有吉保（『新古今和歌集の研究』）は後鳥羽院に関して大きな学恩を受けた先学であるが、なおこのような用語が間々見られた。史料批判のいかに必要かを指摘するための非礼として、寛恕を請う。

(28) 『源家長日記』に具体的な記事がある。

(29) 『公卿補任』建久九年。

(30) 『玉葉』正治二・二・十八。

(31) 『明月記』正治二・二・九。

（32）『大日本史料』建仁二・十・二十一。

（33）「世の中の御後見《うしろみ》また肩を並ぶる人もなきに、院中はさらにもいはず、民百姓に至るまで、いはけなき子の母を失へるがごとく、世の中の騒ぎにて泣き迷ひあへり」（『源家長日記』）。

（34）「頓死の体なり。不可思議の事と人も思へりけり。」（『愚管抄』第六土御門）。

（35）おなじころ（注、「高倉院かくれさせ給ひにける春」）、花の散るを見てよみ侍りける

土御門内大臣

散り残る花だにあるを君がなど　この春ばかりとまらざりけむ

（『玉葉集』雑四）

（36）久我内大臣（雅通）春のころうせて侍りける年の秋、土御門内大臣中将に侍りける時、つかはしける

殷富門院大輔

秋ふかき寝覚めにいかが思ひいづる　はかなく見えし春の夜の夢

返し

土御門内大臣

見し夢を忘るる時はなけれども　秋の寝覚めはげにぞかなしき

（『新古今集』哀傷）

（37）たとえば、

おもふ事侍りけるころ、月のいみじくあかく侍りける夜よみ侍りける

久我内大臣

かくばかりうき世の中の思ひ出に　見よとも澄める夜半の月かな

（『千載集』雑上）

にも、本歌とおぼしき三条院の「心にもあらでうき世にながらへば　恋しかるべき夜半の月かな」を彷彿させる境涯がうかがわれる。

◆その二 『新古今集』成る

(1)『明月記』建仁元・十一・三。
(2)『砂巌』(宮内庁書陵部蔵)に為家の言として伝える。
(3)『大日本史料』四ノ七(建仁二・七・二十)。
(4)たとえば『日本古典文学大辞典』。
(5)『明月記』正治二・十・一。
(6)『明月記』活字本に「故今夜可被召老者」とあるのは、「不」の誤りと解す。
(7)『明月記』建仁元・三・二十八および二十九。
(8)『増鏡』(おどろの下)が、「卑下せさせ給ひて、判の詞をば記されず」と記したのは、真面目過ぎる解釈であろう。
(9)拙著『百人一首の作者たち』(六章)参照。
(10)通親・寂蓮・釈阿が死に、藤原隆信・賀茂長明・藤原秀能が加わった。
(11)『明月記』建仁元・七・二十六および二十七。『源家長日記』。
(12)太田静六『寝殿造の研究』第六章第二節「後鳥羽上皇の院宮」。
(13)拙稿「道長をめぐる能書」(『貴族社会と古典文化』所収)。
(14)和田英松「和歌所の沿革」(『国史説苑』所収)。
(15)『大日本史料』一ノ九(天暦五・十・三十)。
(16)『明月記』(建仁元・八・七)に、院が良経に『後撰集』『拾遺集』から百首を選び進めさせた事が見える。
(17) 小島吉雄「新古今和歌集の御撰集精神について」(『新古今和歌集の研究』続篇所収)。
(18)『明月記』建仁元・八・五。
(19)『源家長日記全注解』所収「源家長小伝」参照。
(20)『侍中群要』第七。
(21) 田中喜美春「新古今集の命名」下(『国語と国文学』四八―二)。
(22)『明月記』元久元・九・二十四。
(23) 同元久元・十一・九。
(24)『日本三代実録』仁和元・十二・十八。拙稿「僧侶および歌人としての遍照」(『平安文化史論』所収)。
(25)『大日本史料』四ノ七(建仁三・十一・二十三)。
(26)『明月記』建仁三・八・六。
(27) 同建仁三・十・二十六、同年十一・二十二。
(28)「日本紀竟宴和歌」(『群書類従』和歌部)。
(29)『明月記』元久二・三・二十二。
(30) 同元久二・三・二十七。
(31)『新古今和歌集竟宴倭歌』。なおその後、後鳥羽院を敬慕する後嵯峨院は『続古今集』の竟宴を行なった。
(32) 上横手雅敬氏も、後鳥羽院の勅撰の場合は「和歌は政治的文芸なのである」と論じている(「後鳥羽上皇の政治と文学」『古代・中世の政治と文化』所収)。

◆その三　秀歌と秘曲

(1) 延喜十三年(九一三)三月十三日の「亭子院歌合」の作が最後と見られる。春上・下の詞書によって、当時もその事は明らかであった。
(2) 『明月記』元久二・三・二十八。
(3) 同元久二・八・二。
(4) 同承元元・十一・八。
(5) 『大日本史料』四ノ八(元久二・六・十五)。
(6) 佐々木利三「水無瀬の底園について」(魚澄先生古稀記念『国史学論叢』所収)。
(7) 『玉葉』『明月記』(正治二・正・十二)。
(8) 『新古今集』巻四秋上(三六一〜三六三)。
(9) 「最勝四天王院障子和歌」(『大日本史料』四ノ九。承元元・十一・二十七)。なお有吉保『新古今和歌集の研究』第一編第四章・吉野朋美「『最勝四天王院障子和歌』について」(『国語と国文学』七三—四)参照。
(10) 『大日本史料』四ノ十(承元二・七・十九)。
(11) もっとも院の方針にもかかわらず「国々の民百姓も、をのがじしの田畠も打ちすてて、ただこの御堂のいとなみに上り集りて」作事が行われ(『家長日記』)、一般に小規模化しつつあった寝殿造邸宅の中では最大級だったようである。太田静六『寝殿造の研究』第六章第二節「後鳥羽上皇の院宮」参照。
(12) 杉山信三『院家建築の研究』第一編第四章「白河御堂」。
(13) 『明月記』承元元・四・二十一。
(14) 同承元元・九・二十四、同年十・二十四。
(15) 家永三郎『上代倭絵全史』。
(16) 角川源義「歌枕考―季題の成立―」(『角川源義全集』第二巻所収)。拙著『漂泊―日本思想史の底流』第六章「歌枕見テマイレ」。
(17) 『公卿補任』長寛元年。
(18) 『無明抄』(鴨長明)に、範兼家の歌会の優なる様を語った俊恵の言葉を伝えている。
(19) 『日本古典文学大辞典』(滝沢貞夫氏執筆)。
(20) 『後鳥羽院御集』に「三月」とあるは誤り。『大日本史料』四ノ十(承元二・五・二十九)参照。
(21) 『日本古典文学大辞典』。
(22) 小島吉雄『新古今和歌集の研究』続編第五章。
(23) 丸谷才一『後鳥羽院』「宮廷文化と政治と文学」。
(24) 『御遊抄』(建久八・四・二十二)。笛の師は「右衛門督実教」とある。
(25) 『日本三代実録』貞観九・十・四。
(26) 『大日本史料』四ノ八(元久二・正・十六)。
(27) 『源家長日記』。
(28) 『大日本史料』四ノ八(元久二・二月是月)。

(29)『大日本史料』四ノ八(元久二・六・十八)。
(30)『教訓抄』。
(31)『今鏡』(五「ふじなみ」中)。拙稿「日記に見る悪左府頼長」(『古人への存問』所収)。
(32)定輔の入滅を聞き、定家は「本性為レ事ニ讒言ニ」と酷評し、他は「可レ憐々々」と惜しむなど(『民経記』安貞元・七・九)、世評は区々である。
(33)岩佐美代子校注『文机談』。
(34)『大日本史料』四ノ十五(承久二・三・一)所収。なお同書を『群書類従』(管弦部)本は「順徳院琵琶合」と題するが、誤りである(岩橋小弥太『群書解題』参照)。
(35)『大日本史料』四ノ十二(建保元・十・十三)。
(36)『新後拾遺集』(巻十六雑上)に、

後鳥羽院の御時、和歌所に候ふべきよし仰せられければ　　鴨長明

沈みにき今さら和歌の浦波に　寄らばや寄せんあまの捨舟

(37)『源家長日記』。
(38)『源家長日記』に、その折勅命によって家長が長明と交した贈答や、長明の琵琶へのなお尽きぬ執念を記している。
(39)『後鳥羽院御口伝』。
(40)西行はすでに陸奥への旅に出ていて会えなかったようである。長明の旅吟は散逸したが、『夫木和歌抄』(巻二十三)などに逸文があり、名所神島を詠んだ一首には、「此の歌は、伊勢記云《にいう》、西行法師住み侍りける安養山《あんようざん》といふ所に、人歌よみ連歌などし侍りし時、海辺落葉と云ふことをよめ

ると云々」の注が見える。「安養山」は西行の草庵の所在地である（拙著『西行の思想史的研究』参照）。

◆その四　狂連歌と院近臣

（1）『明月記』建永元・八・十および十一。
（2）島津忠夫『連歌史の研究』に、この狂連歌について、「実は短連歌以来の俳諧性を受けつぐものであり、この有心無心同座に見られる異常なまでの狂燥な雰囲気こそ、連歌といふ文芸につきまとふ本来の性格であったといへよう。」とある。
（3）拙著『紀貫之』。
（4）『明月記』建暦二・十・十、同年・十二・九。
（5）『看聞御記』応永三十一・二・二十九所引（『史料大成』歴代宸記）。
（6）『明月記』正治二・九・二十条は「百韻」の語の初出とされる。金子金治郎『菟玖波集の研究』第二章「公家連歌の隆盛」その他参照。
（7）『明月記』建保五・四・十四。
（8）橋本義彦「院政政権の一考察」（『平安貴族社会の研究』所収）。
（9）拙著『紀貫之』。
（10）橋本義彦「勧修寺流藤原氏の形成とその性格」（前掲書所収）、河野房雄『平安末期政治史』第一章「京方張本公卿の家系」。
（11）和歌所設置の沙汰も、長房の奉書をもって伝えられた（『大日本史料』四ノ七。建仁元・七・二十七）。
(12)『玉葉』文治五・正・十六。
(13) 拙稿「後鳥羽院と竟宴」（『新編日本古典文学全集』月報14所収）。
(14)『公卿補任』承元三年。
(15)『法然上人行状絵図』四十。
(16)『大日本史料』五ノ五（寛喜二・閏正・十）。
(17) 拙稿「末代末法と浄土信仰」（『数奇と無常』所収）。
(18)『大日本史料』四ノ十二（建保元・二・三）。
(19) 竹村俊則『新撰京都名所図会』。
(20)『大日本史料』五ノ十六（寛元元・正・十六）。
(21) 同五ノ一（承久三・七・十二）所収「左大史小槻季継記」。
(22) 出羽前司清房入道清寂渡海については、結の巻に述べる。
(23)『吾妻鏡』承久三・七・十二。
(24)『慈光寺本承久記』。
(25)『吾妻鏡』承久三・七・十二。
(26) 宗頼は典侍高倉兼子（卿二位）と結婚し、院の幸人となった（『明月記』正治元・七・十五）。五味文彦「卿二位と尼二位—女人入眼—」（『お茶の水女子大学女性文化資料館報』第六号）参照。
(27) 金子金治郎『菟玖波集の研究』第二章前掲。
(28)『公卿補任』。

(29)「左大史小槻季継記」(前掲)。

◆その五　鞠を蹴り武技を練り

(1)三浦周行「丹後局と卿局」(『日本史の研究』新輯第二)。
(2)五味文彦「卿二位と尼二位—女人入眼—」(『お茶の水女子大学女性文化資料館報』第六号)。
(3)『三長記』承元二・七・十九。
(4)『大日本史料』四ノ十(承元二・四・十三)。
(5)『尊卑分脈』㈠師実公孫。
(6)『承元御鞠記』所載賀表。
(7)渡辺融・桑山浩然『蹴鞠の研究』(第一部「公家鞠の成立」)。
(8)堀部正二「西行と蹴鞠」(『中古日本文学の研究』)。
(9)拙著『西行の思想史的研究』(第五章「山里と修行」)。
(10)『今鏡』(雁がね)。
(11)『群書類従』(蹴鞠部)・『群書解題』(岩橋小弥太執筆)。
(12)『古今著聞集』(巻十二)にも入る。
(13)堀部正二前掲書。
(14)両者の家集には見えないのは遺憾である。
(15)『革匊要略集』四(『蹴鞠の研究』所収)。
(16)『吾妻鏡』文治二・正・七、同年・五・九、同五・三・二十等。

(17) 拙稿「鎌倉幕府草創期の吏僚について」(『貴族社会と古典文化』所収)。
(18) 『尊卑分脈』。
(19) 『吾妻鏡』建久四・五・十六、同二十二。
(20) 同建仁元・九・二十。これより先、広元の仲介で院側近の鞠足紀行景が師範として下向した。
(21) 同建仁三・七・十八、同二十七。
(22) 『革匊別記』(雅経著、『蹴鞠の研究』所収)。
(23) 雅経はこの行事を、信実絵、菅原為長詞の絵巻にした。絵は現在しないが、『承元御鞠記』はその詞書と思われる。
(24) 六勝寺の一、鳥羽上皇御願寺。毎月一日の「旬鞠」の場。
(25) 後鳥羽院が各所の泉をことに愛したことは、太田静六『寝殿造の研究』(第七章)に詳しい。
(26) 長者鞠会についても、「風流過差(中略)言語の及ぶ所に非ず。興に入る輩、定めて委《くわ》しく注《しる》すか」と冷淡に記すのみ(承元二・四・十三)。
(27) 『蹴鞠の研究』所収。
(28) 鴨長明を実朝に吹挙し(『吾妻鏡』建暦元・十・十三)、定家が実朝に『万葉集』を贈る仲介もしている。後章に触れる。
(29) 『大日本史料』四ノ十五(承久三・三・十一)。
(30) 『女院小伝』(東一条院)。
(31) 拙稿「平安時代初期における奉献」(『平安文化史論』所収)参照。
(32) 『明月記』建仁元・七・二、元久二・五・二十八。

(33)『明月記』建仁二・五・四。
(34)同元久二・閏七・六。
(35)拙稿「平安時代初期における奉献」(前掲)。
(36)『明月記』建仁二・七・二十二、同元久元・七・十四、同建永元・六・二等。
(37)同元久元・七・十四。
(38)同建永元・七・三。
(39)拙稿「平安時代初期における奉献」(前掲)。
(40)鈴木敬三編『有識故実大辞典』。
(41)『愚管抄』第六に、「頼朝が猶子と聞ゆる此の友正(朝政・朝雅)をば京へ上せて、院に参らせて、御笠懸の折も参りなんどしてつかはせけり。」とする。『尊卑分脈』参照。
(42)『明月記』承元元・正・三十。
(43)『後鳥羽院宸記』(『増補史料大成』)建保二・四・四。
(44)『明月記』建保元・二・二。
(45)『後鳥羽院宸記』建保二・四・三。
(46)『明月記』建保元・五・十六。
(47)石田吉貞「藤原為家の生涯」「藤原為家の人物」(『新古今世界と中世文学』下)。
(48)『蹴鞠の研究』。
(49)『明月記』建永元・八・十条に、鳥羽の城南寺の「御覧御太刀」とあるくらいである。
(50)多賀宗隼「菊作御作の史料」(『中世文化史』上)。豊田武『中世日本商業史の研究』(著作集3)。

(51) 巻十二偸盗第十九。
(52) 『明月記』建永元・九・十三。

◆その六　習礼と歌論

(1) 竹内理三「口伝と教命」(『律令制と貴族政権』所収)。
(2) 『禁秘抄』(清涼殿)に、「日記御厨子二脚　近代不ㇾ納二代御記、只雑文書等及女嬬坏指油、不可説次第也」という慨嘆がある。
(3) 『玉蘂』建暦元・五・十五、および十六。
(4) 『明月記』建暦元・七・十。
(5) 『大日本史料』四ノ十一(建暦元・七・二十)。
(6) 『明月記』建暦元・七・二十〜二十六。
(7) 『古今著聞集』公事第四「後鳥羽院、内弁の作法を習ひ給ふ事」。
(8) 『明月記』建暦元・九・二十五。
(9) 以下、官職・年齢は『公卿補任』建暦元年現在による。
(10) 『明月記』建暦元・八・六。
(11) 『古今著聞集』公事第四「後鳥羽院白馬節会習礼の事」。
(12) 同「天慶五年蓄客の戯れの例に依りて、順徳院御位の時、賭弓を御真似の事」。
(13) 『禁秘抄』(近習事)に、「又重長常候」と特記されている。
(14) 山中裕『平安朝の年中行事』。拙稿「平安時代初期における奉献」(『平安文化史論』所収)。

(15)『玉蘂』承久二・四・二。
(16)『群書類従』雑部。
(17)和田英松『皇室御撰之研究』。
(18)『世俗浅深秘抄』上第五項。
(19)同下第一一八項。
(20)同上第二四項。
(21)『明月記』建暦元・八・六。
(22)『禁秘抄考註』（故実叢書）。『図書寮典籍解題』。
(23)『紫禁和歌草』（『私家集大成』中世Ⅱ）。
(24)和田氏前掲書。
(25)『順徳院御記』（『増補史料大成』歴代宸記所収）建保四・六・九。
(26)「仁治元年十二月八日、於二大原山西林院普賢堂一、以二教念上人所持宸筆本一書二写之一畢、頗有二由来一、尤可レ為二珍宝一之。／件の教念上人は、彼院に遠所までつきまいらせて、いまはの御時まで候ける人とかや、かやうの物ども、みなやきすてられける中に、あまりおしくおぼえて、一巻ぬすみ書レ之」。右の奥書の後半の仮名文は、前段（仁治元年）よりもさらに後年の付加と見られよう。
(27)田中裕「『後鳥羽院御口伝』の執筆時期」（『後鳥羽院と定家研究』所収）。
(28)『明月記』建保三・十一・六。『順徳院御記』建保六・九・十三。
(29)『拾遺愚草』下雑。
(30)拙稿「道真和歌の虚実」（『貴族社会と古典文化』所収）。

(31)『順徳院御記』承久二・二・十三。
(32)同承久二・八・十五。
(33)同承久三・二・二十二。

転の巻

◆その一　北条殿か北条丸か

(1)八代国治『吾妻鏡の研究』。
(2)『吾妻鏡』治承四・四・二十七。
(3)同正治二・四・九、正治二・十・二十一以下。
(4)同文治元・十一・二十八。
(5)『玉葉』文治元・十一・二十八。
(6)同文治二・三・二十四。
(7)『吾妻鏡』文治二・二・二十五。
(8)『猪熊関白記』正治元・正・十八。『明月記』正治元・正・二十。『愚管抄』(第六後鳥羽)。
(9)『吾妻鏡』巻十五は建久六年(一一九五)十二月末に終り、第十六は正治元年(一一九九)二月六日に始まる。
(10)『吾妻鏡』建暦二・二・二十八。

(11) 慈光寺本『承久記』。
(12) 『保暦間記』。
(13) 石井進『鎌倉幕府』(『日本の歴史』7)。
(14) 角田文衞『平家後抄』第九章。なお、同氏「源家将軍三代の死」(『王朝史の軌跡』所収)はさらに詳しい。
(15) 『吾妻鏡』建久六・六・二十八、同七・四。
(16) 同元暦元・六・十六。
(17) 同元久二・六・二十三。
(18) 『大日本史料』四ノ六(正治元・正・二十)。
(19) 『吾妻鏡』正治元・二・六。
(20) たとえば『吾妻鏡』(正治元・四・十二)に見える、頼家の諸訴論直断停止など。
(21) 『北条九代記』はさらに歪みを増幅した。
(22) 龍肅「源頼家伝の批判」(『鎌倉時代』上所収)。
(23) 『吾妻鏡』建仁三・八・二十七。
(24) 同建仁三・九・二。なお、『大日本史料』四ノ七(建仁三・八・二十七〜九・二十九)参照。
(25) 渡辺世祐・八代国治『武蔵武士』下(第七章比企藤四郎能員)。
(26) 龍肅「執権政治の建設者尼将軍政子」(『鎌倉時代』上所収)
(27) 渡辺・八代前掲書。
(28) 『吾妻鏡』建仁三・九・七、同九・二十一。

(29)『猪熊関白記』建仁三・九・七、同九・三十。
(30)同右。『大日本史料』四ノ七(建仁三・九・七)参照。
(31)渡辺融・桑山浩然『蹴鞠の研究』。
(32)『大日本史料』四ノ八(元久元・七・十八)。
(33)『吾妻鏡』元久元・七・十九。
(34)同文治元・十・二十四。『愚管抄』(第六順徳)。
(35)『吾妻鏡』建仁三・九・十〜十五。
(36)『尊卑分脈』(三)清和源氏。
(37)『吾妻鏡』建仁三・十・三、同元久元・五・十。
(38)同元久元・十一・二十、元久二・六・二十一。
(39)『大日本史料』四ノ八(元久二・六・二十二)。貫達人『畠山重忠』、安田元久『北条義時』参照。
(40)『大日本史料』四ノ八(元久二・閏七・十九)。
(41)『明月記』(元久二・閏七・二十六)には、朝政を討つ軍勢を「官軍」と呼んで、戦況を詳細に述べている。
(42)『大日本史料』四ノ八(元久二・閏七・二十六)。
(43)『明月記』元久二・閏七・二十六。
(44)『吾妻鏡』建保三・正・八。
(45)同元久二・八・十六。
(46)『明月記』安貞元・正・二十三。

(47)『吾妻鏡』文治五・六・六。
(48)同正治二・正・十三。
(49)久野健「運慶の銘札」(『歴史の花かご』上所収)。

◆その二　はこやの山の影

(1)「定家所伝本」、以下同じ。
(2)『明月記』元久元・十二、十。
(3)『吾妻鏡』元久二・八・四。
(4)同建保元・九・二十六。
(5)蹴鞠については、龍肅「源実朝の公家崇敬」(『鎌倉時代』上所収)も言及している。
(6)龍前掲論文など諸家は、早熟な実朝が意中の女性を選んだとしているが、従いがたい。
(7)『吾妻鏡』元久二・四・十二。
(8)同承元三・八・十三。
(9)『明月記』建仁二・三・九、同年・三・十一。
(10)同建仁二・八・八。
(11)同建保元・正・十三。
(12)『吾妻鏡』元久二・九・二。
(13)『吾妻鏡』承元三・七・五、同年・八・十三。
(14)『群書解題』(「近代秀歌」)。

(15)『吾妻鏡』建保元・十一・二十三。
(16)同右。
(17)同建暦元・十・十三。
(18)同建保二・八・二十九。
(19)『明月記』建保二・八・二十七。
(20)『玉葉集』の詞書には「建保元年八月撰歌合に」とあるが、『後鳥羽院御集』に建保二年八月撰歌合の作として収められた「秋十首」がそれであろう。
(21)『尊卑分脈』(二)藤成孫。
(22)小島吉雄「藤原秀能とその歌」(『新古今和歌集の研究』続編所収)。
(23)『新編国歌大観』歌合編。
(24)『吾妻鏡』建保三・七・六。
(25)『承元御鞠記』。
(26)『吾妻鏡』承元二・四・二十七。
(27)渡辺融・渡辺正男・桑山浩然「内外三時抄」(桑山浩然『蹴鞠技術変遷の研究』所収)。
(28)『吾妻鏡』建保二・二・十。
(29)志村士郎「定家所伝本成立年次考」(『東国文学圏の研究』所収)。
(30)『吾妻鏡』建保元・十・三。
(31)吉本隆明『源実朝』。
(32)『公卿補任』建保四年。

(33)『吾妻鏡』建保四・九・十八。
(34)同建保四・九・二十。
(35)同建保四・六・八、同四・六・十五、同四・十一・二十四、同五・四・十七。
(36)拙稿「日本脱出の夢」(『漂泊—日本思想史の底流—』所収)。
(37)『愚管抄』(第六順徳)。
(38)『吾妻鏡』建保六・四・二十九。
(39)『明月記』建久九・正・六。『吾妻鏡』元久元・正・十二。
(40)『明月記』建保元・八・十、同天福元・八・三十。
(41)『愚管抄』(第六順徳)。
(42)同右。
(43)『万葉集』巻十九(四二九二左注)。

◆その三　治天の君の苦悩

(1)『吾妻鏡』。『愚管抄』(第六順徳)。
(2)『大日本史料』四ノ十五(承久元・二・六)。
(3)『吾妻鏡』承久元・二・二十。
(4)『大日本史料』四ノ五(建久八・十・十三)。
(5)毀ち渡した時日を『百練抄』は承久元年七月十九日に係けるが、『門葉記』には承久二年十月四日と見える。『大日本史料』(四ノ十五)は前者を採ったが、後者に従いたい。

(6)『吾妻鏡』承久元・正・二十八。『愚管抄』(第六順徳)には、「郎従出家する者七八十人」とある。
(7)『吾妻鏡』承久元・正・二十七。
(8)永井路子『つわものの賦』。
(9)『吾妻鏡』建保元・五・二。
(10)『古今著聞集』闘諍第二十四「千葉介胤綱三浦介義村を罵り返す事」。
(11)石井進『鎌倉幕府』(『日本の歴史』7)など。
(12)『吾妻鏡』承久元・二・十三。
(13)『愚管抄』(第六順徳)。
(14)同右。
(15)『吾妻鏡』同日条。
(16)平岡豊「後鳥羽院上北面について」(『国史学』一三〇号)。
(17)『明月記』元久二・五・四。
(18)同建暦元・十・二十一。
(19)『吾妻鏡』承久元・三・九。
(20)『荘園志料』『国史大辞典』(倉橋荘)。
(21)『鎌倉遺文』二七五四号(尊長所領譲状案)。
(22)『吾妻鏡』承久元・三・十二。
(23)これより先、京の治安維持のために、幕府は二月十四日伊賀光季を(さらに同二十九日大江親広)上洛させていた。千騎は一に「京都警固」の増員ではなくて示威の目的である。

(24)『愚管抄』(第六順徳)。
(25)『吾妻鏡』承久元・七・十九。
(26)『愚管抄』(第六順徳)。
(27)『吾妻鏡』承久元・七・十九。
(28)『大日本史料』四ノ十五(承久元・七・八)。
(29)多賀宗隼『源頼政』。『源三位頼政卿集』。
(30)『百練抄』承久元・七・十三。『吾妻鏡』承久元・七・二十五。
(31)『古今著聞集』草木第二十九(南殿の梅は〈中略〉度々焼亡の事)。
(32)『六代勝事記』。『吾妻鏡』承久元・七・二十五。
(33)『吾妻鏡』建保元・五・二。
(34)『愚管抄』(第六順徳)。
(35)『大日本史料』四ノ十五(承久元・閏二・十六)。
(36)同四ノ十五(承久元・八・十六)。
(37)『吾妻鏡』承久元・八・二十六。
(38)『大日本史料』四ノ十五(承久元・八・十六)。
(39)同四ノ十五(承久元・十・十六)。
(40)『吾妻鏡』正治二・正・二十。

◆その四　内裏再建の強行と抵抗

（1）起の巻その一参照。
（2）平野邦雄編『古代を考える　邪馬台国』参照。
（3）転の巻その一参照。
（4）『大日本古記録』民経記。
（5）『鎌倉遺文』古文書編第四巻。ただし竹内氏（序）もこの文書群に格別の考慮を促してはおられない。
（6）『大日本史料』。
（7）『平安通志』大内裏沿革。
（8）転の巻その三参照。
（9）『百練抄』承久元・十一・十九。
（10）『玉蘂』同日条。
（11）『鎌倉遺文』二六三二号（上総国雑掌調成安申状）、二六六四号（壱岐嶋公田押領注進状）。
（12）同二六三二号。
（13）同右。
（14）『大日本史料』承久二・十・十八。
（15）『玉蘂』承久二・十一・八。
（16）多賀宗隼『慈圓の研究』第一部第二十一章後鳥羽院政(三)、第二十二章霊告。

(17)『大日本史料』承久二年是歳所収。
(18)多賀宗隼『慈圓の研究』第一部第二十五章愚管抄。
(19)村岡典嗣「愚管抄考」(『増訂日本思想史研究』)。
(20)「今、神武以後延喜天暦まで下りつつこの世を思ひつづくるに」ともいう(第七)。
(21)年来院の近習として仕えた公経が大将を望んで叶わなかった時、実朝を頼って関東に訴えようと口走って逆鱗にふれた逸話は、『愚管抄』(第六順徳)に見える。
(22)『百練抄』。
(23)胤義が兄と不和のため上洛したものか、または実には院の召しによったのか、事の真相は複雑で、今後の精考を待ちたい。
(24)拙稿「山田重忠とその一族」(『貴族社会と古典文化』所収)。
(25)『承久記』の文そのものに唱導の影響が含まれていることも当然考慮に入れるべきであろう。
(26)源義朝が保元の乱の際、「私ノ合戦ニハ、朝威ヲ怖レテ思様ニモ振舞ハズ、今、宣旨ヲ蒙テ、朝敵ヲ平ゲ、賞ニ預ラン事、是家ノ面目ナリ(中略)ト悦ビケル」ことは『保元物語』の描いたとおりであろう。
(27)拙稿「鎌倉幕府草創期の吏僚について」(『貴族社会と古典文化』所収)。ちなみにこの時の幕引役大江広元の子孫毛利氏(長州藩)が七百年後に武家政権の幕引役を演じたのは、奇妙な因果関係である。
(28)慈光寺本『承久記』下の冒頭。

◆その五　敗者の運命

（1）『大日本史料』四ノ十六（承久三・六・八）。なお『承久記』（慈光寺本）は諸本のうち最も成立が早いとみられるので、以下の叙述は基本的にはこれに従う。ただし同書でも、幕府勢上洛の示威を見せつけられた押松が六月一日帰洛し、そのみじめな姿に院の御前で一同が顔色を失ったさまが活写されているが、院方前線の藤原秀澄から幕府軍上洛の第一報が届いたのはこれより先五月二十六日であるから、慈光寺本にも軍記物特有の脚色がある。史料として用いる際考慮すべきである。

（2）『大日本史料』四ノ十六（承久三・六・十）。

（3）『承久三年四年日次記』（『大日本史料』承久三・六・十五所収による）。

（4）拙稿「山田重忠とその一族」（『貴族社会と古典文化』所収）参照。

（5）『承久三年四年日次記』（『大日本史料』承久三・六・十九所収）。

（6）『大日本史料』承久三・六・二十四。

（7）『承久記』（慈光寺本）。

（8）『吾妻鏡』承久三・七・二。

（9）拙著『西行の思想史的研究』参照。

（10）『尊卑分脈』。

（11）庭山積「『海道記』と源光行」（『文学・語学』43号）。

（12）新日本古典文学大系『中世日記紀行集』による。

（13）『承久記』（慈光寺本）は光親の斬刑を浮島原とし、また道を逸れた甲斐路の加古坂とする説も生じた。『海道記』に従うべきであろう。
(14)『後鳥羽院宸記』建暦二年残欠などに、その一端がかいまみられよう。
(15)起の巻その三。
(16)「三宝院文書」(『大日本史料』四ノ十六)承久三・七・八所収。
(17)現存の僧体の御影との比較は、是沢恭三「後鳥羽天皇の御画像」(『後鳥羽上皇と隠岐島』所収)参照。
(18)『遠島御百首』『増鏡』。

結の巻

◆その一　『遠島御百首』の世界

(1)『海士町史』。
(2)昭和六十三年六月。
(3)井上寛司「隠岐国守護職考—鎌倉期隠岐社会の一側面—」(『島前の文化財』第一〇号)。
(4)田村柳壱『後鳥羽院とその周辺』。
(5)小原幹雄『遠島御百首注釈』。
(6)それは近時網野善彦氏らによって進められつつある、中世庶民の多様な生態への新見解にも好個の史料となりうるものであろう。

(7) 臼井吉見・山本健吉両氏による『日本詩人選』の編集企画は、近代のこの弊を是正する意図であったと思われる。
(8) 『大日本史料』五ノ一参照。
(9) 同右。
(10) 『吾妻鏡』元仁元・六・十三。
(11) 『保暦間記』等。
(12) 安田元久『北条義時』。
(13) 『大日本史料』元仁元・六・二十七。
(14) 同元仁元・七・三。
(15) 永井晋「伊賀氏事件の基礎的考察」(『国史学』第一六三号)などもあるが、通説もなお傾聴すべきであろう。
(16) 『後鳥羽院御集』詠五百首。

◆その二　人それぞれの戦後

(1) 『吾妻鏡』嘉禄元・七・十一。前漢の呂后、神功皇后に比している。
(2) 同嘉禄元・六・十。「日頃痢病を煩う」。
(3) 同嘉禄二・正・十。
(4) 同安貞元・六・十八。
(5) 同寛喜二・六・十八、同・八・四。

(6)『吾妻鏡』寛喜二・六・十六、同・七・十六。
(7)『百練抄』寛喜三・六・十七。
(8)『明月記』寛喜三・七・二。
(9)同寛喜二・十・十六。
(10)『吾妻鏡』寛喜三・三・十九。
(11)御成敗式目附載北条泰時消息(『日本思想大系』中世政治社会思想上)。
(12)田渕句美子「隠岐の後鳥羽院—都との交差」(『明月記研究』第三号)。
(13)『明月記』嘉禄二・三・二十八。
(14)『尊卑分脈』。
(15)『明月記』嘉禄二・四・十八。
(16)多賀宗隼『慈圓の研究』参照。
(17)龍粛「西園寺家の興隆とその財力」(『鎌倉時代』下)。
(18)『明月記』寛喜二・十・十三。
(19)同寛喜三・九・十六。
(20)同寛喜二・閏正・十四。
(21)藤原道家願文案(『鎌倉遺文』二七二九号)。
(22)『明月記』寛喜二・七・六。
(23)同文暦元・八・七。
(24)『百練抄』文暦元・十一・九。

(25)「もののふの八十宇治川《やそうじがわ》の網代木《あじろぎ》に　いさよふ波の行方知らずも」の古歌をふまえての仇名。
(26) 樋口芳麻呂校注『王朝秀歌選』所収初撰本。
(27)『明月記』天福元・十・十一。
(28) 同天福元・十二・二十七。
(29) 同嘉禎元・正・十二。
(30) 同嘉禎元・四・十六。
(31) 同嘉禎元・四・六。
(32) 同嘉禎元・五・三。
(33) 同嘉禎元・五・十四。

◆その三　歌道・仏道三昧の晩年

(1) 細川幽斎『百人一首幽斎抄』。
(2) 樋口芳麻呂「時代不同歌合攷」（『国語と国文学』三三―八）。
(3)『王朝秀歌選』。
(4)『大日本史料』嘉禎二・七是月。
(5) 基家は三十六人撰の真影を信実に描かせ隠岐に進めたかとされ、後鳥羽院との関係は密接であったと思われる（『明月記』天福元・八・十二）。
(6) 同名が多いが内麿公孫忠綱男長綱と思われる（『尊卑分脈』）。
(7) 後藤重郎『新古今和歌集の基礎的研究』第八章「隠岐本」の第一節「隠岐本・同研究史概説」。

三矢重松・折口信夫・武田祐吉校訂『隠岐本新古今和歌集』。

（8）後鳥羽院は聖覚に、一念多念の義について尋ね、浄土往生に強い関心を有していた（『古今著聞集』巻二）。

（9）『皇室御撰之研究』九一ページ。

（10）石崎達二「後鳥羽天皇御製無常講式の研究」上、三〇〇ページ、（『立命館文学』四巻三号）。

（11）『教行信証』化身土巻（星野元豊他校注『親鸞』日本思想大系）。

◆その四　氏王のこと

（1）『大日本史料』五ノ一。

（2）『吾妻鏡』承久三・九・十。小川壽一「賀茂県主能久の研究」（『歴史と国文学』二〇ノ一〜五）参照。能久が大力無双だったことが『古今著聞集』巻十二に見える。

（3）小川前掲論文㈣所引「松下家系譜」参照。『後鳥羽上皇逆修注文』（『鎌倉遺文』二二六二号）の、建保三年現在の「小御所女房」交名の中に見える「美濃殿」「讃岐殿」はこの姉妹に比定されるであろう。なお類従本『高山寺縁起』に、「浄恵比丘尼賀茂神主能久妹」「円浄比丘尼能久姉、号中殿」とある二人を、小川氏は両局の法名と推定している。従うべきであろう。

（4）東京大学史料編纂所蔵『賀茂社家系図』第五の氏久の尻付によれば、「能久三男氏久」は弘長二年（一二六二）神主となり、弘安九年（一二八六）従三位、正応元年（一二八八）九月六日薨じた。「年七十八」とある。逆算すれば、建暦元年（一二一一）の出生である。

（5）『続々群書類従』第十六雑部所収。原本は屋代弘賢書写、黒川真頼蔵。

（6）『尊卑分脈』㈡魚名流に歌人秀能（如願）の子とし、尻付に「猶子、実者行願寺別当法眼道提子」「後鳥羽院北面西面滝口武者所」とする。『後鳥羽院宸記』（『史料大成』）には「下北面医王丸」（建保二・四・二十）の名が頻出する。久保田淳「慈光寺本『承久記』とその周辺」（『藤原定家とその時代』所収）参照。

（7）この案文の宸筆が氏久の「重宝」の一として保存された。

（8）『史徴墨宝』第二編所収。

（9）「権中納言」と「信成」は、院の母方坊門家より分れた水無瀬家の親兼・信成父子を指す。水無瀬信成については前に触れたが（転の巻その五）、父子が氏王を庇護していたことがこの宸翰によって推定される。中村直勝『天皇と国史の進展』第四「後鳥羽院」に氏王についても詳説がある。

（10）東京大学史料編纂所蔵『賀茂社家系図』（前掲）。『勅撰作者部類』。

後　記

後鳥羽院は「無常講式」を書き残して間もなく、延応元年（一二三九）二月二十二日、隠岐の配所に六十年の生涯を閉じた。

流謫の恨みは「講式」の無常観に融解したのか、それともただ一つの心残りは氏王のことででもあったか、今となっては院の心中を忖度する術とてない。

『史伝後鳥羽院』は結の巻の氏王に言及したところで終わっている。直接叙するところはないが、院の崩御を予感させたところで、あたかも符節を合するがごとく、平成十二年（二〇〇〇）六月十三日、目崎徳衛先生もまた不帰の客となられた。もはや史伝の筆はその大半を語り尽くしたといってよいが、惜しいことにはわずかに以下の部分のみ語り残したらしい。

本書の原稿や資料とともに一括されていた目崎先生のメモ書きの氏王の後には、崩御直前の「御手印置文」および水無瀬宮に伝わるいわゆる「霊託」とか、西行と宗祇を介して後鳥羽院のもとに参入した芭蕉の『柴門の辞』、それに触発されたとされる保田與重郎『後鳥羽院』、加藤楸邨『雪後の天』、田邑二枝氏の句碑建立、などといった文字が残されている。あるいは山本健吉・臼井吉見両氏の『日本詩人選』や丸谷才一氏の『後鳥羽院』につながる、いうなれば後鳥羽院の復権の系譜とでもいうべき一節を予定されていたのであろうか。ちなみに「隠岐における後鳥羽院」(『貴族社会と古典文化』)や「遠島流謫」「楸邨・隠岐・後鳥羽院」(『古人への存問』)などには、そのような趣旨の叙述が垣間見られる。

先生の後鳥羽院研究は先生の研究者としての歩みとともに長く、成果はさまざまなかたちで発表されてきたが、その集大成がはかられたのは、おそらく聖心女子大学での日本文化史の講義であったと思われる。これは昭和六十一年(一九八六)から六十三年にかけての三年間に及ぶもので、先生の聖心における最後の三年に当っている。今、私の手許にはその際の講義ノート三冊が令夫人睦世様より拝借してあるが、『史伝後鳥羽院』の骨格はほぼこのノートに示されている。原稿との対照に随分と利用させていただいた。

本来ならば篋底に秘して他見無用のものに、かかる感想を記すのは不謹慎ではあるが、随所に施された推敲の跡に、私は驚き、感動した。推敲に推敲を重ね、極限まで無駄を削りとった珠玉の言葉だけが教場で語られていたのであろう。往時の学生のなんと幸せだったことか。省みて忸怩たるものを感じるとはいうもおろかである。

しかるにこのノートにさらに大鉈を振るい、起の巻・承の巻が雑誌『短歌』(角川書店)に掲載されたのは、平成八年（一九九六）六月から翌年六月にかけてであった。ただしこれは本文のみであって、本書はこれに注を付け、構成を改め、転・結の両巻を加えたもので、成稿まであと一息のところであった。

先生は何ごとにも完璧を旨とされ、未完成原稿を出版社に渡すなどもってのほか、と日頃から誡められていた、とは同僚の佐々木隆氏の言である。令夫人のお話でも、あれほど精魂を傾けていた史伝の出版を、病臥の床で最後は諦めたようだ、とのことであった。それをあえて公にしようとするのは、先生の学問を冒瀆するものとの謗りを免れまい。しかし、ほぼ成稿に近いところまで仕上がっているものが、このまま誰の目にも触れられないとすれば、それはかえって後進の大きな損失になる。隠岐の郷土史家田邑二枝氏をして「戦後、歴史の学者が後鳥羽院の調査に来られたのは、はじめてです」といわしめた先生の『史伝後鳥羽院』であればこそ、歴史学界にとっての待望の書となるはずであり、さればこそわがままも非礼も許されるかもしれない。

このなんとも身勝手な申し出を令夫人はご海容下さった。まず第一にこのことに心より感謝申し上げたい。

さて公刊に至るまでの一連の経過は佐々木隆氏（聖心女子大学教授）のご尽力に俟つところが大きい。氏は目崎先生の謦咳にもっとも親しく接していた人の一人であり先生の厚い信頼を得ておられたから、このことをなすにもっとも相応しく、事実、目崎家との折衝や資料の借用から出版社の選定・交渉等を含むあらゆる段取りを整えられた。

またもう一方、先生の教え子の一人として最後の三年間の講義を聴講し、大学院に進学してからも先生のご指導を仰いだ相良綾子さんを忘れることはできない。図書の借用や資料のコピーなど、先生は相良さんを頼りにされていた。史伝執筆のお手伝いは専ら相良さんの担当するところであり、その成稿への道を先生とともに歩まれていた。

私は原稿整理を担当したが、それはすでにほとんど成稿に近かったので、作業はきわめてスムーズに進捗し今日に至った。なお、本書を成すにあたって、各章ごとにあった注は、巻末に一括して掲載することとさせていただいた。

目崎先生が聖心女子大学をご退職になったのは平成元年（一九八九）三月である。私はその四月から、それまで先生が使用されていた研究室の居住者となった。掃除の行き届いた研究室には、先生の私物はもとより、痕跡を示すものは文字どおり塵一つ残されていなかったのが、印象的であった。だが思い返してみれば、その後の二年間の非常勤講師をご勤務の間、先生は研究室に足を踏み入れられたことは一度もなく、それに関わることも、一切、話題にさえされなかったのである。なんという鮮やかさ。去り行くものの美学というべきか。いずれの日か、私もかくありたいと思った。

研究室とのこのみごとなまでの訣別にもかかわらず、人々の先生に対する記憶は今もなお鮮明さを失っていない。残すべきは何かを教わった気がした。

先生が幽明境を異にされてから早くも一年が過ぎた。生涯の研究対象とされた後鳥羽院や西行とは、もうお会いになったのであろうか。今は年来の知己のごとく、尽きることない清談に永遠の時を送っておられるのであろうか。

かつて頂戴した高著『古人への存問』の扉には、西行ゆかりの河内弘川寺での佳句が墨痕も鮮やかに記されていた。それをそのまま復唱し、衷心よりご冥福を祈る次第である。

花遅き　枝へ心経　昇りゆく

平成十三年七月

小　原　　仁

著者略歴

一九二一年　新潟県生れ
一九四五年　東京大学文学部国史学科卒業
文部省教科書調査官、聖心女子大学教授等を歴任、文学博士（東京大学）
二〇〇〇年没

主要著書

紀貫之　平安文化史論　在原業平・小野小町　漂泊―日本思想史の底流―　王朝のみやび　西行の思想史的研究　西行　百人一首の作者たち―王朝文化論への試み―　数奇と無常　貴族社会と古典文化　南城三餘集私抄

史伝 後鳥羽院〈新装版〉

二〇〇一年（平成十三）十一月十日　第一版第一刷発行
二〇二〇年（令和二）一月二十日　新装版第一刷発行

著者　目《め》崎《ざき》徳《とく》衛《え》
発行者　吉川道郎
発行所　株式会社 吉川弘文館
東京都文京区本郷七丁目二番八号
郵便番号一一三―〇〇三三
電話〇三―三八一三―九一五一〈代表〉
振替口座〇〇一〇〇―五―二四四
印刷＝株式会社 平文社
製本＝株式会社 ブックアート
装幀＝渡邉雄哉

ISBN978-4-642-08376-8

承久の乱と後鳥羽院〈敗者の日本史〉

関　幸彦著

四六判・二九六頁・原色口絵四頁／二六〇〇円

鎌倉と京、公武権力構図の転換点とされる承久の乱。治天の君＝後鳥羽院が歌に込めた「道ある世」への希求とは何だったのか。諸史料を中心に、協調から武闘路線への道をたどり、隠岐に配流された後鳥羽院のその後にも迫る。

現代語訳 吾妻鏡 ⑧承久の乱

五味文彦・本郷和人編

四六判・三〇〇頁／二六〇〇円

承久元年（一二一九）正月、実朝は鶴岡八幡宮で兄頼家の子公暁に殺される。二年後、幕府の混迷を見た後鳥羽上皇は、義時追討の院宣を発する。政子の大演説で御家人結集に成功した幕府は大軍を派遣、朝廷軍と対決する。

中世公武関係と承久の乱

長村祥知著

〈僅少〉A5判・三四六頁／九〇〇〇円

武家優位の公武分立体制が確定した画期である承久の乱。新史料を発掘し、京方・鎌倉方の武士と後鳥羽院との関係や歴史像を検討。政治史、思想史・史学史、史料論の視角から低調であった承久の乱研究に新知見を示す。

目崎徳衛著

西　行（人物叢書）

四六判・二二四頁
一八〇〇円

中世的人間の典型〝数奇の遁世者〟西行。草庵閑居と廻国修行を多彩に織りまぜつつ、宗教・文学・政治・芸能・故実など、当代文化の全領域に活躍し、古代末期の波瀾の時代に独自の生き方を貫いたその生涯を鮮やかに描写。

紀　貫之（人物叢書）

四六判・二四〇頁
一八〇〇円

貫之は凡庸で『古今集』はつまらないという明治以来の常識に挑戦。彼を形成した歴史的背景から出発し『古今集』『土佐日記』に関する諸学説を検討する。貫之の実生活と文学精神の変遷を描き出し、再評価の先駆けをなした。

王朝のみやび（歴史文化セレクション）

四六判・三〇四頁
〈僅少〉二三〇〇円

古今・伊勢・源氏や書跡・大和絵などを生み出した「みやび」な王朝文化。その創造・特質・影響を歴史的に解明し、多くの陰謀事件の真相、また桓武天皇・在原業平・菅原道真・藤原道長ほか多彩な人間像を興味深く説く。

（価格は税別）